Ralph Hammerthaler

Die fünfte Nacht

Ralph Hammerthaler

Die fünfte Nacht

Roman

Quintus

1. Auflage 2021

Binzstraße 19, 13189 Berlin
www.quintus-verlag.de

Umschlaggestaltung: Oda Ruthe, Braunschweig
Satz und Gestaltung: Ralph Gabriel, Berlin
Druck und Bindung: Finidr, s.r.o., Český Těšín

ISBN 978-3-96982-011-7

Die fünfte Nacht

Damals zählte ich die Nächte noch nicht, aber es war die erste von fünfen, die mir das Jahr über zusetzten, Nächte wie stumpfe Gesichter, schwer zu deuten, ich weiß bis heute nicht, wie. Ich weiß nur, dass ich nach diesen Nächten nicht mehr als derjenige durchging, der ich so lange gewesen war. Nimm dich nicht so wichtig, würde Séverine sagen, und auch in diesem Fall würde sie recht haben, weil, was ist mir schon passiert?

Erst im Nachhinein habe ich diese fünf Nächte identifiziert und mit Nummern versehen, und manchmal frage ich mich, ob es nicht genauso gut fünf andere Nächte hätten sein können oder gar sechs oder sieben. Diese fünf Nächte sind nur ein Gerüst, es hilft mir, ein wenig Ordnung in mein Leben zu bringen. Höchstens die vierte Nacht lässt sich um nichts in der Welt verleugnen, sie behält ihren Rang ganz unabhängig von meiner Zählung, denn die vierte hatte Oberhausen so übel mitgespielt, dass sich die Stadt danach nicht wiedererkannte.

Damit kann ich die erste Nacht nicht vergleichen. In der ersten nämlich lief alles wie immer, bloß dass ich das erste Mal von Oberhausen zum Betriebshof fuhr. Bis dahin lag die Strecke innerhalb von Duisburg, meiner Stadt. In Duisburg bin ich geboren, in Duisburg habe ich geheiratet und eine Familie gegründet, und in Duisburg habe ich eine Arbeit gefunden, die ich seit einem Vierteljahrhundert ausübe. Meine Arbeit, muss ich sagen, macht mir Spaß.

Als das Smartphone klingelte und ich, schwer von Schlaf, zwei-, dreimal blinzelte, erblickte ich die Ziffern 2:34, meine Weckzeit für die Frühschicht. Diese Ziffern hatte ich bewusst so eingestellt, da sie dem Tarifbezirk, in dem ich bis gestern wohnte, entsprachen. Hier in Oberhausen verloren sie jeden Sinn. Genauso gut hätte ich mich um 2:26 oder um 2:38 wecken lassen können oder direkt um halb drei. Denn nach Oberhausen reichte Duisburg nicht mit seinem Tarifbezirk 234. Benommen stand ich auf und schaltete, noch ehe ich ins Bad ging, den Wasserkocher ein. Obwohl ich ahnte, dass mit dieser Nacht ein neuer Abschnitt in meinem Leben begann, brachte ich kein Gefühl dafür auf. Es war, als hätte ich nur mal auswärts geschlafen, zum Beispiel wegen zu viel Promille im Blut, und als wäre alles wieder wie vorher, sobald ich die Schlüssel zum Apartment unten abgegeben hätte. Dabei war meine Ehe gescheitert.

Ich füllte Kaffee in die Thermosflasche und dachte: meine Ehe. In dieser Nacht schlief meine Frau das erste Mal allein im großen Bett, drüben im Tarifbezirk 234. Und wenn sie aufwachte, würde ich nicht da sein. Das war ich zwar auch sonst nicht, wenn ich Frühschicht hatte, aber in Zukunft würde ich nie mehr da sein. Sie öffnet die Augen, und ihr wird klar, dass lange Jahre sich in Luft aufgelöst haben. Ich wünschte, ich könnte sie seufzen hören, oder lieber nicht, weil sie höchstwahrscheinlich erleichtert aufseufzen würde. Und das wäre nicht mal das Schlechteste, besser jedenfalls, als dass sie mich verfluchte. Mit ihrem Fluch würde ich nicht leben wollen.

Zehn Minuten vor Dienstbeginn sollte ich auf dem Betriebshof sein. Ich rechnete nicht damit, dass ich länger brauchen würde als gewöhnlich. Um diese Zeit kommst du selbst im Revier gut voran. Als ich auf die Autobahn fuhr, hatte ich die Spur für mich, später dann rote Rücklichter, ganz spärlich, ein paar Fahrzeuge kannte ich schon, den Laster der Post oder den Lieferwagen der Kamps-Bäckerei. Beide überholte ich zügig. Zwischendurch nippte ich am Kaffee. Ich dachte an nichts.

Als ich den Blinker setzte, fielen mir meine Töchter ein. An sie dachte ich immer wieder, weil ich fürchtete, ich könnte sie verlieren, jetzt, da ich ihre Mutter verlassen hatte. Beide waren in ihren Mittzwanzigern und nicht mehr öfter zu Hause als nötig. Die ältere stand mir von jeher näher, warum, weiß ich nicht, aber als sie von meinem Abenteuer mit Séverine erfuhr, zog sie sich zurück. Wenn ich sie etwas fragte, antwortete sie nicht, sie hörte auf, mich zu grüßen, und sah mir nicht mehr ins Gesicht. Die jüngere dagegen wirkte wie ausgewechselt, gerade so, als hätte sie durch Séverine erst von meiner Existenz erfahren, ich meine, dass auch ich ein Leben hatte. Neugierig musterte sie mich und ließ bei jeder Gelegenheit eine ironische Bemerkung fallen, sie lächelte mich so vieldeutig an, dass es mir unheimlich wurde. Ihr gefiel der Umstand, dass Séverine kein Jahr älter war als sie selbst.

Nachdem ich vom Fahrdienstleiter mein Kursblatt erhalten hatte, ging ich zu meiner Bahn in der genannten Reihe. Halb vier, noch dunkel. Nur die Straßenbahnen leuchteten hell in die Nacht, einladend, wie ich fand, ohne Fahrgäste und schwer behütet von einem Dach aus Beton. Routiniert checkte ich Technik und Ausstattung: Feuerlöscher? Verbandskasten? Funktionieren die Türen, die Schienenbremsen? Fällt Sand aufs Gleis? Das Wetter würde nicht nach Sand zum Bremsen verlangen, von fern roch es nach Frühling, aber es war kalt. Trotzdem durfte keine Bahn ohne Sand hinaus. Im Herbst, wenn die Schienen glitschig waren von Regen und fauligen Blättern, dann rutschtest du trotz Bremsen dahin. Metall auf Metall, Räder auf Schienen. Erst wenn du Sand streutest, kamst du zum Stehen. Darum das ganze Trara. Früher mussten wir den Sand noch selber auffüllen, an den Endhaltestellen standen Kästen voll Sand bereit, später übernahm diese Aufgabe ein Techniker, mit einem Stutzen, den er in die Kisten unterm Sitz einführte.

Moin, Paul, rief ein Kollege. Was grinst'n wieder so?

Grins immer, sagte ich und stieg aus der Bahn. Moin, Herbert. Letzte Zigarette?

Letzte. Gibt nichts zu grinsen.

Was is'n los?

Von hinten kam Orhan dazu und steckte eine Zigarette an. Moin, Moin.

Gestern hab'n sie mir fast den Wagen demoliert, also fast, wenn ich nichts gemacht hätte, sagte Herbert.

Moin, Orhan, sagte ich.

Orhan fragte: Was hast du gemacht?

Zusammengeschrien hab ich sie. Bin aufgestanden und hab gebrüllt, dass die den Kopf einzogen, Scheißtürken oder Scheißaraber, keine Ahnung. Die nehme ich nicht mehr mit. Kein Benehmen. Arschlöcher, alle.

Hörst dich selbst wie so ein Arschloch an, sagte ich.

Paul, du weißt doch, wie es ist, dämpfte Herbert seine Stimme. Die führen sich auf wie Sau. Spucken auf den Boden. Hauen ans Fenster. Treten die Tür auf.

Sind bestimmt Bergtürken gewesen, lachte Orhan. Schmeiß ich raus, wenn die spucken.

Ich sagte: Er hat dich einen Scheißtürken genannt.

Den Orhan nicht, stellte Herbert klar. Der Orhan ist einer von uns.

Die Kippen warfen wir weg, nickten uns kurz zu, und dann ging jeder zu seinem Wagen. Eine Straßenbahn nach der anderen schwärmte aus in die Stadt.

Séverine staunte, als ich ihr verriet, dass ich Straßenbahnen fuhr. Erst hielt sie es für einen Witz. Und dann wollte sie nicht glauben, dass ich diese Arbeit gerne tat. Seh ich aus wie ein frustrierter Mensch?, fragte ich. Nein, sagte sie, du siehst gut aus.

Gleich nach dem Abitur hatte ich mich zum Fahrer ausbilden lassen, Übungsstrecke, dann Linien durch die Stadt mit dem Fahrlehrer, eine Zeit lang fuhr ich nur in seiner Begleitung, dann die Prüfung, und am Ende war ich so weit. Ursprünglich ging es mir nur darum, einen Job zu haben, ich wollte ja studieren. Und so fuhr ich in den Semesterferien täglich eine Schicht. In Bielefeld studierte ich sechs Semester Germanistik, kein Abschluss. Bielefeld war ein Irrtum, Germanistik auch. Wenn du aus Duisburg stammst, hast du in Bielefeld nichts verloren, woanders auch nicht, denn woanders bist du zu allen Zeiten schlimmer dran. Ist leider so. Oberhausen ging gerade noch, denn nach Oberhausen waren schon meine Eltern immer zum Einkaufen gefahren, in die Marktstraße.

Als Mirek von meiner Not erfuhr, sagte er gleich, erst mal kannst du bei mir wohnen. Unten hatte er seine polnische Wirtschaft, mit Jazz und allem; unten, wo wir uns regelmäßig zum Stammtisch trafen, wir, die Straßenbahnfahrer aus Duisburg.

Über Germanistik sage ich lieber nichts. Denn wenn du Bücher liebst, heißt das noch lange nicht, dass du die Germanistik liebst. Mir wurde klar, dass ich mich entscheiden musste, entweder Bücher oder Germanistik. Sechs Semester waren dazu nötig. Dann hatte ich meine Entscheidung getroffen.

In Duisburg-Ruhrort schlängelte sich die Straßenbahn durch die Gassen. Ich drosselte das Tempo, allmählich wurde es hell. Ruhrort mochte ich, selbst wenn das Viertel in Verruf geraten war wie eigentlich alles in

Duisburg. Kurz vorher hatte ich die Ruhr überquert, die, als hätte sie alle Zeit der Welt, gemächlich in den Rhein floss. Ab Ruhrort Bahnhof ging es über Thyssen Tor 30, Laar Kirche, Brauerei und Thyssen Kokerei hinauf nach Marxloh. Ab und zu stiegen schläfrige Fahrgäste zu, jeder fand einen Sitzplatz. Das würde sich auf der Rückfahrt ändern, dann würden sie in den Wagen drängen, Schüler vor allem, aber laut würden auch sie noch nicht sein, höchstens im Stehen hin- und herschaukeln. In Marxloh fuhr ich die Weseler Straße entlang, mit ihren Brautläden links und rechts, so viele türkische Bräute, die sich in der Weseler einkleiden ließen, ehe sie verheiratet wurden. Die Linie führte nach Dinslaken, wo sie vorm Bahnhof eine Schleife zog. Ich stieg aus und kaufte am Kiosk Kaffee, dazu rauchte ich eine Zigarette, während sich Leute an der Haltestelle sammelten.

Und die Nutten?, fragte Séverine.

Was soll mit ihnen sein?

Haben sie dir wieder schöne Augen gemacht?

Ihre Augen sind müde, erschöpft von der Nacht.

Einmal hatte ich ihr vom Zoo und den Nutten erzählt. Der Zoo lag auf der Strecke nach Mülheim. Wenn ich frühmorgens mit dem ersten Wagen vorbeikam, las ich öfter ein paar von ihnen auf. In der Ferne sah ich zwei Frauen auf die Straßenbahn zueilen, ich rief, nur mit der Ruhe, ich steh noch 'ne Weile. Weil ich nicht wollte, dass sie umknickten mit ihren hohen Hacken und sich die Knie aufschlugen. Außer Atem stiegen sie zu, und ich beobachtete sie im Rückspiegel. Sie wechselten ein paar Worte in einer Sprache, die ich nicht zuordnen konnte, ich tippte auf Südosteuropa, danach verstummten sie. Eine ertappte meinen Blick im Spiegel, ich sah nicht weg, ihre Augen gefielen mir, müde Augen, die ihre Schönheit eine Nacht lang verschenkt hatten. Nein, nichts war gratis, alles hatte seinen Preis. Behutsam drückte ich den Sollwertgeber, unter uns Fahrern Joystick genannt, nach vorn und beschleunigte.

Schon mein Vater war Straßenbahnfahrer gewesen. Damals trug er eine Uniform, die ihn aussehen ließ wie einen Piloten, grauer Stoff und mit einem Adler auf der Brust. Meistens band er sich eine Krawatte um. Als ich klein war, flößte er mir Respekt ein. Ich stellte mir Abenteuer vor, von denen er Tag für Tag zurückkehrte. Später nahmen sie es mit der Dienstkleidung nicht mehr so genau, die einen zogen sie an, die anderen nicht. In einer Jacke mit den Buchstaben DVG wirst du bestimmt nicht mit einem Piloten verwechselt.

Dass ich auf Schienen fuhr, empfand ich umso tröstlicher, je turbulenter es in meinem Leben zuging. So auch in dieser Nacht. Ich konnte das Tempo erhöhen, und ich konnte es verringern. Ich konnte die Bahn jederzeit anhalten. Aber steuern konnte ich sie nicht. Stand ein Hindernis im Weg, war ich nicht imstande auszuweichen und es zu umfahren. Ich musste so lange warten, bis es beiseite geräumt worden war.

Von selbst wäre ich nicht von Zuhause ausgezogen. Meine Frau hatte mich dazu aufgefordert.

Was wäre, würde ich Séverine vom Adler und der Pilotenuniform erzählen? Sie würde mich auslachen und ihre roten Locken schütteln. Ich schnupperte gern an ihrem Haar, ihrem kalkweißen Hals. Sie roch so, wie meine jüngere Tochter roch, wenn sie am Morgen aus dem Bad kam. So, wie es lief, lief es gut. Aber ich konnte mir schon denken, dass Séverine nicht ewig Zeit haben würde.

Am Donnerstagabend schlugen in der Marktstraße zwei Familien aufeinander ein. Vorm Café Quintessenz stießen sie zusammen. Gerade erst eingetroffen, war Kellnerin Lale für die Spätschicht verantwortlich. Hinterm Tresen stehend, ließ sie ihre Augen schweifen. So bekam sie den Streit, draußen vor dem Lokal, wo ebenfalls Gäste saßen, von Anfang an mit. Als Männer nach Stühlen griffen und sie durch die Luft schleuderten, rief sie die Polizei. Zwanzig, wenn nicht dreißig Menschen waren wie aus dem Nichts aufgetaucht, die einen vom oberen Ende der Straße, die anderen vom unteren, ganz so, als folgten sie einer Verabredung. Im Nu wurde die Lage unübersichtlich, selbst Frauen und Kinder stürzten sich ins Handgemenge. Vorne links sprang ein Gast auf, in der Absicht einzugreifen, doch er besann sich eines Besseren und setzte sich wieder. Umsichtig ging Lale von Tisch zu Tisch und versuchte, die Gäste zu beruhigen, gleich werde die Polizei da sein. Zwei Gegner traktierten sich mit Fäusten, aber ehe einer zu Boden ging, ließen sie voneinander ab. Holz splitterte, ein Stuhl brach entzwei, jemand stemmte einen Tisch in die Höhe und lief ein paar Schritte. Eine alte Frau biss einem jungen Mann in die Hand, bis er heulte. Alles brüllte. Ununterbrochen plärrte ein Kind, bevor es Gäste zu sich an den Tisch zogen und beschützten. Nach wenigen Minuten fuhr die Polizei vor, ein Wagen, zwei, dann drei und vier, ohne dass die Clans aufgehört hätten zu raufen. Unbeeindruckt machten sie weiter, bis Polizisten dazwischengingen und die Parteien trennten. Ein Junge verwischte Blut auf dem Ärmel, ein anderer tupfte ein Taschentuch auf die Nase. Niemand verlangte einen Krankenwagen. Ohne ein Wort griff die Mutter nach ihrem Kind und entzog es den Gästen. Zu mir sagte Lale, Angst habe sie nicht gespürt, so was passiere nun mal, und zwar nicht selten, man lerne abzuwägen, ob Polizei nötig sei oder nicht. Den Grund für den Streit habe sie nicht erfahren, woher die Familien stammten, genauso wenig. Wie Deutsche hätten sie nicht ausgesehen. Nachher habe sie ihren Chef benachrichtigt, paar Stühle kaputt, Tisch demoliert, sonst alles glimpflich verlaufen, einigermaßen. Von den Gästen sei nicht einer weggerannt.

In den Städten spürte ich etwas Nervöses, das ich von früher nicht kannte. Nicht nur in Duisburg und Oberhausen, in den Revierstädten überhaupt. Bestimmt war es früher auch nicht ruhig gewesen, aber seit einiger Zeit lag eine knisternde Spannung in der Luft, an der ich mich, weil nicht allzu mutig, nicht entzünden wollte. Noch dazu sah ich mich als neutralen Dienstleister. Wer wollte, sollte mit mir fahren können, egal, wer er war, wie er aussah, woher er kam, worüber er nachdachte. Manchmal hatte ich den Eindruck, dass es in meinem Wagen, vor allem wenn er voll mit Leuten war, andauernd knisterte. Vielleicht bildete ich mir das Knistern nur ein, weil ich, wie ich gerne zugebe, Schiss habe vor nervösen Menschen. Aber jeder bildete sich etwas ein, und wenn man das allseits Eingebildete zusammennahm, rief es einen realen Effekt hervor, eben, dass es knisterte.

Die Brüder Wolle und Yann wirkten wie gegensätzliche Pole dieser atmosphärischen Spannung. Aber beide litten darunter, weil sie nun mal Brüder waren und aneinander hingen. Darum hielt ich mich an sie, im Vertrauen darauf, dass wir auch in Zukunft zusammenhalten würden, wir im Revier, denn hier war es immer so gewesen. Doch was lässt sich schon mit Sicherheit sagen? Ich bin kein Prophet. Yann sprach mich eines Tages in der Straßenbahn an, und es stellte sich heraus, dass er dieses Verkehrsmittel über die Maßen schätzte. Er verwies darauf, dass es einst als Prestigeobjekt galt, Anfang des zwanzigsten Jahrhunderts, dass jede Stadt sich damit schmücken wollte. Na ja, das wusste ich schon, aber noch nie hatte ein Fahrgast diese Geschichte erwähnt, noch dazu in einem schwärmerischen Tonfall, wie ihn Yann, ein großer, kräftiger Kerl, anschlug, während wir, schon die dritte Bahn in der Reihe, auf ein Signal warteten. Die schießen sich tot!, rief ein nervöser Mensch im Wagen, und tatsächlich hatte ich vor Jahren einmal darauf warten müssen, dass eine Schießerei zu Ende ging, ehe ich die Fahrt fortsetzen konnte. Diesmal aber lag es an einem Unfall auf der Strecke, und ich hatte die Ursache längst mitgeteilt. Als der nervöse Mensch erneut von Schüssen fantasierte, wiederholte ich die Durchsage, damit er sich beruhigte.

Mit Yann traf ich mich tags darauf bei Mirek, in der polnischen Wirtschaft. Erst da bekam ich mit, über was alles er sich den Kopf zerbrach, ich würde sagen, ein Linker, wenn auch von der ungebundenen Sorte. Seinen Bruder Wolle, fast acht Jahre älter und unterhalb des Kragens mit Tattoos übersät, lernte ich wenig später kennen, wieder in der Straßenbahn, zunächst nur flüchtig, dann, als er durch ein Messer schwer verletzt worden war, genauer. Wolle sah die Dinge ganz anders als Yann. Er sah sie als Rechter.

Auf dem Geburtstag der Mutter kamen sie zusammen, jeder mit einem Geschenk, das sich als das gleiche entpuppte, zwei absolut identische Schachteln mit Pralinen. Sie lachten, wie sie dann immer wieder lachten, darum bemüht, keinen Streit aufkommen zu lassen und der Mutter nicht den Abend zu verderben. Länger waren sie einander nicht begegnet, was sie im Beisein der Mutter bedauerten, aber nicht zu sehr. Yann hatte einen anderen Vater als Wolle, die Väter waren längst weggezogen, die Mutter war geblieben, eine Mutter für beide, wenngleich Yann im Stillen ahnte, dass sie Wolle bevorzugte, Wolle war ihr Liebling. Als die Mutter schlafen gehen wollte, so früh wie jedes Mal, sagte sie: 'n schönen Abend, Kinder. Trinkt noch 'n bisschen. Und dann macht die Tür ordentlich zu.

Top in Schuss, die Mama, oder?, sagte Wolle.

Die tut nur so, gab Yann zur Antwort. Die ist nur so lustig, weil sie nicht traurig sein will.

Warum sollte sie traurig sein?

Ist nicht lustig, wenn du keinen mehr hast. Wenn du allein bist. Und dann ihr Hang zu Klamotten und Schuhen und Handtaschen, Hauptsache Marke, welche Marke? Hat sie noch alle?

Ach, lass sie.

Du bist immer gut mit ihr ausgekommen, Wolle.

Vergiss nicht, sie hatte ihre Probleme mit uns, damit, dass wir sind, wie wir sind. Bei mir war es Fußball und die Schlägereien. Dass ich mit verbeultem Gesicht nach Hause kam. Und dann auch noch Türsteher, das hat sie nicht auf die Reihe gekriegt. Von meinen Kumpels wollte sie nichts wissen. Wie oft hab ich ihr gesagt, die haben alle gute Jobs, einer ist sogar Rechtsanwalt, und auch ich hab einen guten Job. Nein, das ließ sie nicht gelten. Bei ihr musstest du Polizist sein oder Pilot, sonst hattest du nichts zu melden.

Mann, du bist vierzig und stehst immer noch an der Tür.

Das hab ich nicht gemeint mit gutem Job. Wie du weißt, mach ich auch anerkannte Arbeit. Aber die Tür ist nicht schlecht. Mittlerweile Status. Alle kennen mich da, jede Menge Respekt. Ich sag, hol mir 'n Bier, und der bringt mir eins. Läuft. Und Frauen kannste haben, so viele du willst.

Die schielen auf die Kraft an der Tür?

Magnet, sagte Wolle. Ist so.

Suchen sie einen, der sie beschützt?

Gibt da so Groupies. Kannst sie dir aussuchen. Solange du Saft hast, langst du halt zu.

Diese Frauen reizen mich nicht.

Dein Problem.

In deiner Jugend, Wolle, da warst du in so 'ner Clique, du als einziger Deutscher, sonst nur Türken, Araber, was weiß ich. Alles deine Freunde. Irgendwann hat sich was gedreht bei dir …

Das hat mit der Tür … Sag mal, was is'n los heute? Du fragst und fragst.

Weil wir nicht mehr viel reden miteinander. Ist doch so. Außerdem hast du mir nie erklärt, warum du längst ganz anders drauf bist. Was ist passiert? Du warst ein Vorbild für mich, damals. Weil du fair umgingst mit den Leuten. Selbst mit den Mageren, wie wir sie nannten. So fair war ich früher nicht. Alle haben dich angehimmelt.

In der Firma hab ich zwei, drei türkische Kollegen, sagte Wolle, enge Kollegen, gute Kollegen. Mit denen geh ich gern 'n Kaffee trinken. Auf die lass ich nichts kommen. Aber die Tür, sag ich dir, war mir 'ne Lehre, all die Jahre … Dadurch hab ich so 'ne rechte Einstellung gekriegt. Stell dich mal mit mir an die Tür, vier Wochen, Alter, dann verstehst du alles. Nach zwanzig Jahren garantiere ich dir, dass von zehn Vorfällen neun aufs Konto irgendwelcher Südländer gehen. Bedrohung, Schlägerei und was alles. Das ist es, was draußen abgeht. Das ist das Leben. Im Jahr der Flüchtlingskrise sind die sogenannten Schutzbedürftigen mit abgebrochenen Flaschen auf uns los, sie haben Frauen angepöbelt und was alles. Also, da kann ich einfach nicht mehr. Ich kann nicht so reden wie du, Yann, das war vorgestern. Immer derselbe Ärger. Du kannst sie halt irgendwann nicht mehr ertragen, wenn sie dir jedes Mal blöd kommen. Die sind mit der Gewalt liiert, hohes Potenzial. Ist so. Da kann mir keiner was erzählen, schon gar kein Politiker. Die müssen alle raus.

Wie kommst du darauf, dass du nicht so reden kannst wie ich?, fragte Yann. Du kennst ja meinen Blog. Unter Linken gelte ich als der islamkritischste Linke überhaupt. Und das macht mich verdächtig, bei einigen jedenfalls.

Ja, du machst dich für eine Sache stark, aber du solltest dich ganz stark machen, nicht nur für so 'n Kurden, der auf unseren Straßen randaliert.

Um Baran geht es nicht. Ihn kenne ich seit der Schule. Für den leg ich die Hand ins Feuer. Liest du überhaupt, was ich schreibe? Warum kapierst du nicht, worum es geht?

Weißt du, worum? Es geht darum, dass du nicht dieselben Erfahrungen hast wie ich. Wenn ich schon schwarze Haare sehe …

Sobald du einen persönlich kennenlernst, kommst du gut mit ihm klar, oder?

Bestens, ja, warum nicht?

Egal, woher er kommt?

Egal. Wenn er sich anpasst.

Trotzdem marschierst du mit den Rechten.

Was soll das? Hast du mich marschieren sehen? Der ganze ideologische Kram interessiert mich nicht. Ich bin kein Nazi. Höchstens ein Patriot. Ich lese keine Parteiprogramme, nee, könnte ich nicht. Die Ausländer, die ich meine, richten nur Unheil an, das, was ich täglich erlebe. Ich fühle mich in meinem eigenen Land nicht mehr wohl. Du musst ja schon kucken, wo du hinziehst. Ob du noch eine Straße findest, in der nur deutsche Namen an der Klingel stehen. So weit ist es gekommen. Hab überlegt, in den Osten auszuwandern, weil da geht es noch. Aber Nazi, nee. Vielleicht lass ich mal einen rechten Spruch fallen, ganz locker, nur zum Spaß, um dich zu provozieren. Damit du aufwachst. Es muss eine klare Grenze gezogen werden.

Und? Ziehst du diese Grenze auch zwischen Brüdern?

Hab ich nicht gesagt.

Aber gedacht, behauptete Yann. Du schämst dich für mich vor deinen Kumpels, wenn es heißt, dein Bruder, der ist ein Linker. Dabei kannst du mich gar nicht einordnen. Dir fehlt die politische Übersicht. Inzwischen könntest du einiges von mir lernen, so wie ich früher von dir gelernt habe.

Lass gut sein, sagte Wolle. Meine Kumpels stellen nur ein paar dumme Fragen, sie machen zwei, drei Witze über dich, und dann passt es. Die tun dir ja nichts. Einer meiner Freunde kommt aus dem Osten, Skinhead damals, der 'n Cocktail aufs Asylantenheim geschleudert hat, so diese Kategorie. Aber er lebt schon lange hier und hat sich gemäßigt. Der war es, der zu dir gesagt hat, so 'ner Zecke gebe ich nicht die Hand. Aber mit 'nem Augenzwinkern, alles nur Show.

Und wenn so Typen die Macht hätten? Wäre es dann immer noch Show? Das bezweifle ich.

Du müsstest dich mal auf 'ne Diskussion einlassen.

Die will ich gar nicht kennenlernen.

Ist ja scheißegal. Ich komme mit deinen Kumpels ja auch nicht klar.

Aber kommste doch. Mit wem denn nicht?

Mit dem Schwarzen zum Beispiel, mit …

Kymani. Kymani ist mein bester Freund. Tu nicht so, als wüsstest du das nicht.

Mit ihm, fuhr Wolle fort, wolltest du im Karneval in unsere Kneipe, Duisburg, alles meine Jungs. Und dann blieb der erst mal vor der Tür stehen, bis ich gesagt hab, er kann reinkommen. Den haben wir ein bisschen aufgezogen, weil Neger und so, ganz locker, nur Show. Und dann war es gut. In derselben Nacht wollten alle noch nach Düsseldorf, in so 'n Club, wo ich früher die Tür gemacht hab, weißte ja. Sagt der Türchef zu mir, der Kollege hat 'n Neger dabei, immer dasselbe. Mit Kollege warst du gemeint. Ich sag, die gehören zu mir, und dann sind wir rein, mit Kymani, so, wie er ist. Normalerweise wäre der nie reingekommen. Ist so, sobald einer schwarz ist. Kenne ich einen Schwarzen nicht, lass ich ihn nicht rein. Kenne ich ihn, dann schon.

Warum erzählst du mir das?, fragte Yann. Ich war ja dabei.

Damit du siehst, dass ich gegen Kymani nichts hab, wirklich nichts.

Sag ich ja.

In 'ne Edeldisco früher mal, wo ich an der Tür stand, da wollten auch Schwarze rein, alle gut angezogen und locker drauf, die ließ ich dann durch. Hab da kein Problem mit, solange sie sich korrekt benehmen. Wenn es nicht läuft für die Schwarzen und die südländischen Typen, wenn sie draußen bleiben müssen, dann aus Angst vor Scherereien. Ist so bei uns. Gebe ich gerne zu.

Fürchten dich deine Leute? Oder folgen sie dir aus Respekt?

Meinste die Hools oder wen?

Ja, die vor allem, eher die jüngeren, Leute in deinem Umfeld.

Das ist Respekt.

Respekt also. Yann ließ sich das Wort auf der Zunge zergehen. Stell dir vor, du sitzt im Rollstuhl. Würden sie dann immer noch auf dich hören?

Sie würden mir helfen, logisch. Um den Nachwuchs mach ich mir keine Sorgen, ganz stabile Truppe. Die gehen ins Stadion, finden uns cool und kommen dazu. Es gibt auch welche, die den Vätern nacheifern. Die treffen sich einmal die Woche zum Aufpralltraining, fünf gegen fünf, Bodenkampf und so.

Denkst du, sie würden notfalls die Demokratie verteidigen? Gegen faschistische, islamistische, frauenfeindliche Kräfte? Würden sie für die Demokratie einstehen oder sie durch ein neues System ersetzen?

So weit denke ich nicht.

Aber sie sind die Basis. Käme es zum Kampf, müssten sie sich auf eine Seite schlagen. Demokratie oder Diktatur?

Pff, die sind neunzehn oder zwanzig, sagte Wolle. Die wollen Eier zeigen und kämpfen. Die sind nicht politisch.

Aber irgendwann wird die Masse politisch. Und dann zieht sie für jemanden in den Kampf.

Die würden, ja, die …

Ist dir klar, dass die mich aufknüpfen würden?

Das wird man dann sehen.

Und du könntest mich nicht beschützen, sagte Yann. Du kannst noch so stark sein, aber vor eine Masse kannst du dich nicht hinstellen. Sie würde dich niederwalzen. Denn wenn sich die Masse bewegt, bewegt sie sich.

Das wäre eine Herausforderung, gab Wolle zu. Aber du gibst dich ja so, wie du dich gibst, und dann musst du auch damit rechnen, dass sie dich aus dem Verkehr ziehen. Ungefähr so wie auf einer Türkendemo. Wenn du da mitläufst und brüllst Erdoğan muss weg, dann kalkulierst du lieber mal mit ein, dass du eine geklatscht kriegst.

Egal, ob ich eine geklatscht kriege oder nicht, ob mir jemand die Hand gibt oder nicht, ob er mit mir redet oder nicht. Der kann mich gut finden oder schlecht, vollkommen egal. Aber ob die gezielt nach mir suchen würden, in der Absicht, mich zu exekutieren, das wäre die Frage.

Klingt mir zu fantastisch.

Auf lange Sicht vielleicht nicht. Merkst du nicht, dass gerade etwas im Gange ist? Dass sich etwas verändert? Wohin führt das?

Das werde ich nicht mehr erleben, sagte Wolle. Und sei ehrlich, du blickst genauso wenig hinter die Kulissen wie ich. Kann sein, dass meine Söhne … aber so weit denke ich nicht.

Sind wir nicht verantwortlich für sie?

Sicher. Aber viel lässt sich nicht machen. Eins jedoch sag ich dir: Die meisten Hooligans sehen sich als letzte Verfechter der Mitte. Dafür gehen sie auf die Straße, sie kämpfen für die deutsche Mitte.

Puh, stöhnte Yann, du checkst es wirklich nicht.

Es ist spät.

Zu deinem Vierzigsten hab ich dir diesen Aufhänger geschenkt, mit den drei aufgeklebten Fotos von uns beiden. Auf dem ersten sind wir jung, auf dem zweiten nicht mehr ganz so jung und auf dem dritten so wie jetzt.

Weiß ich, weiß ich ja.

Und in der Mitte recken sich zwei Babyfäuste nach oben, dazu unsere Namen auf so Geburtsschildchen. Darüber steht die Parole: Blut ist dicker als Politik.

Ja, das war gut. Da musste ich gleich ein Tränchen verdrücken. Haste gemerkt?

Yann nickte.

Als sie die Wohnung der Mutter verließen, achtete Wolle darauf, dass er die Tür leise zuzog.

Das Auto stellte ich beim Quintessenz ab, von da war es nicht weit zu Klara und ihrem Miederladen, wobei ich noch nicht für mich geklärt hatte, ob ich tatsächlich hingehen und mich ihrem Blick aussetzen wollte oder nicht. Sie konnte einen durchdringend anschauen. Kaum auf der Marktstraße, zündete ich eine Zigarette an, um Zeit zu gewinnen. Ich mochte die Fußgängerzone, obwohl alle nörgelten, sie sei nicht mehr das, was sie einmal war, heruntergekommen und verlottert, zu viel Leerstand, Ramsch und Billigsortiment, rau genormte Läden, die zu Ketten gehörten und, angehäuft mit Schnäppchen, übereinstimmend trostlos wirkten. Aber das war nur die halbe Wahrheit. Weiter oben wurden teure Uhren angeboten oder teurer Whisky, und ein Traditionscafé trotzte allen Winden mit Gediegenheit. Noch dazu ragte die Welt herein, in Gestalt von Händlern, Gastwirten und Frisören, Nigeria, Ägypten, Syrien und nicht selten die Türkei. In der Marktstraße läuft alles zusammen, bildete ich mir ein, und der lange Kilometer dieses Pflasters hat mit dem Revier genauso viel zu tun wie eine stillgelegte Zeche. Ich verlor mich in das weite Feld der Gesichter.

Von Klaras Miederladen hatte ich mich absichtlich entfernt. Ich hatte Querstraße um Querstraße hinter mich gebracht, die den langen Kilometer mit stockend fahrenden Autos schnitten, als ich auf einmal so weit war, dass ich umkehrte. Auf dem Rückweg sah ich Cihan am Drehspieß stehen und Fleisch schnetzeln, ein würziger Geruch stieg mir in die Nase, worauf ich, indem ich die Hand hob, auf mich aufmerksam machte, sodass Cihan mit ausgebreiteten Armen innehielt und das Messer wie ein Zepter aufragen ließ.

Klara kannte ich seit meiner Kindheit. Es war, als wäre sie immer schon da gewesen, ihre Mieder, Korsagen und Hüfthalter, sie und ihr Laden. Längst hätte sie das Geschäft aufgeben können, sie war in den Siebzigern, aber nichts deutete darauf hin, dass sie es eines Tages wirklich tun würde. Mir gefiel alles an ihr, ihre Schönheit im Alter, die üppige Weiblichkeit, ihre bedächtigen Bewegungen, ihr Humor, ihre Weisheit. Meine Mutter war regelmäßig zu ihr gegangen, nicht nur, wenn sie etwas Ausgefallenes suchte, und auch mein Vater, der die Maße seiner Frau im Schlaf aufsagen konnte, ließ sich von ihr beraten. Später kaufte ich selbst bei ihr ein, Geschenke für meine Frau, etwas über der Norm, denn darauf verstand sich Klara. Dass ich nun zögerte, lag einzig und allein daran, dass ich das erste Mal Wäsche für Séverine haben wollte, zu einem Zeitpunkt, als das Abenteuer noch nicht aufgeflogen war. Ich fürchtete, Klara könnte meine Extratour missbilligen, und sei es, indem sie nur eine Augenbraue hochzog. Das wäre mir schon zu viel gewesen.

Als ich in die Gasse bog, in der Klaras Laden lag, fiel mir ein, dass auf der Marktstraße früher eine Straßenbahn entlanggefahren war. In den Sechzigern hatten sie die Linie eingestellt. Angeblich war das Gefährt plötzlich zu teuer geworden, zu laut, zu eng und zu unflexibel. Und so hatten sie es in der ganzen Stadt durch Busse ersetzt. Von Yann wusste ich, dass Oberhausen als erste Stadt in Deutschland die Elektrische in eigener Verantwortung betrieben hatte. 1897, sagte er, und siebzig Jahre danach schlagen sie das ganze Netz kaputt.

Vor der Pommesbude standen Männer und, leicht abseits, eine Frau mit ihrem Kind. Zwei der Männer trugen Anzüge, die übrigen Freizeitklamotten. Alle schienen auf den Umgang mit Pommes fixiert zu sein, niemand wollte sich mit Mayo oder Ketchup bekleckern, nur das Kind redete mit rot verschmiertem Mund auf seine Mutter ein. Stumm starrten die Männer hinüber, aufs Schaufenster von Klaras Miederladen. Zwar hing da eine Gardine, aber keine von der Sorte, die überhaupt nichts sehen ließ. Eher störten die aufgeklebten Buchstaben von Klaras Namen, jeder Eindruck war davon getrübt. Zu zwei Dritteln verdeckte die Gardine notdürftig die Sicht, das obere Drittel aber war nicht verhängt, und so konnte der Blick ungehindert auf den Kopf einer Frau fallen, kurzes oder langes Haar, manchmal die nackten Schultern dazu.

Geht eine Kundin in die Kabine, sagte Klara einmal zu mir, lässt sie sämtliche Komplexe fallen, sie erzählt und erzählt, alles gleitet von ihr ab, jetzt ist sie bereit. Und erwartet, dass ich etwas aus ihr mache. Mach mich schön, heißt das Motto, lass mich aussehen, wie ich aussehen will. Ich bringe alles ein bisschen an Ort und Stelle, wo es hingehört, die Kundin strahlt und sieht gut aus. Es kommt vor, dass eine den Vorhang aufzieht, wunderschön in roten Dessous, und ich kann gerade noch verhindern, dass sie aus der Kabine tritt. Ich deute auf die Pommesbude gegenüber. Dass die Männer dort manchmal stehen und Beifall klatschen, mittags auch Banker. Ab und zu schiele ich nach draußen und fürchte, dass denen die Pommes von der Gabel fallen. Aber die Kundin kümmert sich nicht darum, die können mich ruhig alle sehen, sagt sie, ich hab ja nichts zu verbergen. Alle Hemmungen hat sie abgelegt. Sie fühlt sich frei, weil sie mir vorher viel von sich erzählt hat, und wenn eine Frau sich frei fühlt, ist sie schön. Da kannst du sagen, was du willst.

Damals fügte Klara hinzu: Wenn du Verkäuferin bist wie ich, mit so 'nem Sortiment, dann weißt du ja nie, dann bist du immer auf dem Sprung. Wird die Situation heikel, taste ich mich Richtung Tür, damit ich den Pommesmann sehe, der einen Blick auf mein Geschäft hat. Der Kunde müsste nur irgendetwas anstellen, und schon bin ich drüben. Nicht alle Männer sind harmlos, lieb und nett. Ich gehe sehr ernst damit um.

Ich war darauf gefasst, dass Klara nach meinen Wünschen fragen würde, obendrein, für welchen Zweck. Nicht weil sie ihre Neugier nicht zügeln konnte, sondern weil sie wissen musste, wonach sie suchen sollte. An der Reaktion eines Mannes merke sie schon, was er im Sinn habe, ob er dieses oder jenes für die Frau oder Freundin wolle. Vielleicht etwas außer der Reihe? Hinterher beichte er ihr sein ganzes Leben, ob er eine Geliebte habe oder gerne Damenunterwäsche trage, wenn seine Frau nicht zu Hause sei. Aber was sollte ich Klara beichten? Sie kannte mein Leben, bis auf Séverine. Ich griff nach der Klinke und betrat den Laden.

Espresso, Paul?, fragte sie und gab ihrer Assistentin mit einer Drehung der Hand zu verstehen, dass sie sich einen Augenblick zurückziehe. Der Laden war klein, nicht größer als ein Büdchen, Empfangszimmer mit Theke und Umkleide sowie ein Hinterzimmer, in dem in einem Schrank bis oben hin nichts als Wäsche lagerte, die Schiebetüren waren geschlossen. Als die Maschine röchelte und Kaffeeduft verströmte, half ich, das Bügelbrett so auszurichten, dass es als Tisch diente und die Tassen darauf abgestellt werden konnten. Ich saß davor, sie dahinter. Klara trug ein langes schwarzes Gewand, so schwarz wie ihre gefärbten Haare, ein dunkelrotes Tuch um den Hals, so dunkelrot wie ihre Lippen. Magst du Kekse? Ohne auf Antwort zu warten, stellte sie ein Schälchen aufs Bügelbrett.

Fährt die Straßenbahn heute ohne dich?

Noch, sagte ich, Spätschicht.

Wie findest du meine Assistentin?

Ja, nett. Wie lange hast du sie schon?

Erst die zweite Woche. Läuft gut. Vor Afrikanerinnen hab ich sie gewarnt.

Mmh, der Espresso, heiß. Afrikanerinnen?

Na ja, damit sie nicht erschrickt. Afrikanerinnen ziehen blank. Hemdchen hoch und nichts darunter, Natur pur.

Würde mich nicht erschrecken.

Das kannst du vorher nie wissen.

Klara sprach langsam, ein wenig so, wie sie sich bewegte. In ihren Äußerungen lag etwas Sanftmütiges. Selten, dass sie laut wurde, höchstens wenn sie lachte.

Sie sagte: Hab dir angesehen, Paul, dass du einen Espresso brauchst, vielleicht weniger das Getränk als den Gedanken. Der Gedanke Espresso ist schwer zu übertreffen. Wirkst angespannt, ein bisschen. Ich seh es in deinem Gesicht.

Ach, entfuhr es mir, nee, findest du?

Sie schnappte nach Luft, das war so ein Tick, den sie nicht kontrollieren konnte. Wie jedes Mal ließ ich mir nichts anmerken, aber innerlich zuckte ich zusammen.

Hast du viele Afrikanerinnen?

Kommen alle zu mir, sagte sie. In ihren Haarshops tauschen sie Tipps untereinander aus, und irgendwann fällt da immer mein Name. Kommen alle wieder. Meine beste Freundin stammt aus Ghana.

Und die anderen?

Aus Oberhausen, haha, lachte Klara, dass es lärmte. Hier haben wir viele aus Ghana, ist ja bekannt, die Jüngeren sind hier geboren. Sie wirken burschikoser als zum Beispiel Frauen aus Kamerun. Manche, glaube ich, sind vom Gewerbe. Häufig zahlen sie im Voraus ab. Da hab ich kein Problem mit, das war zu Zeiten des Bergbaus nicht anders. Sie kommen so lange vorbei, bis der Preis abgezahlt ist, und dann nehmen sie die Ware mit. Kinder bringen sie auch gerne her oder Freundinnen. Die Kinder verstecken sich oft verschämt hinter den Müttern. Frauen aus Kamerun sind kultivierter, meistens Akademikerinnen. Sie wohnen eher in Essen oder Mülheim.

Die Kekse schmecken gut.

Die Kekse, ja, sagte sie. Was hast du auf dem Herzen?

Nichts, Klara, alles gut.

Kennst du ihre Maße, ihre Größe?

Ich konnte nicht verhindern, dass ich schluckte, noch dazu so, dass es in der Kehle drückte, gut hörbar.

Wie alt?

Jung, sehr jung, gab ich zu. Es ist …

Du musst mir nichts erzählen. An welche Art von Geschenk hast du gedacht, eher klassisch, eher modern? Wie willst du sie sehen? Und vergiss nicht, wie würde sie selbst sich sehen wollen?

Ich weiß nicht …

Ein bisschen musst du mir schon helfen. Der letzte Schrei ist zurzeit ein Perlenstring mit echten Mallorcaperlen, ganz groß in Mode. Hab ich noch nicht lange. Ein schmaler oder etwas breiterer Gürtel aus Stoff und unten die Perlenkette ein- oder zweireihig, zum Beispiel der String von Bracli. Gerade erst ist eine Kundin damit auf Kreuzfahrt gegangen. Mal sehen, wie er ihr bekommt. Und ob sie einen weiteren kauft, in einer anderen Farbe. Erst mal wirken lassen. Dann werde ich sie fragen, wie sich der String trägt, ob angenehm, ob nicht. Anprobieren ist nicht, weil Unikat. Du müsstest es riskieren. Machen kann eine Frau damit alles, außer Radfahren.

Überraschend schnappte sie nach Luft, diesmal lachten wir beide. Den Perlenstring nahm ich und sah zu, wie sie ihn auf der Theke einpackte, zusätzlich zu einem schwarzen Korsett, das mir die ganze Zeit schon für Séverine vorgeschwebt hatte, eines, das sich auf dem Rücken verschnüren ließ.

Was heißt Faschismus?, fragte die Antifa in der Volkshochschule. Ist die Gefahr real? Ein Szenario wie in den Zwanziger- oder Dreißigerjahren des letzten Jahrhunderts hielten sie für unwahrscheinlich. Eher befürchteten sie für Europa eine Art Orbánismus, den schleichenden Umbau des Systems wie in Ungarn, formal eine parlamentarische Demokratie, durch Wahlen legitimiert, im Kern jedoch nationalistisch, fremdenfeindlich, auf

Abschottung bedacht. Bedauert wurde das Versäumnis der Linken, YouTube für Videos weit weniger genutzt zu haben als die Rechte. Die Linke müsse, um anschlussfähig zu bleiben, ästhetisch modernisiert werden. Viele beunruhigte das Einsickern rechter Kräfte in Verfassungsschutz, Polizei und Militär, in bewaffnete Institutionen. Zwar drohe im Augenblick kein Militärputsch, aber die Linke müsse darauf vorbereitet sein, dass bei der nächsten ernst zu nehmenden Krise, ob Klima, Finanzen oder sozialer Notstand, das System beträchtlich ins Ächzen, wenn nicht ins Wanken geraten könne. Die Linke brauche Personen, Konzepte, Strukturen, politisch genauso wie administrativ. Kurzzeitig debattierten sie über die Frage einer möglichen Bewaffnung, über eigene Waffen, militärisches Gerät, um gegen das auf der Rechten konzentrierte Arsenal gerüstet zu sein. Dass die Wehrpflicht abgeschafft worden sei, erachteten sie als riskant, da Soldatinnen und Soldaten nun nicht mehr aus allen Lagen der Bevölkerung stammten, nicht mehr Berufen in der zivilen Welt nachgingen, sondern von Kopf bis Fuß aufs Militärische eingestellt seien, das sei ihr Lebensinhalt. Einmütig lehnten sie Terror als Gegenmaßnahme ab. Terror verschrecke die Menschen und diskreditiere die gesamte linke Bewegung. Dagegen begrüßten sie das defensive Auftreten gewaltbereiter Antifaschisten, immer mit dem Ziel, rechte Rabauken in die Schranken zu weisen und öffentliche Plätze für fremdländisch aussehende Menschen zu schützen.

Yann meldete sich zu Wort. Er beklagte, dass Linke die Grauen Wölfe hofierten und damit den türkischen Nationalismus. Links von ihm saß ein Leninist mit starren Augen und schneller, präziser Artikulation, rechts von ihm ein früheres DKP-Mitglied, das, wann immer möglich, auf lehrreiche Erfahrungen verwies, dem Ex-DKP-Mann benachbart ein theoretisch versierter Student mit Metallbrille, neulinks, pragmatisch und aufs gesellschaftliche Ganze aus. Gegenüber zwei junge Frauen, die Yanns Aufmerksamkeit fesselten, stärker, als er eingestehen wollte, denn was zählte, war die Debatte, und lüsterne Blicke galten als verpönt. Die eine versuchte, die Skulptur ihres Körpers zu überspielen, indem sie gelangweilt Meldungen aufrief, ohne als Moderatorin weiter zu stören. Die andere, Marxistin, sprudelte eher, als dass sie sprach, und reihte atemlos eine Äußerung an die andere, wobei sie ihren rechten Unterarm kreisend dazu bewegte, eine permanente Welle nach vorn, die alle, die nicht aufpassten, zu überrollen drohte.

Den Eindruck, dass sich die Verhältnisse zuspitzten, und zwar weltweit, wollte nicht jeder bestätigen. Denn auch in früheren Zeiten habe es furchterregende Regime gegeben, etwa Diktaturen in Lateinamerika. Unabhängig davon sei die Linke gut beraten, nach kultureller Hegemonie zu streben. Statt in Grüppchen und sektiererische Fraktionen zu zerfallen, solle sie überschaubare, handlungsfähige Zirkel bilden, die sich der gesellschaftlichen Realität stellten. Für notwendiger als Theorien hielten sie greifbare Erfolge, gelungene Streiks zum Beispiel, die wo immer unterstützt werden müssten. Jeder vernünftig denkende Mensch verurteile Hungerlöhne, Zeitarbeit, Mietwucher. Hier ließen sich Koalitionen im linken Spektrum schmieden, selbst wenn die SPD seit ihrer neoliberalen Drift an Vertrauen eingebüßt habe.

Lange zupfte eine alte Frau an ihrer Kleidung, ehe sie ruhig wurde und sagte: Wir müssen den Menschen wieder Hoffnung geben. Nicht der Tod, das Leben ist wertvoll.

Darum müssen wir uns der Untergangssehnsucht der Rechten widersetzen. Sollen sie ohne uns untergehen.

Ab und zu hatte ich das Gefühl, dass der Boden nachgab. Es beruhte nicht auf einer gekippten Psyche, denn psychisch fühlte ich mich stabil, insoweit wenigstens, als ich Gestörtes in meiner Umgebung sofort identifizierte. Nein, dieses Empfinden stützte sich auf die Wahrnehmung von Realität. Die Realität des Reviers bestand darin, dass es versank. Wiederholt hatte ich in einen klaffenden Abgrund geschaut, mit einem furchterregenden Wort auch Tagesbruch genannt, eingesackte Erde, Schlünde, abstürzende Straßen, ganze Krater. Risse an seriös gemauerten Häusern waren noch das Wenigste, allenfalls Vorboten dafür, dass nichts ewig hielt. Untersuchungen, wie die menschliche Psyche auf derartige Vorfälle reagierte, gab es nach meiner Kenntnis keine, sonst wüssten wir mehr über das Verhältnis von Wahrnehmung und Verdrängung. Wer verdrängte, war wie so oft im Vorteil, weil er dadurch seine Psyche schützte; wer wahrnahm, lief Gefahr, am unterirdisch ausgehöhlten Terrain des Reviers irre zu werden.

Unter den Füßen, wo immer ich langging, lag ein Labyrinth von Gängen. Ich dachte an Schächte, an Stollen, an Strecken, mit Schienen ausgelegt. Und ich dachte, selbst wenn die letzte Zeche mittlerweile aufgegeben worden war und keine Kohle mehr zutage förderte, an Menschen, an Arbeiter, Funktionäre, Experten und sogar an Reporter, die dort unten umherwimmelten, auf Sohle eins zum Beispiel oder Sohle vier, teils heute noch, weil sie, wie ich gut verstehe, einem ausgekratzten Berg nicht trauen. Tausende von Kilometern umfasste das Netz unter mir, sodass ich, einmal in der Tiefe, durch das ganze Revier hätte wandern können. Kohle, die in der Zeche Walsum bei mir in Duisburg einst ans Licht kam, war in Förderwagen unter Tage transportiert worden, sie stammte links vom Rhein aus Kamp-Lintfort oder rechts vom Rhein aus Voerde.

In Höntrop war ich, mit Ausnahme der Ortsansässigen, einer der Ersten, die in den Krater starrten, ich war, nachdem ich die Nachricht im Radio gehört hatte, ins Auto gestiegen und nach Bochum gefahren, nach Wattenscheid, um genau zu sein, in den Stadtteil Höntrop, ehe die Polizei das Gelände absperrte, damit Schaulustige sich nicht selbst gefährdeten. In Windeseile machte das Wort vom Höntroper Loch die Runde, als hätten Kinder nur ein bisschen im Sand gebuddelt. Dieses Loch aber war tatsächlich ein Krater, fünfzehn Meter tief und fünfhundert Quadratmeter weit, der Abgrund, in den ich in Gedanken längst geblickt hatte. Am Morgen war die Erde in der Siedlung plötzlich eingebrochen und ließ Sträucher, Tannen, zwei Garagen und ein Auto hinunterstürzen. In den Stunden danach dehnte sich der Krater noch etwas aus, und in der folgenden Nacht, höchstens ein paar Meter weiter, öffnete sich abermals die Erde und verschlang ein gutes Stück Garten sowie Geräte des Technischen Hilfswerks. Von einem früheren Steinkohlelager in diesem Gebiet hätten die Behörden nichts gewusst, auf keiner ihrer Karten sei es verzeichnet gewesen, gewusst hätten sie nur von der Existenz einer Zeche nicht allzu weit weg, sie habe den Berg offenbar weiter ausgehöhlt als vermutet, im Jahr 1904 sei sie geschlossen worden. Ununterbrochen floss Beton in den Krater, um das Erdreich zu festigen. Eine weiße Gartenbank stand schräg am Rand und drohte jeden Moment zu kippen. Und das Hinterrad eines Autos hing gefährlich über dem Abgrund. Vorsorglich wurden dreißig Leute evakuiert.

Im nördlichen Revier hätte ich mich, trotz aller Prognosen, nicht sicherer gefühlt. Im Norden, hieß es, seien die Hohlräume im Untergrund professionell verfüllt worden, und sie lägen ohnehin viel tiefer als im Süden, nicht selten mehr als tausend Meter tief, weil erst dort unten Kohle gefunden worden war. Noch dazu habe der Gebirgsdruck das Gebiet stabilisiert, zehn mahlende Jahre, und schon hatte sich alles beruhigt. Im südlichen Revier aber, besonders entlang der Ruhr, lag Kohle dicht unter der Erdoberfläche. So hatten Abenteurer, dilettantisch und selten legal, hier angefangen, Kohle abzubauen. Die entstandenen Tunnel verfüllten sie anschließend nicht sorgfältig. Und so kam es vor, dass das eingelagerte Material absackte. Südlich der A40, so wurde gern behauptet, müsse mit allem Möglichen gerechnet werden, also jederzeit auch damit, dass einem der Boden entglitt. Die Autobahn sollte als Scheide dienen. Aber egal, ob Norden oder Süden, das Revier sank ab, mittlerweile lag es zwanzig oder dreißig Meter tiefer, sodass sich eine Reihe von Städten unter dem Grundwasserspiegel befanden und nur deshalb nicht überschwemmt wurden, weil unzählige Pumpen dafür sorgten, dass sie trocken blieben. Das Abpumpen musste bis in Ewigkeit fortgesetzt werden, wollten sie nicht heraufbeschwören, dass sich eine Seenplatte ausbreitete, vielleicht mit der Spitze des einen oder anderen Förderturms, die aus dem Wasser ragte.

Laut amtlicher Mitteilung verfügte das Land Nordrhein-Westfalen über dreißigtausend durch den Bergbau entstandene Tagesöffnungen. Das genügte, um mich misstrauisch zu stimmen. Wo ich mich auch aufhielt, ich musste darauf gefasst sein, dass mich das Auge eines Berges von unten her anstarrte, lange Zeit, ehe es blinzelte und sich dann schloss, sich zurückzog und durch diese Bewegung alles ins Rutschen brachte. Darum hatte ich mir angewöhnt, auf Wege, die ich ging, auf Straßen, die ich befuhr, auf Schienen, denen ich folgte, zu achten und den Blick so oft wie möglich auf den Boden zu richten, um rechtzeitig zu erkennen, dass etwas bröckelte und entzweibrach, dass sich ein Abgrund auftat und Lebewesen und Dinge in das Innere eines nie wirklich ruhig gestellten Bergwerks zog. Ich wollte imstande sein, stehen zu bleiben oder zu bremsen und anzuhalten, bevor es zu spät war. Ich wollte das Innere eines Bergwerks nicht kennenlernen und am Ende, sobald das Technische Hilfswerk angerückt war, unter Massen von Beton begraben werden. Vor dem Hauptbahnhof in Essen, wo sie immer wieder Alarm schlugen, lief ich rastlos auf und ab, ich konnte mich nicht dazu durchringen, das Gebäude zu betreten, denn wer wusste schon? In Essen hätte ich, feinfühlig, wie ich war, keine Straßenbahn fahren können, ich wäre aus Angst um die Fahrgäste umgekommen, da ich sie alle sicher ans Ziel bringen wollte, und nichts anderes durften sie von mir erwarten. In Essen aber hätte ich für nichts garantieren können.

In Duisburg schenkte ich, mit einem gewissen Hang zur Illusion, dem Boden mehr Vertrauen als in Essen, ich traute ihm zu, dass er standhielt. Allerdings verwirrte mich die Faustregel von der A40, nördlich davon stabil, südlich davon brüchig, weil diese Autobahn mitten durch Duisburg verläuft. Selbst ein flüchtiger Blick auf das Streckennetz führte mir klar vor Augen, dass ich im Duisburger Süden nicht weniger unterwegs war als im Duisburger Norden, ich meine, ich mit der Straßenbahn, und das heißt, ich war auch im brüchigen Süden verantwortlich für jeden Fahrgast, der, wenn er zustieg, nichts Unheilvolles ahnte. Damit ich mich beruhigte, konsultierte ich regelmäßig eine für solche Zwecke eingerichtete Website, www.gdu.nrw.de, die Aufklärung versprach über Gefährdungspotenziale des Untergrundes in Nordrhein-Westfalen. Geübt klickte ich Duisburger Ortsteile an, die tags darauf auf meiner Linie lagen, wobei ich mich meistens auf Stichproben beschränkte, aber es gab auch Abende, an denen ich ein schwer zu zügelndes Interesse für jeden Quadratkilometer aufbrachte, denn wo der eine Quadratkilometer noch als unbedenklich galt, konnte der andere schon als potenziell gefährdet ausgewiesen sein.

In meine Wahrnehmung der Revierrealität mischten sich auch fantastische Elemente, wie in einem Film, in dem der Superheld eine Katastrophe gerade noch abwendet. Mir fiel die Rolle des Helden zu. Dadurch befreite ich mich kurzzeitig von allen Sorgen, die den Menschen im Revier von Kind an auf den Schultern lasteten. Die fantastische Sequenz spielte im Duisburger Süden, was, bevor etwas Dramatisches geschah, bereits Spannung schürte. Auf der Strecke Richtung Mannesmann Tor 2 sackte in Hochfeld das Gleisbett ab, sodass sich die Schienen nach unten bogen, dem Abgrund entgegen, bis sie brachen. So war die Chance dahin, dass ich die Straßenbahn mit Schwung wieder nach oben beförderte, damit sie jenseits des Kraters weiterfahren konnte, als wäre nichts passiert, aber nein, ich stürzte, eine hysterisch kreischende Menge im Wagen, auf den Gleisen hinab, deren Stümpfe wie durch ein Wunder unten auf Sohle eins aufschlugen, direkt im Stollen und auch direkt auf den ausgelegten Schienen, die, wie ich erleichtert feststellte, dieselbe Spurweite hatten wie die Schienen oben in der Stadt, sodass ich die Straßenbahn in einem halsbrecherischen Manöver, ächzend, knirschend und Funken speiend, im Stollen aufs Gleis setzte und unter dem tosenden Applaus der Menge im Bergwerksdunkel ausrollen ließ. Die Fahrgäste griffen unter die Sitze und zogen Grubenlampen hervor, meine Straßenbahn leuchtete, und wir alle sangen das Steigerlied. Diese fantastische Sequenz fiel mir jedes Mal wieder ein, wenn ich mit der Straßenbahn in den langen Tunnel einfuhr, zwischen Duissern und Meiderich, unter der Ruhr und dem Rhein-Herne-Kanal hindurch, und manchmal schloss ich die Augen dabei, nachdem der Computer verlässlich meinen Job übernommen hatte, wie stets auf dieser unterirdischen Fahrt, und ich dachte: Jetzt könnt ihr applaudieren.

Erst mal kannst du bei mir wohnen, sagte Mirek und goss Pan Tadeusz in die Gläser, polnischen Wodka. Unser Stammtisch hatte sich aufgelöst, die Kollegen waren einer nach dem anderen gegangen, nur ich stand noch an der Bar, um mich vom Wirt zu verabschieden. Woher wusste Mirek, dass ich eine Unterkunft brauchte? Seiner Frau Zuzanna gegenüber hatte ich ein paar Andeutungen gemacht, und weil sie offenbar rasch kombinierte, konnte sie sich den Rest zusammenreimen.

Und dann, setzte Mirek hinzu, suchst du dir in aller Ruhe eine feste Bleibe.

Mehr sagte er nicht, und ich war ihm dankbar dafür. Ich wollte jetzt nicht erzählen, wie alles gekommen war, denn ich war gut gelaunt und brächte den für diesen Fall passenden Gesichtsausdruck nicht auf, ein betretenes Gesicht lag mir nicht. Seit es die Wirtschaft gab, ging ich regelmäßig hin, besonders wegen Mirek und Zuzanna, aber auch die Atmosphäre sprach mich an, das lässige Nebeneinander von Polnisch und Deutsch, Tyskiebier und deftige Kost, an den Wänden hingen Kunstwerke oder Plakate für vergangene oder künftige Veranstaltungen, meistens Jazz. Ein polnischer Künstler hatte ein schweres Stück Holz aufgehängt und es Das letzte Rettungsbrett genannt. Wenn es stimmt, dass jeder Mann ein zweites Zuhause hat, dann befand sich mein zweites Zuhause in Mireks Wirtschaft.

Krauses graues Haar fiel ihm auf die Schultern. Oft trug er ein rotes Hemd, dazu ein schwarzes ärmelloses Jäckchen und eine schwarze Hose. So gut wie immer hatte er seinen Hut auf. Nicht nur von fern sah er aus wie ein Gaukler, aber wie einer, der die Kunst ernst nahm, ernster sogar als mancher Künstler. Für mich war er selbst ein Künstler, auch wenn Zuzanna höchstens das Wort vom Lebenskünstler durchgehen ließ. Als Mirek hörte, dass ich viele Semester Germanistik studiert hatte, schlug er vor, eine polnische Schriftstellerin zu besuchen, die nicht weit von hier wohnte, nämlich in Moers. Diese Schriftstellerin erwies sich als hervorragende Köchin, wir aßen viel und tranken dazu. Und wir lachten jede Stunde lauter mit zunehmend geröteten Wangen. Über Literatur sprachen wir nicht, und ich hatte den Eindruck, dass es der Schriftstellerin nur recht war. In dem Moment, als ich meine Arbeit erwähnte, das Straßenbahnfahren, schlug sie mit der Hand auf den Tisch. Mirek sagte: Ich hab dich als Germanistikprofessor angekündigt.

Sein Großvater war zum Arbeiten ins Revier gekommen, als Bergmann; sein Vater wurde hier geboren. Später kehrte der Großvater nach Schlesien zurück. Nach dem Krieg kam Mirek in Danzig auf die Welt. Dadurch, dass sein Vater einen deutschen Pass besaß, noch dazu in der Wehrmacht gekämpft hatte, gelangte er, als er von Polen nichts mehr erhoffte, ohne Probleme nach Deutschland. Kurze Zeit später folgte ihm Zuzanna mit den Kindern.

Wie ich stand auch Mirek, aufgestützt auf den Ellbogen, diesseits des Tresens, jenseits davon zapfte ein Barkeeper Tyskie um Tyskie. Für die Kellnerinnen war es ruhiger geworden, eine, dachte ich, ist schon weg. Mirek hatte die Wodkaflasche genommen und war zu mir herübergekommen. Als wollte er mich schonen, erzählte er Anekdoten aus seinem Leben. Einen Augenblick blieb Zuzanna bei uns stehen und fuhr ihrem Mann mit der Hand über den Rücken.

Sie sagte: Nimm ihm nicht jede Einzelheit ab, er neigt zu Legenden.

Wer?, fragte Mirek. Welche Legenden?

Vor allem musst du wissen, Paul, dass für Mirek immer alles zu spät ist. Alles, was er anfängt, fängt er zu spät an. Als er mich heiratete, war er siebenundzwanzig, viel zu spät, um zu heiraten und eine Familie zu gründen. Mit dreißig baute er ein Haus, wieder zu spät, darum musste er es schnell bauen. Er hat ständig das Gefühl, dass er sich beeilen muss, damit er die Zeit wieder einholt, am besten noch überholt. Seit vierzig Jahren sind wir verheiratet, wir kennen uns wie Geschwister, ich passe auf, dass er nicht umfällt. Weil die Zeit läuft, und er immer noch so viel vorhat. Mirek ist ein Träumer, aber keiner von der harmlosen Sorte. Denn er will seine Träume verwirklichen. Dieses Lokal war auch so ein Traum, viel zu spät hat er daran gedacht, und zwar ohne dass er über die geringste

Erfahrung als Wirt verfügte. Was kommt als nächstes? Ich will es nicht wissen.

Mirek küsste sie auf den Mund, wenig später entzog sie sich.

In der ersten Zeit versuchte polnische Mafia, einen Fuß in die Tür zu bekommen. Die Männer mit den Zigaretten empfing Mirek offenherzig, denn sie waren ihm als Fußballspieler bekannt. Doch als sie ihm einen Handel vorschlugen, der darauf hinauslief, Zigaretten von ihnen zu kaufen, um sie mit einem Aufschlag weiterzuverkaufen, schüttelte er den Kopf. Nächstes Mal, sagte er, kommt bitte als Fußballer, und zwar nur als Fußballer. Nicht so leicht abwimmeln ließen sich die organisierten Polen, vier stämmige Kerle, die im schwarzen Geländewagen vorfuhren, mit der Absicht, Schutzgeld einzutreiben. Beim dritten Versuch kam Mirek eine Idee. Denn zufällig saßen ein paar Polizisten in der Wirtschaft, alle in Zivil, und so zuckte er mit gespieltem Bedauern die Schultern und sagte: Ja, danke für das Angebot, aber ich zahle bereits Schutzgeld, an die Herren von der deutschen Polizei. Die schützen mich seit drei Monaten. Darf ich euch mit ihnen bekannt machen? Nach einem Moment der Verwirrung, die Gesichter wurden knittrig, zogen die Polen es vor, unauffällig zu verschwinden. Nie wieder wagten sie sich herein.

Vor einigen Jahren hatte Mirek ein Schreiben von der Staatsanwaltschaft Frankfurt (Oder) erhalten. Dieses Schreiben enthielt eine Entschuldigung. Denn jahrelang sei die Wirtschaft überwacht worden, Festnetz, Mobiltelefone, sämtliche E-Mails. Es habe der Verdacht bestanden, dass sich in Oberhausen ein Umschlagplatz für den illegalen Handel zwischen Ost- und Westeuropa etabliere.

Dieser Verdacht habe sich nicht bestätigt. Vor Kurzem sei die Überwachung eingestellt, alle Gespräche und Korrespondenzen seien gelöscht worden.

Beide waren ursprünglich Lehrer gewesen, Mirek für Mathematik und Erdkunde, Zuzanna für Physik und Chemie. Mirek sagte, er sei ein guter Lehrer für gute Schüler gewesen, für schlechte Schüler leider nicht, er habe für sie keine Geduld aufgebracht. Zuzanna dagegen sei gut für alle Schüler gewesen, äußerst beliebt und mit pädagogischem Geschick, sie habe stets Mittel und Wege gefunden, auch die Schlechtesten zu motivieren. Von ihrem Gehalt konnten sie in Danzig nicht leben, und so zogen sie aufs Land, weil der sozialistische Staat Lehrer auf dem Land besonders förderte, mit einer Wohnung und einem Grundstück zum Bewirtschaften. Endlich standen sie auf eigenen Beinen.

Polen war alles, woraus Mirek bestand. Sprache, Kultur, Mentalität. Als junger Mensch konnte er sich nicht vorstellen, das Land jemals zu verlassen. Wo immer er hingegangen wäre, er hätte alles Wesentliche verloren. Er wollte Polen verändern, es vom Druck der Ideologie befreien, schon als Student. Er organisierte Versammlungen, laut und voller Rauch, wer keine Zigaretten dabeihatte, schnorrte welche. Als Solidarność aufkam, schloss er sich der Bewegung an. Wałęsa klapperte Streikposten ab, er klopfte auch Mirek auf die Schulter.

Mit eigenen Händen baute er ein Haus für die Familie, drei Jahre lang stand er auf um halb vier und fing an zu arbeiten, um dann um acht in der Schule zu sein und um vier am Nachmittag wieder zurück, damit er weiterarbeiten konnte. Doch als alles fertig war, war alles zu wenig. Das große Haus wurde ihm eng, weil er, wenn

Gäste kamen, nicht reden durfte, wie er wollte, das große Haus entbehrte großer Gedanken. An dieser Atmosphäre drohte er zu ersticken.

Im Revier fasste Zuzanna früher Fuß als Mirek. Unvermutet wurde sie, obwohl ihr Deutsch noch Mängel hatte, Dozentin an einer Akademie; als Pädagogin war sie schwer zu schlagen. Dadurch konnte sie die Familie ernähren. Stell dir vor, sagte Mirek, ich, ein polnischer Mann, kümmerte mich um die Kinder, während sie für uns arbeiten ging, das liegt nicht in der polnischen Tradition. Er war stolz auf seine Frau, wenn auch nicht ohne Unbehagen. Alle drei Kinder meldeten sie zum Fechten an, der Club hatte einen guten Ruf, vor allem sahen sie die Kinder sinnvoll untergebracht, weg von der Straße, mit Training und Wettkämpfen.

Noch in derselben Woche bezog ich das Apartment. Ich hatte es mir vorher nicht einmal angeschaut. Früher soll eine der beiden Töchter darin gewohnt haben, im Regal stand die Trophäe für eine gewonnene Meisterschaft im Fechten, nicht irgendeine, nein, die Weltmeisterschaft. Bestimmt hatte mir Mirek beim Wodka davon erzählt, aber ich erinnerte mich nicht mehr daran, stattdessen dachte ich an den kleinen Club im Revier, dem es gelungen war, eine Weltmeisterin hervorzubringen. Dadurch fühlte ich mich auf idiotische Weise glücklich.

Mein Apartment lag direkt über dem Veranstaltungssaal, unten die Musikbühne, Stühle und Tische, eine kleine Bar. Oben, bei mir, antike Möbel, Kleiderschrank, Truhe, Schreibtisch, Wanduhr, dazu ein französisches Bett, auf dem ich in Gedanken Séverine liegen sah, halbnackt, sie kehrte mir den Rücken zu. An der Wand, an die das Bett gerückt war, hing ein gemaltes Porträt, das die junge Zuzanna zeigte. Als ich den Blick wieder senkte, war Séverine weg. Eine schmale Küche zweigte vom Wohnraum ab, darin ein mannshoher Kühlschrank in Orange und ein Tischchen mit zwei Stühlen. Im Bad entdeckte ich Utensilien der Körperpflege, und mir dämmerte, dass sie vom Familienapartment öfter Gebrauch machten. Diesen Gebrauch ließ Mirek durch mich auf unbestimmte Zeit blockieren, woraus ich folgerte, dass ich so lange zur Familie gehörte. Auf den Stufen einer Holztreppe stieg ich zur Balkontür hinauf, die auf der Höhe der Fenster lag, ich öffnete sie und trat hinaus. Nur kurz schweiften meine Augen umher, ehe ich den Aschenbecher erblickte.

Unten in der Wirtschaft traf ich erneut auf Mirek. Es war, als habe er nur darauf gewartet, seine Erzählung fortzusetzen, jedenfalls knüpfte er nahtlos daran an. Alle liebten Zuzanna, sagte er, das ganze Kollegium. Sie erhielt so viel Anerkennung, dass Lehrer, wenn sie uns zu Hause besuchten, mit Blumen nach ihr warfen. Ich sah die Zeit gekommen, selbst etwas in Angriff zu nehmen. Und weil ich damals nicht wusste, wo anfangen, fing ich als Taxifahrer an. Mit den Jahren hab ich viel mitbekommen. Ich hab gelernt, dass ich keine Meinung äußern darf, nicht als Taxifahrer, weil dann ruft dich der Fahrgast kein zweites Mal an. Beim Thema Mathematik konnte ich einmal nicht an mich halten, ich dozierte wie vor der Klasse, um einen störrischen Fahrgast zur Vernunft zu bringen. Wider Erwarten ließ er meine Meinung gelten, ich erhielt ein Trinkgeld so hoch wie der Fahrpreis. Immer wieder fuhr eine ältere Frau mit mir mit, immer wieder auch ein älterer Mann, niemals gemeinsam, sie erzählten vom Eheleben, und es dauerte lange, bis ich begriff, dass sie voneinander erzählten und dass ich zwei Versionen von einer erlöschenden Ehe hörte, einmal von ihr, einmal von ihm. Viel später und nachdem ich lange nichts mehr von ihm gehört hatte, verlangte der ältere Mann nach meinem Taxi, ich sollte nur im Viertel umherfahren und ihn dann wieder vor der Haustür absetzen. Ich ahnte, dass er auf ein paar Worte aus war, durch die sich die Geschichte für mich rundete. Er sagte, er war dreißig Jahre verheiratet, und eines Tages brach seine Frau in den Kegelclub auf, ohne je wieder zurückzukehren. Den Rest der Strecke schwieg er und sah aus dem Fenster. Vor seiner Haustür angelangt, sagte ich: Im Leben bezahlen Sie immer, aber diese Fahrt kostet Sie nichts.

Bist du in der Straßenbahn schon mal überfallen worden?, fragte Mirek.

Nein, zum Glück noch nicht, antwortete ich. Einem Kollegen aber ist es mal passiert, Gaspistole vorm Gesicht, überall Blut.

Vor einer Disco spät in der Nacht stiegen vier Männer in Mireks Taxi, der grobe Ton, das herablassende Duzen hätten ihn warnen müssen, doch er reagierte nicht darauf. Sie ließen sich zu einer Tankstelle fahren, um Wodka und Bier zu besorgen. Wieder unterwegs, sagte einer von ihnen, her mit deiner Tasche. Aber Mirek weigerte sich, ich hab drei Kinder, sagte er, und die brauchen Geld. Alle vier lachten, der beste Witz seit Langem. Mirek spürte, während er den Wagen steuerte, von hinten eine Hand im Nacken. Ihm wurde mulmig, doch statt anzuhalten, trat er aufs Gas, sie rasten dahin, und er sagte so gelassen wie möglich, was wollt ihr machen?, wenn wir sterben, dann sterben wir alle. Was, was, was? Jetzt waren sie wach. Gleichzeitig funkte Mirek an die Zentrale, ich werde angegriffen. – Okay, wo bist du, Mirek? – Disco, Tankstelle, Straße. Mit wem sprichst du?, fragte der Mann auf dem Beifahrersitz. Taxifunk, gab er zur Antwort, die Polizei ist alarmiert. Er beschleunigte weiter, und die vier wurden plötzlich ganz still. Vor ihnen die Ampel schaltete auf Rot. Weiterfahren oder anhalten, fragte sich Mirek, am besten, ich fahre durch. Dann der Zweifel, warum das Leben anderer Menschen riskieren? Wegen vier Kleinkriminellen? Die Entscheidung fiel in einer Sekunde, er trat auf die Bremse, und als der Wagen stehen blieb, sprangen die vier hinaus und stürzten davon.

Nachdem Mirek aus der Küche einen Teller Essiggurken geholt hatte, dazu ein paar Scheiben Brot, sagte er: Seit ich im Revier bin, hab ich immer nur eins gewollt, ich wollte so sein, wie ich bin, ich, der Mann aus Polen, mit meinem Akzent, meiner Mentalität, meiner Kultur. Aber es dauerte lange, bis ich dieses Ziel erreicht habe.

Er wollte nicht länger Taxi fahren. Im Lauf eines Seminars für Existenzgründer fasste er den Entschluss, einen Lebensmittelladen zu eröffnen, polnische Produkte im Angebot, Wurst, Käse, Obst, Zucker. So kam er nach Oberhausen. Er stand hinter der Verkaufstheke, der Kontakt mit der Kundschaft beschränkte sich auf das Nötigste, wogegen er nichts hatte, denn mehr von sich wollte er damals nicht preisgeben. Unverändert nistete eine diffuse Bangigkeit in ihm. Einerseits sehnte er sich danach, sich unverstellt zu zeigen, andererseits fürchtete er sich davor. Bald aber hängte er im Laden Bilder auf, der Ausstellung folgte ein Konzert, dann ein bisschen Theater, und obwohl der Laden zu klein dafür war, trat er als Impresario mit großer Geste auf. Darin, so erkannte er, bin ich in meinem Element.

Von da an, hakte ich ein, war es nur ein kleiner Schritt zum Solidarność.

Zur Kneipe, ja, zum Jazz, dann das Restaurant und das kleine Theater im Hof. So klein war dieser Schritt nicht, aber auch nicht so groß, dass ich ihn nicht gewagt hätte.

Der Name passt gut zum Revier.

Ans Revier hab ich dabei nicht gedacht.

Solidarität hat die Region geprägt, behauptete ich. Hör dir die Geschichten von Bergleuten an. Noch heute zehren wir davon.

Vielleicht, Paul, vielleicht nicht. Mirek wiegte den Kopf. Solidarność aber ist ein polnisches Wort, sogar mit Sonderzeichen auf den letzten beiden Buchstaben. Und genau so haben wir es an der Fassade angebracht. Es ist auch ein Wort meiner persönlichen Geschichte. Und du siehst, mit dem Solidarność hab ich mich endlich zu mir bekannt, ich hab meine Angst, auf Ablehnung zu stoßen, überwunden.

Alle haben dich gern, Mirek. Und jeden Abend rennen sie dir die Bude ein.

Täusch dich nicht. Erfolg bringt Neider hervor, vielleicht auch der Umstand, dass es ein polnischer Erfolg ist.

Ich schwieg und dachte nach. Und ich fragte mich, ob ich das Knistern in der Luft verdrängt hatte, um ein paar arglose Stunden zu verbringen.

So kalt war dieser Sonntag, dass der blaue Himmel scharf geschliffen wirkte. Sie trugen Schal und Mütze, gefütterte Jacken und dicke Handschuhe. Alle drei standen, Zigaretten rauchend, vor dem Gemeindehaus, die großen Fenster waren durch Gardinen verhängt. Dann und wann ging jemand hinein, einzelne schwarze Männer, später eine Familie mit vier oder fünf Kindern.

Yann sagte: Es ist noch zu früh.

Lieber zu früh als zu spät, entgegnete Kymani und zog mehrmals an der Zigarette.

Zu spät, das wäre unhöflich, sagte Baran.

Die drei kannten sich schon von der Schule her, sie waren in einer Klasse gewesen. Yann sagte jedem, der es hören wollte, dass Kymani sein bester Freund sei, und auch Baran sei sein bester Freund, denn einen von beiden zum zweitbesten herabzusetzen, das gehörte sich nicht. Yanns Bruder Wolle schüttelte darüber nur den Kopf, ein Afrikaner und ein Kurde, wo lebst du, Yann, wo? Besonders Baran war ihm nicht geheuer, weil er im Revier die Sache der Kurden verfocht, auf Demos ging und auch vor einer ernsthaften Konfrontation nicht zurückwich. Er verdächtigte ihn der Randale.

Yann sagte: Das ist ein Gottesdienst für die Gemeinde aus Ghana, sie kommen von überallher, aus dem ganzen Revier.

Stammst du aus Ghana, Kymani?, fragte Baran und kniff die Augen zusammen.

Nein, aus Oberhausen, antwortete er, genauso wie du. Warum fragst du so blöd? Als wüsstest du nicht, wo ich geboren bin. Ich will mal einen afrikanischen Gottesdienst erleben, hab viel davon gehört, interessiert mich halt, was die machen, kapierst du? Das ist alles.

Glaubst du an Gott?, fragte Baran.

Gute Frage. Und du?

Nein, eher nicht. Ich glaube eher nicht an Gott.

Musst du ja nicht.

Wir sind alle Atheisten, sagte Yann.

Du glaubst auch nicht, ey, lachte Baran. Was wollen wir dann eigentlich hier?

Stimmung, Atmosphäre.

Kymani sagte: Einmal im Leben so ’ne Feier.

Weil du Afrikaner bist.

Damit hat das nichts zu tun.

Es war zehn vor zwölf, als Klara die Straße herunterkam, eine ruhige Straße, fast dörflich, mit niedrigen Wohnhäusern auf beiden Seiten; in die Zeile fügte sich unscheinbar das Gemeindehaus. Sie hatte einen Wintermantel an, um den Hals gewickelt einen dunkelroten Schal. Als Yann auffiel, dass er sie anstarrte, hob er grüßend die Hand und lächelte.

Erstaunt gewesen war er darüber, dass seine Mutter in Klaras Miederladen ein und aus ging, nach wie vor, obwohl er sie für einsam hielt, eine, die sich lustig gab, um nicht traurig zu erscheinen, alles nur gespielt, doch mit einem Mal war er sich nicht mehr sicher. Sie schien ein Leben zu führen, von dem er nichts ahnte, genauso wenig wie Wolle, oder war er zu stumpf, es zu bemerken? Als sie ihm auftrug, ein Wäschestück, wie sie es nannte, bei Klara abzuholen, eingepackt und bereits bezahlt, durchfuhr ihn der Gedanke, dass er nicht viel wusste von seiner Mutter.

Das Treffen hatte Klara eingefädelt, indem sie ihrer besten Freundin, die regelmäßig zum Gottesdienst ging, von den jungen Männern erzählte, vor allem von Kymani. Dass er gerne einmal dabei wäre. Alle seien willkommen, sagte die Ghanaerin, lobet den Herrn.

Ehe Klara sie erreichte, warfen sie die Zigaretten weg.

Gerade haben wir festgestellt, sagte Yann, dass keiner von uns einen Gott hat.

Sanft erwiderte Klara, dass jeder einen Gott habe.

Kann sein, gestand Yann zu, aber keiner von uns glaubt an ihn.

Warum sagt ihr mir das? Es ist, wie es ist.

Sind Sie gläubig?, fragte Baran.

Sei nicht so neugierig, ging Yann dazwischen.

Gläubig ja, verriet Klara. Aber eine praktizierende Katholikin darf ich mich nicht nennen. Dafür habe ich zu oft gesündigt.

Baran traute sich nicht, laut zu lachen. Er verwandelte den Reiz in ein Hüsteln.

Ein paar Mal bin ich schon hier gewesen, sagte Klara, weil meine Freundin nicht lockerlässt. Sie hat es gern, wenn ich herkomme. Bestimmt wartet sie drinnen auf uns. Kann schon zwei, drei Stunden dauern. Aber ihr könnt zwischendurch auch rausgehen. Alle machen es so … Es ist kalt. Wollen wir?

Etliche drängten jetzt ins Gemeindehaus, Yann dachte: Auf die letzte Minute. Im Foyer empfing sie die Ghanaerin, Klaras Freundin, die Efia hieß, und strahlte übers Gesicht, als wären sie ihre persönlichen Gäste. Sie war festlich und farbenfroh gekleidet, und nachdem sie jeden begrüßt hatte, lotste sie die Gruppe in den Saal. An der Längsseite erhob sich ein mit rotem Samt bedecktes Podium, alle Stühle waren in Reihen darauf ausgerichtet, die gegenüber sowie die links und rechts an den Breitseiten. Luftballons in Schwarz und Weiß schmückten die Wände, eine ganze Traube hing von einem Heizungsrohr herunter. Auf die Wand hinter dem Podium projiziert wurden Zitate aus der Bibel, alle auf Englisch, oder kurze Hinweise zum Ablauf. Als sie ihre Plätze einnahmen, lief die Feier schon, ein Vorredner stimulierte die Gemeinde mit den Rufen Halleluja und Amen. Hin und wieder stand jemand auf und äußerte sich zum Motto des Gottesdienstes, persönliche Gedanken, über die manche lachten. Krieg hieß das Motto, womit nichts anderes als der Kampf zwischen Gott und Teufel gemeint war.

Tanzt und singt, forderte der Vorredner die Gemeinde auf, und preiset den Herrn. Darauf erhoben sich alle, Frauen in prächtigen Kleidern, Männer in Anzügen, und während die Band rhythmische Klänge anstimmte, Hammondorgel, Bass, Schlagzeug und Tumbas, gingen sie umher, um einander die Hand zu schütteln, ein Akt der Begrüßung und Vergemeinschaftung, niemand sollte sich ausgeschlossen fühlen. Bislang unter den Gästen, stieg eine Frau, deren Haar mit einem gelben Tuch umschlungen war, aufs Podium, nahm das Mikrofon und sang ein Loblied, laut und kräftig, technisch zum Teil übersteuert, ohne dass sie sich beirren ließ. Im Stehen wiegte sich die Gemeinde, jeder auf seine Art, bald mit ausgebreiteten Armen, bald mit gefalteten Händen. Yann, dessen massiger Körper alle überragte, schwang seine Arme, Baran tanzte ungestüm, er hatte Spaß, nur Kymani tat so, als wollte er nicht auffallen, er wippte unmerklich auf der Stelle, und als Yann ihm einen aufmunternden Klaps versetzte, blieb er reglos stehen.

Wiederholt rannten Kinder vors Podium, gefolgt von ihren Müttern, die sie schnappten und zurückbrachten. Andere Kinder kauerten auf dem Boden und spielten mit einem abstrakten Gestänge. Eine junge Schwarze steckte sich eine Zigarette in den Mund und verließ den Saal, um wenig später zurückzukehren. Nach dem rhythmischen, unendlich variierten Loblied übernahm ein älterer Mann das Mikrofon und setzte tiefe, andächtige Töne. Nicht wenige Männer hielten inne, stützten sich, leicht gebeugt, auf eine Stuhllehne in der Reihe davor und versanken in Gedanken. Diese Geste gefiel Yann so gut, dass er sie nachahmte. Es roch nach Parfüm, ein bisschen nach Schweiß.

Als der Pfarrer das Podium betrat, wurde es nur halbwegs ruhig im Saal. Er begrüßte die Gemeinde, und er begrüßte die neu Hinzugekommenen, Yann, Baran und Kymani, die er, vorab informiert, bei ihren Vornamen rief und bat, kurz aufzustehen, was die drei befolgten, Yann verschmitzt, Baran mit geschwellter Brust, Kymani scheu und in sich gekehrt. Als die Gemeinde applaudierte, winkte Baran in die Menge, worauf Yann ihn anzischte: Lass das!

Im Handumdrehen seid ihr eingemeindet, flüsterte Klara, die das Ritual schon kannte.

Kymani sagte: Unheimlich.

Bei der Predigt, teils in einer Stammessprache, teils in Englisch, unentwegt hin und her, wurde der Pfarrer von einem Assistenten unterstützt. Sie spielten sich, zunehmend emphatisch, die Bälle zu, und dieser Rhythmus erfasste die Gemeinde. Unbekümmert zogen sie das Smartphone zurate, um entscheidende Stellen abzulesen. Oft unterbrach sich der Pfarrer und verlangte Applaus für Jesus, worauf die Anwesenden in die Hände klatschten. Inhaltlich verdichtete sich die Predigt auf die Aussage, dass ein gegebenes Versprechen nicht gebrochen werden dürfe. Wer Gott Geld versprach, musste es ihm, das heißt, der Kirche, auch aushändigen. Unschwer erkannte Yann, dass der Pfarrer seine Gemeinde auf die Kollekte einstimmte. Klara zufolge war die Gemeinde auf Spenden angewiesen, ohne Spenden würde sie nicht überleben, kein Pfarrer, kein Gottesdienst, kein Gesang.

Zwei mit rotem Samt ausgeschlagene Kartons wurden vor dem Podium aufgestellt. Kurz darauf zogen die Menschen in zwei langen, nicht enden wollenden Schlangen vor die Kartons, um die gefalteten, von der Hand umschlossenen, großen oder kleinen Geldscheine hinabzulassen und anschließend zu ihren Plätzen zurückzukehren, nicht ungeordnet, sondern Reihe für Reihe, wie choreografiert. Baran registrierte die schlanken schwarzen Männer in der zweiten Reihe, graue Anzüge und Sonnenbrillen im Gesicht, sie schlossen sich, einer nach dem anderen, der Runde an, und einen Augenblick ließ er sich hinreißen von der Vorstellung, dass Gangster sich freikauften von ihren Sünden. Er sah, wie sie Bündel von Scheinen im Karton versenkten, unangemessen große Beträge, um ihren Gott gnädig zu stimmen.

Applaus für Jesus. Zum Schluss spielte die Musik ungezügelt auf. Es krachte in den Lautsprechern und fiepte. Eine Sängerin schmetterte ihre Demut ins Mikrofon, und alle wollten demütig sein wie diese Frau. Wieder wiegte sich die Menge, alles war eins, und dann ging der eine auf den anderen zu, um ihm die Hand zu schütteln, der Herr sei mit dir, der eine nahm Abschied vom anderen und wünschte ihm Glück für alles, was bevorstand.

Hinterher zogen sie ihre Smartphones hervor und machten Fotos. Yann wollte ein Foto mit Klara und ihrer Freundin Efia haben, er in der Mitte, sodass Kymani auf den Auslöser drückte. Nach der stundenlangen Feier herrschte eine gelöste Stimmung, fremde Menschen lächelten einander zu, Lächeln blitzte auf und erlosch wie eine Einbildung. Baran wollte ein Foto mit dem Pfarrer haben, und er bekam es, nachdem sie ihn gefunden hatten.

Yann blickte Kymani, seinen besten Freund, von der Seite an, es war ein vorsichtiger Blick. Er stand, den Kopf geneigt, da und wartete auf eine Reaktion.

Efia schlug vor, dass Kymani ein paar Worte mit dem Pfarrer wechsele.

Ja, sagte Baran, der ist okay.

Nein, sagte Kymani, ich hab ihn so lange reden gehört, dass ich nicht wüsste, was ich ihn noch fragen könnte.

Frag, frag, frag ihn, stammelte Baran, einfach irgendwas.

Alles gut, sagte Kymani. Wie spät ist es?

Früher wollte er Polizist werden, und immer noch glaubte Wolle, dass er ein guter Polizist geworden wäre. Stellte er sich vor, mit einer Hundertschaft anzurücken, am ersten Mai in Berlin-Kreuzberg, um für Ordnung zu sorgen, spannte er seine Muskeln an und atmete durch. Damals war er an einem Test gescheitert, wenn auch nur im Rechnen, aber diese Schwäche genügte, dass ihn die Polizei ablehnte. So nahm er nach dem Abitur einen anderen Weg, Bund, Bürokaufmann, Logistikmeister; es lief, was das betraf, wie am Schnürchen.

Unter Hooligans sprachen sie nicht mit der Polizei, Polizei lag auf der Lauer und ging im Zweifel gegen sie vor, zog ihre Knüppel und prügelte auf sie ein, während sie versuchten standzuhalten. Sprach jemand trotzdem mit ihr, dann war es Wolle. Die machen auch nur ihren Job, sagte er und sah sich selbst dort stehen, auf der anderen Seite, die seine eigene hätte sein können. Ein bisschen Kontakt schadete nicht, vor allem zu Polizisten, die als szenekundig galten und so gut wie alle mit Namen kannten, diejenigen also, die bei einem Spiel mit hohem Risiko auf dem Posten waren und das Geschehen beobachteten.

Mit denen, sagte Wolle, müssen wir uns gut stellen. Weil, sollte irgendwann mal etwas sein, dann sind sie es, deren Aussage zählt: Haben wir nicht gesehen.

Als seine Faust den Gegner traf, hörte er den Knochen knacken, aber nur in der Einbildung, so wie damals sein Schädel geknackt hatte, ehe er das Bewusstsein verlor, ein Loch im Kopf nach dem härtesten Zweikampf, dem er sich je ausgesetzt hatte, danach endlose Wochen im Krankenhaus, aber alles gut verheilt, nein, er hatte nicht vor, den Gegner dermaßen zu beschädigen, ein bisschen allerdings schon, er sollte eine Zeit lang liegen bleiben, denn die Duisburger standen kurz davor, die Kölner niederzuringen, und jetzt musste ein Ende her, weil die Kräfte nachließen und nachlassende Kräfte zu unüberlegten Handlungen führten, die einem später leidtaten, weil unfair und gegen einen ungeschriebenen Kodex gerichtet. Wolles T-Shirt war dunkel gefleckt von Blut, er wusste nicht, woher, es sah aus, als hätte einer seine blutige Nase daran abgewischt, schwer zu sagen. Ein paar erschöpfte Kölner zogen sich in den Wald zurück und warteten ab, dieses Ducken und Zurückweichen kam immer wieder vor, wenn auch nicht gern gesehen, solange der Kampf nicht entschieden war. Endlich gestand der gegnerische Anführer die Niederlage ein, geschlagen, rief er, hört auf, und die Männer aus Duisburg standen teils wankend vor den Bündeln im Gras kauernder Männer aus Köln, einige gingen in die Hocke oder blickten ratlos umher. Wolle bückte sich und reichte seinem Gegner die Hand, so zog er ihn wieder auf die Beine und klopfte ihm auf den Rücken, guter Kampf, sagte er, noch 'n Bierchen?

In der Gastwirtschaft feierten sie gemeinsam die gerade bewältigte Schlägerei, denn sie durfte, worin alle übereinstimmten, als mustergültiger Wald- und Wiesenkampf herhalten, hart, aber fair, wie sie ein ums andere Mal betonten. Schon die Verabredung dazu war ohne Bedenken oder Einschränkungen getroffen worden. Einige hatten sich leicht maskiert, alle folgten den Standards von Mundschutz, bandagierten Händen und Turnschuhen. Beide Haufen, dreißig auf jeder Seite, waren zum Trinken nicht vollzählig versammelt, die einen hatte es schlimmer erwischt als die anderen, und nicht jedem war nach Feiern zumute. Wolle wusste, was sie beruflich machten, wenigstens die Duisburger, und er dachte: breites Spektrum. Unterschichtskämpfer waren dabei, Hausmeister, Türsteher, Paketzusteller, dazu Haudraufs mit Hartz IV, zwei Rechtsanwälte und sogar ein angehender Bankdirektor, zurzeit noch Vize. Er selbst trug seine Beulen wie Trophäen zur Schau, alle hielten es so, vor allem nach einem guten Kampf wie soeben, die Schwellung links unterm Auge bereitete ihm nicht mehr Kopfzerbrechen als nötig, sie würde sich grünlich und bläulich verfärben, und derart entstellt oder geadelt, würde er am Montag in der Firma antreten.

Dort ahnten sie allenfalls, was er in seiner Freizeit unternahm, niemand bohrte nach, und von sich aus gab er nichts preis. Bloß was seine Tattoos anging, baten sie darum, dass er sie verbarg, die Firma müsse darauf achten, welchen Eindruck sie in der Umgebung hinterlasse, und da stünden auch ihre Mitarbeiter in der Pflicht, also zog Wolle einen Anzug an, Hemdkragen zugeknöpft, Tag für Tag. Auf die Firma ließ er nichts kommen, er fühlte sich geschätzt und gut behandelt. Als Abteilungsleiter Logistik beim Wareneingang sorgte er für reibungslose Abläufe. Traf eine Lieferung zu spät ein, versuchte er, Mitarbeiter zum Bleiben zu überreden, damit die Ware rechtzeitig angenommen und in die Läden verteilt werden konnte;

fielen Mitarbeiter aus, sah er zu, dass er sie, indem er in anderen Abteilungen wilderte, ersetzen konnte. Er telefonierte ohne Unterlass, damit alles koordiniert vonstattenging. Wenn es an einer Stelle hakte, griff er ein, fragte nach Waren, Verpackung, Paletten. Wo steckt der Laster, was steht im Plan? International aufgestellt, war die Firma auf nichts so sehr angewiesen wie auf Logistik. Wolle ließ sich und der Firma nichts nachsagen.

Freitag- und Samstagnacht stand er an der Tür einer Diskothek, mal diese, mal jene, noch dazu ging er am Wochenende ins Stadion, gefasst auf eine Konfrontation vorher oder nachher. Lag ein Wald- und Wiesenkampf in der Luft, ließ er sich nachts an der Tür vertreten, da er den Kampf in vollen Zügen genießen, erringen oder erleiden wollte. Montagmorgen nahm er wieder seine Alltagsrolle an, es ist, sagte Wolle, als würdest du dein Gesicht drehen. Halb vier klingelte sein Smartphone, zwei Stunden Fahrt mit der Eisenbahn standen bevor, übers Revier hinaus, ihm lag daran, dass er vor seinen Mitarbeitern eintraf, Vorbild sein, dachte er und rieb sich den schmerzenden Nacken, während das grüne Revier vorm Fenster vorbeizog. In seinem Besprechungsbuch listete er die Themen des Tages auf, Sauberkeit am Arbeitsplatz, Sicherheitsfragen, und ehe sie am Tisch zusammenkamen, gab er jedem die Hand, wie üblich unter Männern aus dem Revier, unter Männern wie ihnen.

Ihm war klar, dass sie auf sein verquollenes Gesicht starrten, aber lange sagte dazu niemand ein Wort, während er so tat, als wäre alles wie immer, und das war es ja auch, außer der schillernden Beule. Er hatte ein Händchen für seine Leute, fragte, wie jemand sich fühle und inwieweit er ihn unterstützen könne, entsprechend der Philosophie seiner Firma, die ihre Mitarbeiter mit Vorzug zu behandeln, dadurch zu motivieren und an sich zu binden suchte, was Wolle vom Charakter her zusagte. Auch ihn verlangte es nach einem guten Miteinander, weil alles andere nur Stress hervorrief. Im Fall von Stress konnte er auch handgreiflich werden, damals zum Beispiel, als er einen betrunkenen Kollegen stellte und kurz darauf dessen Vorrat von Bierflaschen entdeckte, da drehte er sein Gesicht und langte zu, ohne zu zögern. In dem Moment kamen ihm seine Erfahrungen an der Tür zugute, genauso wie jene mit Hooligans, die Wald- und Wiesenkämpfe, unversehens lag der Kollege auf dem Boden und stöhnte vor Schmerz.

Wolle, meldete sich der Jüngste zu Wort, du siehst heute gar nicht gut aus.

Männersache, sagte er.

Ich hatte nicht vor, eine neue Frau kennenzulernen, noch dazu lag eine so junge Frau wie Séverine fernab meiner Vorstellung. Nach landläufiger Auffassung führte ich ein glückliches Leben, mit einer Ehe, die nach mehr als zwei Jahrzehnten so gut eingespielt war, dass keiner den anderen unnötig quälte, zweimal im Monat hatten wir Sex, routiniert zwar, aber nicht so, dass wir einander überdrüssig geworden wären; mit zwei reizenden Töchtern, die mittlerweile ihrer Wege gingen, und einem Job, den ich gerne machte, weil er mir eine Spur in den Tag legte, aus der ich nach der Schicht leicht wieder ausscherte. Ich hatte Freunde, die ich regelmäßig traf, reihum bei irgendeinem zu Hause, mit Bier, Würstchen zum Grillen, dazu ein paar Schnäpse, samstags schauten wir Fußball, ich für Schwarzgelb, die anderen auch, wenigstens zum Großteil, und jedes Mal wenn Borussia Dortmund gewann, blieben wir länger als gewöhnlich.

Ewig hätte es so weitergehen können, denn ich ahnte nicht, wonach ich mich sehnte, da ja alles bestens lief und folglich nicht hinterfragt werden musste. Dass ich dann doch eine neue Frau kennenlernte, ergab sich also ohne Absicht, diese Begegnung widerfuhr mir eher, als dass ich ihr hinterher gewesen wäre, wie sie auch Séverine widerfuhr, allerdings mit der Folge, dass wir sie, kaum geschehen, nicht unverzüglich aus dem Gedächtnis tilgten, was jedem vernünftigen Menschen ohne viel Aufwand gelungen wäre. Zu meinen Gunsten erwähne ich, dass dieses erste Zusammentreffen so unwahrscheinlich, so herzzerreißend absurd war, dass ich es nicht fertigbrachte, darüber hinwegzusehen. Ginge es nur ums Kennenlernen, so hätte ich jeden Tag eine Begegnung provozieren können, weil jeden Tag hübsche Frauen zu mir in die Straßenbahn stiegen, und ich hätte nur aufstehen und, einen witzigen Spruch auf den Lippen, aus der Kabine treten müssen, aber eine Frau wie Séverine hätte ich dadurch niemals beeindruckt, im Gegenteil, sie wäre ohne ein Wort an mir vorbeigegangen und hätte sich extra weit weg, ganz nach hinten gesetzt.

Das erste Mal begegnete ich ihr auf der Marktstraße. Sie ging ein paar Schritte vor mir, aber ich bemerkte sie lange nicht, erst, wie ich zugebe, in letzter Sekunde. Die Frühschicht hatte ich schon hinter mir, und ich befand mich in einer merkwürdig entrückten Stimmung, die darauf beruhte, dass ich das Revier seit Sonnenaufgang versinken sah, unentwegt tat sich die Erde auf und verschlang alles, was sie zu fassen bekam, diese Stimmung befiel mich bald stärker und bald weniger stark, jedenfalls war ich machtlos dagegen. Aus den Augenwinkeln registrierte ich ein nur notdürftig gesichertes Loch im Pflaster, ein gemeingefährliches Hindernis in der Fußgängerzone, direkt vor dem Nettomarkt, nicht auszudenken, was passierte, wenn ein Passant nicht aufpasste, und was, wenn das Loch weiter an Boden verlöre, in die Tiefe stürzte und dadurch ein noch größeres Loch würde. Dieses Unheil sah ich heraufziehen, ich sah, dass sich das Pflaster Stein für Stein löste und geräuschlos abkippte, und ich sah, dass die junge Frau vor mir blind darauf zusteuerte, weshalb ich einen Satz auf sie zu machte, sie mit beiden Armen umfasste und mit einer Drehung weg von der bedrohlichen Stelle durch die Luft schwang. Jede Frau hätte laut aufgeschrien, nicht aber Séverine, sie gab keinen Mucks von sich, und nachdem ich sie vorsichtig und in Sicherheit, weil ein gutes Stück von der Öffnung entfernt, wieder abgesetzt hatte, wandte sie sich um und betrachtete lange mein Gesicht. In ihren Augen glomm ein rätselhafter Schimmer, ein unmerkliches Funkeln auf blauem Grund, ich schwöre, so war es, wenngleich ich dieses Funkeln nicht mehr an ihr bemerkte, höchstens ein- oder zweimal.

So oft bin ich nicht in Oberhausen, sagte ich, und meine Stimme klang ganz natürlich.

Séverine ließ ihre Augen funkeln.

Schöne Stadt, wenn du mich fragst, fuhr ich fort, nicht im herkömmlichen Sinn, aber schön.

Sie musterte mich mit tiefem Ernst, und ich hatte den Eindruck, dass sie auf etwas wartete, eine Entschuldigung?, nein, das wäre unangebracht, ich konnte mich nicht dafür entschuldigen, dass ich sie vor dem Verderben bewahrt hatte. Gleichzeitig spürte ich, dass die Situation angespannt war. Warum dankte sie mir nicht einfach und gut?

Das war knapp, half ich ihr auf die Sprünge. Man denkt an nichts Böses, und dabei ist man kurz davor, in den Orkus zu stürzen.

Tatsächlich sagte ich Orkus, ein Wort, das ich sonst nicht in den Mund nahm, aber es hatte zur Folge, dass sich ihre Gesichtszüge lockerten, sie lächelte nicht, sie lachte, ganz so, als wäre mit Orkus alles geklärt. Im Stillen fürchtete ich, dass sie mich für wahnsinnig hielt oder wenigstens für bekloppt. Wer Wahnsinn erkennt, fühlt sich erleichtert, weil etwas Unerklärliches plötzlich hölzern gerahmt wirkt und den eigenen Verstand nicht mehr gefährdet. Aber ich wollte nicht, dass sie mich so einordnete.

Sie sagte: Fast wäre ich gestolpert.

Ja eben. Darum hab ich eingegriffen.

Kurz darauf wurde sie wieder ernst, unschlüssig, wie sie mich nehmen sollte, und noch immer ließ sie kein Wort des Dankes hören, mir schwante, dass ich vergeblich darauf hoffte, aber im Nachhinein bildete ich mir ein, dass wir uns dadurch schon näher waren, als wir uns eingestanden, dass unsere Liebe in diesem Moment begann, weil Liebe niemals auf die Idee kommt, danke zu sagen, und wenn, dann ist sie schon dabei, sich zu verabschieden. Ernst stand Séverine vor mir, sie spielte nicht mit ihrem lockigen Haar, obwohl es dazu eingeladen hätte. Es war, als richtete sie ihre Aufmerksamkeit uneingeschränkt auf mich, noch ohne Hintersinn, wie ich annahm. Es war, als staunte sie nur.

Kann ich dich anrufen?, fragte ich.

Nein, sagte sie. Aber vielleicht melde ich mich bei dir.

Nichts weiter, aber es genügte, dass ich für den Rest des Tages ihre Stimme hörte und mir ihr ernstes Gesicht dazu vorstellte, ihre Stimme sagte Fast wäre ich gestolpert, sie sagte Nein und Aber vielleicht melde ich mich bei dir, mehr nicht, weil Séverine nicht mehr gesagt hatte, damals auf der Marktstraße. Während ich meine Nummer nannte, tippte sie stumm auf ihrem Smartphone, und als sie damit fertig war, sah sie mich kurz an, ein Lächeln allenfalls andeutend, und ging davon.

Gedankenlos schlenderte ich die Fußgängerzone hinunter, ein Schritt nach dem anderen, ohne das Unbehagen, das Pflaster könnte in Mulden versacken oder gar in einen namenlosen Schlund gesogen werden. Ich fühlte mich sicher und peilte das Quintessenz an. Draußen unterm Heizstrahler ließ ich mich nieder und bestellte schwarzen Kaffee. So oft bin ich gar nicht in Oberhausen, dachte ich und zweifelte meine Äußerung von vorhin an, ich rauchte zwei oder drei Zigaretten, ohne über diese Äußerung und meine Zweifel hinauszukommen, was dafür sprach, dass mein Zustand der Gedankenlosigkeit anhielt, ja, er war angenehm robust. Mir war so leicht zumute wie seit Langem nicht mehr, und ich bekam Lust, nach der Frühschicht noch die Spätschicht zu übernehmen, weil ich für mein Leben gern Straßenbahn fuhr, und wäre die Mittagsschicht nicht schon angelaufen, ich hätte mich hineingestürzt, Frühschicht, Mittagsschicht, Spätschicht, ein Tag von frühmorgens bis spätabends auf dem Bock, dazu sah ich mich imstande, solange ich nur ab und zu einen Kaffee haben konnte und eine Zigarette. Ich würde, während ich fuhr, keine Gedanken wälzen, nichts, was mich belastete, höchstens würde ich an Séverine denken, von der ich noch nicht wusste, dass sie so hieß, ich würde an die unbekannte Frau auf der Marktstraße denken, an ihre funkelnden Augen, die Stimme, die Locken, und daran, dass ich ihr das Leben gerettet hatte.

Das klingt jetzt euphorischer, als ich es damals empfand. Denn ich rechnete nicht damit, dass sie mich anrufen würde, ich wusste ja nicht mal, ob sie meine Nummer gespeichert hatte, schon gar nicht unter welchem Namen, wir hatten uns nicht vorgestellt, aber dass sie mich unter Orkus führte, hielt ich für ausgemacht. Ich dachte, drei Tage, und dann meldet sie sich vielleicht, weil Frauen drei Tage Zeit brauchen, selten, dass sie sich vorher melden, gerade so, als fürchteten sie, etwas zu vergeben, jedenfalls hatte ich früher nur solche Erfahrungen gemacht. Aber vielleicht melde ich mich bei dir, sagte ihre Stimme, das konnte Ja oder Nein heißen, alles offen, mir sollte es recht sein, aber als ich eine Woche nichts von ihr hörte, wurde ich nervös und fing an, nach der Frühschicht jedes Mal nach Oberhausen zu fahren, um die Marktstraße auf und ab zu laufen, in der Hoffnung, sie dort zu sehen, einmal sogar in Dienstkleidung, doch ich entdeckte sie nicht.

Hinterm Ebertbad lag das Haus, in dem sie wohnte, erster Stock, eine Zweier-WG. Meine Mitbewohnerin schläft heute Nacht bei ihrem Freund, sagte Séverine unaufgeregt und führte mich durch die Wohnung. Nach vierzehn Tagen hatte sie angerufen, abends um zehn, als ich mit Kollegen beim Trinken saß, Stammtisch im Solidarność, ich verstand sie schlecht, weil es laut war, und eilte vor die Tür, wo ich hastig eine Zigarette ansteckte, um ihrem sachlichen Ton gewachsen zu sein. Mehrmals versuchte ich, sie zum Lachen zu bringen, aber sie ging nicht darauf ein. Es war, als wollte sie schlicht einen Termin mit mir vereinbaren, und ja, darauf war ich ja selber aus, aber dass sie wie eine Sekretärin in einer sie nicht betreffenden Angelegenheit mit mir sprach, ließ mich verstummen. Nachdem alles gesagt war, beendete sie das Gespräch.

Mein Freund ist Dozent an der Uni Stuttgart, er ist also auch nicht da.

Verabredet hatten wir uns in einer Kneipe am Theater, die, wenn ich mich nicht täusche, den Namen einer Shakespearefigur trug, aber ich weiß nicht mehr, von welcher. Als ich die Kneipe betrat, sah ich sie sitzen, mit dem Gesicht zur Tür, sie stand sogleich auf und wartete, dass ich auf sie zukam. Ich fürchtete, sie könnte mir die Hand geben, das hätte uns zurückgeworfen, aber sie tat es nicht, sondern küsste mich auf die Wangen und schmiegte ihren Körper an meinen, ganz kurz nur und wie aus Versehen, sodass mich ihr Duft umfing. Die Haut? Die Haare? Ein Parfüm? Kein Parfüm, glaubte ich. Worüber wir sprachen, ist mir entfallen, nur dass ich zu lange über Schwarzgelb und die Bundesliga sprach, Anfängerfehler, sagte ich mir, aber das gehörte dazu, denn wer bei einer neuen Frau kein Anfänger sein will, hat von vornherein verloren. Draußen, am Büdchen auf dem Platz, nahmen wir eine Flasche Wein, Séverine legte ein paar Münzen hin, und dann gingen wir zu ihr.

In der Küche küssten wir uns lange im Stehen, ihr Geschmack vermischte sich mit meinem, ab und zu nippten wir am Wein. Sie sagte: Mein Bett steht drüben, und kaum dass wir in ihrem Zimmer waren, zog sie sich aus, ein Stück nach dem anderen, obwohl ich ihr gern dabei geholfen hätte. Komm, was ist? Also folgte ich ihr, doch ihre geschwungene Nacktheit, auf der Seite liegend und mit dem Ellbogen aufgestützt auf die Matratze, schüchterte mich ein, sodass mein Schwanz nur halbwegs hart wurde. Ich schloss die Augen, als sie ihn in den Mund nahm und mit ihrer Zunge reizte, und dann zog sie mich auf sich, ich drang ein, und als ich spürte, wie feucht sie war, ergriff mich eine verlässliche Erregung, sodass ich mich um meine Potenz nicht mehr sorgte. Nur selten öffnete sie die Augen, ihr Gesicht wirkte ernst und kontrolliert, doch ihr Körper antwortete ohne Umschweife auf meinen, ein Spiel wie längst eingeübt im Traum, sie zitterte leicht und zuckte, ohne sich meinem Schrei anzuschließen.

Wie heißt du?, fragte ich.

Die Alten kamen dazu, wenn Stammtisch war, drei in den Siebzigern, einer älter als achtzig, und unterhielten die Runde mit ihren Schwänken, über die wir lachten, als hörten wir sie zum ersten Mal. Alle hatten noch im Kurbelwagen gelernt, der Fahrer stand aufrecht und drehte an Kurbeln, die linke zum Beschleunigen und Bremsen, die rechte zum Handbremsen, weil der Elektromotor die Bahn nicht zum Stehen brachte. Eine Kabine für den Fahrer gab es damals nicht, nur einen Vorhang im Rücken, der als Blendschutz diente, damit sich in der Scheibe nichts spiegelte und die Sicht beeinträchtigte. Mein liebster Alter hieß Jesus, er trug diesen Namen, seitdem passiert war, was anekdotisch unter dem Schlagwort Gaspistole einsickerte. Schon von Kind an kannte ich ihn, denn oft saß er bei uns zu Hause, Jesus war der in der Familie bekannteste Kollege meines Vaters, noch dazu dessen engster Freund. Als mein Vater starb, wurde Jesus fahl im Gesicht, ohne dass er seine natürliche Farbe jemals wiedererlangte. Nach zwei, drei Monaten aber nahm er seine Besuche wieder auf, das heißt, er besuchte mal meine Mutter, mal meine Schwester, mal meinen Bruder und mal mich, der ich inzwischen eine eigene Familie hatte. Wenn Jesus, wie immer unangemeldet, erschien, brauchte ich gar nicht da zu sein, weil meine Frau und die Mädchen ihn mit Küssen empfingen. Umgekehrt ging auch ich regelmäßig zu ihm, manchmal nur für ein Stündchen, schwarzer Kaffee und Schnaps, es tat ihm gut. Wie wir alle oder fast alle wohnte auch Jesus in Duisburg, und wenn er durch die Stadt streifte, grüßten ihn Leute noch Jahre, nachdem er aus dem Dienst ausgeschieden war, Herr Straßenbahnfahrer, riefen sie, oder Jesus, warum hast du uns verlassen? Zum Stammtisch nahm ich ihn stets im Auto mit und fuhr ihn auch wieder nach Hause.

Paul, sagte er, du bist wie dein Vater, ein echter Kumpel.

Früher hatte er langes blondes Haar und einen langen blonden Bart, dazwischen ein schmales Gesicht mit einer spitzen Nase, gutmütiger Blick, und ich fand, dass er im Alter noch genauso aussah, nur alles in Weiß, weiße Haare, weißer Bart, blutleere Züge, die früher leicht rosigen Wangen waren blass. Sein Foto in der Bildzeitung war in Schwarzweiß, und es wirkte, als hätte er damals schon weiße Haare gehabt, wie wir feststellten, als er die Ausgabe herumgehen ließ. Schwarzfahrer schießt bei Kontrolle, mit dieser Schlagzeile läutete er die Anekdote Gaspistole ein. Ein junger Typ war ihm aufgefallen, zwar sah er ihn nie einsteigen, aber wenn er ausstieg, dann vorne, an ihm, dem Fahrer, vorbei und immer mit den Worten Vielen Dank für die Schwarzfahrt, Jesus.

Verdammt, dachte er, der ist längst fällig, den muss ich mir schnappen.

Eines Tages beobachtete er im Rückspiegel, wie der junge Typ, gefolgt von zwei Mädchen, durch die hintere Tür zustieg. Als er die Bahn in Ruhrort anhielt, um auf einen Bus zu warten, stand Jesus auf und ging unaufgeregt durch den Wagen. Gestatten, Jesus, stellte er sich vor, zeigen Sie mir mal Ihren Fahrschein, und tatsächlich bekam er ihn zu sehen. Gut, sagte er, läuft aber an der nächsten Station ab, ja?

Hau ab, sonst …

Es regnete, und so schaltete er den Scheibenwischer ein. Am Tausendfensterhaus, einige Stationen weiter, sah er die beiden Mädchen draußen vorbeigehen, ohne Begleitung. Wo steckt der Typ?, fragte er sich, als ihm jemand von hinten auf die Schulter tippte.

Wenn ich dich privat sehe, Jesus, dann mach ich dich alle. Ich hab sogar Lust, dich gleich hier alle zu machen.

Darauf beging Jesus einen Fehler, nämlich, indem er aufstand und kalt lächelte: Hier machst du niemanden alle.

Der Typ zog eine Pistole und schoss ihm ins Gesicht.

Da war ich alle, sagte Jesus und sah uns einen nach dem anderen an, die wir wie üblich schwiegen an dieser Stelle, maßvoll bestürzt, sodass sogar Mirek, im Begriff, Bestellungen aufzunehmen, wieder umkehrte. Hätte er nur einen Zentimeter höher gezielt, fügte Jesus hinzu, dann wäre mein Auge weg gewesen.

Er kippte nach hinten und fiel zu Boden. Kurzzeitig bewusstlos, bekam er schon wieder mit, dass ihn Fahrgäste umringten. Das eine Auge brannte, sodass er benommen nach seinem Gesicht tastete, die Hände färbten sich rot, er blutete aus der Nase. Gleichgültig ließ er zu, dass ihn Fahrgäste anhoben und nach draußen trugen. Der Regen half ihm, er linderte seinen Schmerz, Jesus wünschte, es würde stärker regnen, in Strömen gießen. Vom Bus gegenüber lief der Fahrer herbei und forderte alle auf, die Straßenbahn zu verlassen, kurz vorher hatte er über Funk einen Notruf übermittelt. Im Krankenhaus wurde Jesus untersucht und geröntgt, dann brachten sie ihn in eine Augenklinik. Nach der Behandlung empfingen ihn auf dem Korridor der Station zwei Polizisten und ein Reporter, und während er den Polizisten den Vorfall schilderte, notierte der Reporter, was er brauchte.

Der Täter wurde schnell gefasst, siebzehn Jahre, vorbestraft wegen schweren Raubes und schwerer Körperverletzung. Vier Wochen, das ist nicht lang, musste er absitzen, sagte Jesus, dann wurde er zur Therapie eingewiesen, damit sie sein Höchstmaß an krimineller Energie auf Normalmaß stutzten. Danach nahm er in Duisburg wieder die Straßenbahn, Jesus identifizierte ihn mehrmals im Rückspiegel, und jedes Mal, wenn der Täter auch ihn erkannte, stieg er vorne aus, nicht ohne zu schielen, aber er sagte nichts, nicht mal das spöttische Jesuswort, er ließ, indem er die flache Hand an seinem Hals entlang zog, nur eine Gebärde sprechen.

Hände verlangten nach Mirek, ein paar Mal wurde er bei seinem Namen gerufen, aber er zog es vor, einen Kellner zu schicken, der Tyskie? fragte und dann abzählte, fast die ganze Runde, nur Jesus wollte Goldwasser haben, weil er, wie er verkündete, etwas Stärkeres brauchte. Im Solidarność plauderten und lachten die Leute, während nebenan im Saal eine Frau Chansons sang; sobald die Tür aufging und jemand herauskam, drangen leidenschaftlich geschmetterte Töne ans Ohr, die den Geräuschpegel verwirrend aufzwirbelten. Nicht weit von der Tür befand sich der Stammtisch, sodass wir, die Straßenbahnfahrer, diesem Effekt verstärkt ausgesetzt waren und, davon bezirzt, einen Moment lang den Mund hielten. Als der Klingelton meines Smartphones anschlug, trafen mich unwirsche Blicke. Die Nummer auf dem Display kannte ich nicht, und als ich mich meldete, sagte eine Frau Hallo, ich bin's. Diese Stimme glaubte ich genauso wenig zu kennen, jedenfalls so lange nicht, bis sie die Marktstraße erwähnte und das Loch des abscheulichen Orkus. Hastig raffte ich mich auf und eilte nach draußen, um ungestört mit ihr sprechen zu können.

Ein albanischer Pizzabäcker, sagte Jesus, ist jeden Abend mit mir mitgefahren, meine Spätschicht roch immer nach Pizza.

Spätschicht, da hast du die Crème de la Crème.

Allerhand dunkle Gestalten, ja, lichtscheues Gesindel, logisch, Viertelstarke und echte Schurken.

Jedes Mal hat mir der Albaner eine Pizza mitgebracht, manchmal auch Lasagne, ich wollte ihm Geld geben, aber er nahm es nicht an, geschenkt, sagte er.

Ich will lieber nicht wissen, wer da alles mitfährt, nee, muss nicht sein.

Dafür war der Albaner dann ein bisschen privilegiert, für ihn hielt ich auf halber Strecke, damit er schnell nach Hause kam.

Damals kannten wir die Fahrgäste, ja sicher, wenn auch nicht mit Namen, aber fast alle, und wenn einer in der Früh nicht rechtzeitig da war, dann hast du halt ein paar Minuten gewartet.

Die kennen wir heute auch noch, also nicht alle, aber die meisten, in der Frühschicht ist das ja überschaubar.

Manche würde ich lieber nicht kennen.

Ach du, du als Türke hast doch kein Problem mit den Türken, vielleicht mit den Kurden, aber nicht mit den Türken.

Die Türken meine ich nicht, ich meine die anderen, du weißt schon, von denen du keine Ahnung hast, was sie den ganzen Tag treiben und warum sie überhaupt hier sind.

Wegen Money, Money, Money sind die hier. Weil der Staat sie und ihre erfundenen Rotzlöffel durchfüttert.

Jetzt hör aber auf.

Kennste die Frau mit dem Kinderwagen? Nicht ganz dicht im Kopf, aber nie unfreundlich. Die hat da zwei Hündchen hineingesetzt und oben drauf eine Gans. Einmal hat sie sogar eine Ziege dabeigehabt, dafür fehlte dann aber die Gans.

Kenn ich, klar. Die fährt oft bei mir mit.

Manchmal nur mit dem Kinderwagen und nichts dabei, sie fährt den leeren Kinderwagen spazieren.

Ist okay, diese Frau. Wie alt? Was denkt ihr?

Haha, Stanislaw und die Frauen.

Haha.

Riecht schon leicht ranzig.

Na, schnüffeln will ich da auch nicht, unter der ihrem Rock

Nehmt euch zusammen. Sitzen auch Frauen am Tisch.

Nur Spaß, Lisa, nur Spaß.

Zigarette kann ich nicht ab. Wenn es nach Rauch stinkt, und da sitzt so ein Schnösel mit ’ner Kippe im Mund, Füße aufm Sitz, schmutzige Schuhe, geh ich hin und sag, Zigarette aus und runter mit den Füßen, sonst ruf ich die Polizei, und das hält alles hier auf. Nö, sagt der, was willste denn? Könnte ich, wie ich wollte, sag ich, hättest du jetzt eine in der Fresse. Und dann, stellt euch mal vor, packt mich ein Fahrgast von hinten und stellt mich wie einen Sack auf die Seite. Was du nicht kannst, kann ich, sagt er und schlägt dem Schnösel eine links und eine rechts ins Gesicht, dass dem die Zigarette aus dem Mund fliegt. Er fordert mich auf, die Tür zu öffnen, und ich zieh sie mit den Händen auseinander, damit er den Schnösel rausschmeißt und sein Köfferchen gleich hinterher. So, und jetzt fahr los, ich muss pünktlich zur Arbeit sein.

Echt, du bist ja ein Held.

Was hätte ich denn machen sollen?

Aber sonst gehst du doch auch auf die anderen los.

Mit dummen Sprüchen zum Beispiel.

Ja, bei der Ablöse. Jeden Tag hoffe ich, dass ich dich nicht ablösen muss.

Nur Spaß, Lisa, nur Spaß.

Alle in der Bahn drehen sich nach mir um, wenn wieder so ein dummer Spruch von dir kommt.

Ja, was sag ich denn?

Unschuldslamm, hä?

Nein, macht mir nichts aus.

Wer keinen Humor hat, bleibt lieber zu Hause.

Mir ruft er nach, hey, Lisa, gehste jetzt wieder bei Karstadt klauen?

Spaß, Spaß.

Oder einmal, da hast du mich ganz laut gefragt, wann ich wieder nach Holland fahre, damit ich dir Stoff besorge, fünfzig Gramm vom Feinsten, oder waren es fünfundfünfzig?

Darauf warte ich bis heute.

Haha, Spaß muss sein.

Oder der Spruch mit der Putzfrau.

Der ist nicht von mir.

Doch, ist er. Kaum dass wir uns die Hand geschüttelt haben, rufst du auf die Straße raus, dass meine Frau dich enttäuscht hat und sie nicht mehr bei dir putzen darf, weil du sie beim Klauen erwischt hast.

Find ich gut, weil die Leute sich wundern. Die wollen sich ja nicht langweilen.

Siehst du bei jedem Unfall, wie die glotzen, dankbar für jede Abwechslung.

Mit Unfällen hab ich es nicht so, ich will sie mir gar nicht vorstellen, denn sonst könnte ich nicht mehr in die Kabine steigen.

Schock ja, ein Unfall ist Schock.

Im Herbst haben wir die meisten Toten.

Mit Tempo sechzig bin ich mal in ein Auto gerast, direkt in die Fahrerseite, ich hab es auf dem Schotter noch ein gutes Stück vor mir hergeschoben, dass die Steine spritzten, auf bahneigenem Körper, wie es so schön heißt, und als ich endlich zum Stehen kam, dachte ich, Amen, der Mann ist tot. Auf dem Rücksitz hatte er Eierpaletten gestapelt, weil gerade ein Supermarkt eröffnet worden war mit Eiern im Sonderangebot, der Fahrer stieg aus und wirkte wie frisch aus dem Ei geschlüpft, ihm fehlte nichts.

Der natürliche Feind eines Straßenbahnfahrers ist der Linksabbieger.

Jaja, das kannst du laut sagen.

Dann kam die Polizei und die Aufsicht, kannst du weiterfahren? Ja klar. Ich hab mich nie ablösen lassen.

Heute ginge das nicht mehr. Die schicken dir einen, der dich betreut und nach Hause begleitet. Wichtig ist nur, dass du nicht als Erster auf dem Unfallbogen stehst, den die Polizei aufnimmt, weil der Erste hat Schuld.

Letzten Herbst hab ich was Schlimmes erlebt, das geht mir immer noch nach.

Der Herbst und die Toten.

Drüben, auf der anderen Straßenseite, stand ein Junge und winkte herüber, und obwohl ich schon fahren wollte, öffnete ich ihm die Tür. Da rannte er los und wurde von einem Lkw erfasst. Sah wirklich übel aus. Ich verständigte Polizei und Notarzt, und dann fuhr ich weiter, ich fuhr einfach weiter.

Du hättest nichts mehr für ihn tun können.

Aber ich hab ihm die Tür geöffnet, verfluchte Scheiße.

Ist gut, Anton, alles gut.

Abrupt wechselten wir das Thema, aber ich weiß nicht mehr, wer die kleinen Betriebshöfe ins Spiel brachte, bestimmt einer von den Alten, die nicht aufhörten, von ihnen zu schwärmen, von der familiären Atmosphäre, die es so nicht mehr gab, weil es auch die kleinen Betriebshöfe nicht mehr gab. Sie waren stillgelegt worden zugunsten der Zentrale Grunewald.

Erinnert ihr euch an Zunge?

Klar, jeder kennt Zunge oder hat schon mal von ihm gehört, der stand ja mit einem Bein fest in der Unterwelt.

In ausrangierten Beiwagen lagerte er seine Beute, hinten auf dem Hof. Unzählige Kisten Kaffee, nicht von ihm selbst gestohlen, dafür hatte er seine Leute.

Wenn es nur Kaffee gewesen wäre.

Alle haben wir bei ihm eingekauft.

Und die ganze Zeit hat ihn nie jemand verraten?

Nö, das gehörte sich nicht.

Zunge hat nie eingesessen, und menschlich war er schwer in Ordnung, im Grunde eine ehrliche Haut, niemals hätte er sich an den Einnahmen vergriffen.

Na ja, ehrlich …

Seine Zunge war so lang, dass er ein Bierglas unten auslecken konnte. Hab ich gesehen, kein Quatsch.

Darum war er bei Frauen sehr beliebt.

Fuhr einen dicken Mercedes, und wenn du gefragt hast, hat er dich überall hingefahren.

Zu seinem Fünfzigsten hat er alle Kollegen eingeladen, die größte Feier, die ich je erlebt hab, da war die ganze Duisburger Unterwelt versammelt, nicht weniger als dreihundert Jahre Zuchthaus, sogar eine Stripteasetänzerin hat er angeheuert für ein bisschen Programm, weil Zunge auch gute Geschäfte machte mit dem Milieu.

So 'n Macker halt, mit Rolex und Goldkettchen.

Aber die Polizei hat ihm nie etwas anhängen können.

Als Mirek an den Tisch kam, drehte sich Stanislaw nach ihm um, und sie sprachen laut auf Polnisch miteinander, als wären sie darauf aus, uns an der Unterhaltung teilhaben zu lassen, worauf wir versuchten herauszufinden, worum es ging. Unversehens rief mir Mirek zwei, drei polnische Worte zu und lachte, worauf ich mehrmals nickte und ebenfalls lachte, als wäre ohnehin alles klar. Stanislaw machte sich nicht die Mühe, uns einzuweihen, stattdessen gestand er wie aus der Luft gegriffen, dass er lieber zum Bus gegangen wäre, lieber Bus als Straßenbahn, aber für den Bus fehle ihm der Orientierungssinn.

Ohne Orientierung bist du auf Schienen gut aufgehoben.

Damals, in unserem kleinen Familienbetrieb, fing Jesus wieder an, stellte der Fahrdienstleiter, wenn alles getan war, seinen Projektor auf und spannte einen Porno ein, dann noch einen und noch einen, ich weiß nicht, wie viele, ist auch egal, so ein Film auf 'ner kleinen Spule dauerte ja nicht lang, jedenfalls haben wir nach Feierabend zusammen Pornos gekuckt, das ganze Repertoire, jede Sauerei.

Sitzen auch Frauen am Tisch.

Jaja, ich verrate schon nichts. In unserem kleinen Kino saßen auch schon Frauen dabei, damals hatten wir noch Schaffnerinnen, und die wollten, wo gerade Filme auf die nackte Wand projiziert wurden, nicht nach Hause gehen, ein paar von ihnen packten ihr Strickzeug aus und verhedderten sich laufend, weil sie nicht bei der Sache waren, sie ließen sich nichts entgehen, sie …

Bestimmt hätte Jesus noch etwas ergänzt, vielleicht sogar zu den Filmen, denn er merkte, dass alle zuhörten, selbst diejenigen, die seiner Anekdote von der Gaspistole schon überdrüssig geworden waren, aber in diesem Augenblick öffnete sich erneut die Tür, die in den Saal führte, ein Mann trat heraus und ging schnell durch die Wirtschaft, ohne dass er die Tür wieder geschlossen hätte. Auf der Stelle schwenkte das Interesse um, vom Porno zum weiblichen Gesang, die Sängerin hatte einen polnischen Tango angestimmt, ein Lied, das einige von uns kannten, vor allem die Alten, Oh, Donna Clara, ich hab dich tanzen gesehn, und jedes Mal, wenn sich die Sängerin in den Refrain stürzte, brummten die Alten mit, ein herrliches tiefes Brummen, dem ich mich unweigerlich anschloss, und das ist nicht das Geringste, was ich über unseren Stammtisch sagen kann.

In der zweiten Nacht der von mir übers Jahr gezählten Nächte, fragwürdige, bedrückende, verstörende Nächte, eins, zwei, drei, vier und fünf …, in der zweiten Nacht wäre Wolle fast umgekommen, er wurde niedergestochen.

Genauso wie seinen Bruder Yann lernte ich ihn, wie erwähnt, in der Straßenbahn kennen, aber während Yann allein zugestiegen war und mich, weil er für Straßenbahnen schwärmte, durch die offene Tür der Kabine angesprochen hatte, stieg Wolle umringt von kräftigen Männern zu, es wurde laut im Wagen, und ich seufzte, ein Haufen Hools, das hat noch gefehlt, eins, zwei, drei grölten sie ein Lied, oder vielmehr, sie stimmten eins an, das umgehend in Gelache verebbte. Im Rückspiegel sah ich, dass sie einander anrempelten und bedenklich wankten, worauf andere Fahrgäste zurückwichen. Besorgt drehte ich mich nach der alten Frau um, die jeden Tag auf dieser Strecke mitfuhr und jedes Mal den Platz hinter der Kabine nahm, und war er besetzt, klopfte sie mit ihrem Gehstock so lange auf den Boden, bis ihn der Fahrgast freiwillig räumte, sie saß, die Beine zur Seite gedreht, den Stock in den Durchgang gestellt und das Kinn auf den Griff gestützt, gelassen da, nicht im Mindesten eingeschüchtert, und verfolgte neugierig, sogar leicht belustigt, was vor sich ging.

An dieser Station hatte ich einige Minuten Aufenthalt, und es überraschte mich nicht, dass die Hools ungeduldig wurden und anfingen zu stänkern, denn sie standen unbequem und dicht beieinander, sodass sie vermutlich nichts lieber wollten, als die Fahrt möglichst schnell hinter sich zu bringen. Schon riefen die ersten Abfahrt!, Abfahrt!, dann brüllte einer die Anweisung Abfahrt!, als wäre ich taub. Ey, bist du taub oder was? Fahr los, du Penner! Nachdem ich eine sachliche Durchsage gebracht hatte, verhöhnten sie mich, wobei ich froh war, nicht jedes Wort zu verstehen. Du Penner, fahr los, sonst hau ich dir auf die Schnauze, ey, was is'n das für 'n Arsch, so von der Art, doch als sich einer zu mir durchkämpfen wollte, hielt ihn ein anderer fest: Reg dich ab, der Fahrer macht nur seinen Job.

Ja, wenn er ihn nur machen würde, der pennt doch.

Reg dich ab.

Der andere drängelte sich zwischen den Leuten nach vorn, also zu mir, und ich war drauf und dran, aus dem Wagen zu springen, dabei gab er mir nur seine Hand, völlig unnötig, aber vielleicht, weil Männer im Revier darauf geeicht sind, und sagte: Wolle. Alles okay.

Paul, antwortete ich.

Den Hools waren mehrere Polizisten gefolgt, jetzt standen sie in den Türen und drohten hinauszufallen, sobald sich die Menge bewegte. Wolle war immer noch bei mir und betrachtete die Armaturen, er ließ sich von einem Polizisten nicht wegschieben.

Bullenschweine! Bullenschweine!

Laut fragte die alte Frau hinter mir: Warum fahren Sie denn nicht?

Abfahrt! Abfahrt!

Mit ausgestrecktem Arm hielt sich Wolle am Rahmen der Kabine fest, sodass der Polizist sich duckte und den Hals verrenkte, ehe er mich unter Wolles Arm hindurch anwies: Sie fahren jetzt direkt zum Hauptbahnhof, ohne Zwischenhalt, kapiert?

Nie hätte ich Wolle für den Bruder von Yann gehalten. Im Gesicht ähnelten sie sich nicht oder höchstens ein bisschen, sie hatten ja nicht denselben Vater, und es könnte gut sein, dass es daran lag. Nur in der Statur wiesen sie Gemeinsamkeiten auf, beide waren groß, Yann noch etwas größer als Wolle, und beide waren kräftig. Erst als Yann mich anrief und zu sich nach Hause einlud, sein Bruder sei bei ihm, um wieder gesund zu werden, er sei schwer verletzt worden, stellte ich fest, dass sie zusammengehörten.

Ey, der Straßenbahnfahrer, das gibts doch nicht.

Wolle?, fragte ich.

Klar, Mann, setz dich.

Ohne ihn, sagte ich zu Yann, wäre ich fast verprügelt worden.

Nee, nee, jetzt übertreib mal nicht. Die hätten dir nichts getan. Sie waren halt gut in Stimmung.

Hm.

Ihr kennt euch?, fragte Yann.

Wolle deutete ein Nicken an, ich sagte nichts.

Das Sofa war aufgeklappt und flach wie ein Bett, Wolle hatte sich mehrere Kissen in den Rücken gestopft und lehnte an der Wand, er trug eine schwarze Trainingshose, aber nichts auf dem Oberkörper, ich sah seine Tattoos, vor allem aber sah ich den weißen Verband, der um seine Brust gewickelt war. Darauf wollte ich ihn nicht ansprechen, er würde selbst damit anfangen.

Bierchen?, fragte Yann.

Weil ich wusste, dass er ein schwieriges Verhältnis zu seinem Bruder hatte, wunderte ich mich, dass Wolle hier auf dem Sofa lag.

Habt ihr euch versöhnt?

Yann hielt inne, zwei Bierflaschen in der Hand. Wolle sagte: Wir sind Brüder, wir müssen uns nicht versöhnen, er ist mein kleiner Bruder, und ich bin sein großer Bruder.

Nicht nach Zentimetern, widersprach Yann. Stell dich mal neben mich, dann siehst du, wer dein großer Bruder ist.

Jaja, is gut. Jedenfalls hat er mich aufgenommen, weil ich hab das Problem, dass ich nicht an den Ort zurück kann, wo es passiert ist, alles sträubt sich, meine Wohnung liegt in der Nähe, das geht nicht mehr, ausgeschlossen, ich brauch Abstand.

Wolles Kumpels und seine Frau machen den Umzug, sagte Yann, sie haben schon eine neue Wohnung gefunden.

Wo es ruhiger ist, erklärte Wolle. Weil die alte Wohnung liegt mitten im Kiez, genauso wie die Hoolikneipe, nee, ich hab keinen Bock darauf, dass sie mich volllabern. Fünf Tage lag ich auf der Intensivstation, zwei davon ins Koma versetzt, das hätte übel enden können.

Spätabends war Wolle aufgefallen, dass etwas nicht stimmte. Vor der Tür einer Kneipe, in der er und die Hools ein und ausgingen, sah er eine Gruppe von Männern stehen, die anscheinend Streit hatten, zwei kannte er flüchtig, die übrigen nicht. Da er es gewohnt war, Konflikte vor Ort mit seiner Autorität zu lösen, steuerte er die Gruppe geradewegs an, beschimpfte den einen oder anderen und verstrickte sich in ein Handgemenge. Als sie begriffen, wer hier das Sagen hatte, drehte er sich um und ging ein paar Schritte, Amateurfehler, sagte Wolle, da steh ich seit zwanzig Jahren an der Tür, und dann leiste ich mir so was: Ich dreh mich weg! Weil ich mich zu sicher fühlte, das ist ja die Scheiße. Weiter als zehn Schritte kam er nicht, denn schon griff ihn jemand von hinten an, umschlang ihn und stach ihm ein Messer in die Brust. Wolle sagte: Knapp am Herzen vorbei. Er taumelte auf einen Taxistand zu, dort brach er zusammen und verlor das Bewusstsein, von diesem Moment an war sein Gedächtnis gelöscht, und er musste sich später berichten lassen, dass Kumpels von ihm aus der Kneipe gerannt kamen und ihre Hände auf die schwer blutende Wunde drückten, dass sie versuchten, den Schnitt zuzuhalten, mit nur mäßigem Erfolg, und dass er selbst im Rinnstein kauerte. Erst nach vierzig Minuten traf der Notarzt ein, bis dahin war eine Menge Blut aus der Wunde geflossen, sodass sie einen hämorrhagischen Schock feststellten. In der Klinik bekam er Fieber, und es bestand die Gefahr, er könnte innerlich verbluten. Wolle sagte: Da stand es dann auf der Kippe.

Nach zwei Tagen erwachte er auf der Intensivstation und sah seinen Körper mit unzähligen Schläuchen verbunden, für Nahrung, Medikamente, Morphium, ein Katheter. Er brabbelte unverständliches Zeug, er hörte nicht auf zu brabbeln, als ginge es darum, die Situation zu erfassen, er erfasste sie nicht, aber er spürte, dass seine Frau bei ihm war, und er spürte ihre Stärke.

Den Täter, nur auf Bewährung in Freiheit, konnte er leicht identifizieren, wenngleich er ihn vor dem unheilvollen Zusammenstoß nie gesehen hatte. Nun fahndete die Polizei nach ihm. Mittelsmänner, sagte Wolle, sind an uns herangetreten, um zu beteuern, dass der Kerl sich entschuldigen will, aber meine Kumpels ließen sie abblitzen, denn da gibt es nichts zu entschuldigen, nee, echt nicht.

Das Fatale ist, hakte Yann ein, dass sich mein Bruder in seinem Denken bestätigt sieht.

Ja, das kannst du so sagen.

Inwiefern?, fragte ich.

Insofern, antwortete Yann, als der Täter zu den südländischen Einwanderern gehört, auf die mein Bruder verächtlich herabblickt.

So allgemein betrachtet, bringt das nichts, wandte ich mich an Wolle. Da musst du schon schärfer hinschauen. Ist jemand ein Arschloch oder nicht? Mit dieser Unterscheidung findest du dich auf der ganzen Welt zurecht.

Arschloch, logisch, sagte er, und ein verdammter Zigeuner dazu, feige und skrupellos, die sind alle kriminell, hab ich schon immer gesagt, ihr seht ja, wozu das führt, der hat mich fast abgemurkst.

Yann sagte: Dass alle kriminell sind, ist doch völliger Schwachsinn.

Ey, du bist unbelehrbar, empörte sich Wolle. Es hätte nicht viel gefehlt, und dein Bruder wäre im Rinnstein verreckt, und trotzdem ergreifst du Partei für das kriminelle Gesocks. Ein beschissener Zigeuner hat es getan, das ist die Wahrheit. Wolle nahm einen Schluck Wasser aus der Plastikflasche.

Ein Arschloch hat es getan, hielt ich fest.

Klar, ein Arschloch.

Wäre mir das passiert, sagte ich, würde ich nicht mehr unter die Leute gehen, nicht so ohne Weiteres, ich würde keine Straßenbahn mehr fahren können.

Damit muss ich klarkommen, gab Wolle zur Antwort. Kann sein, dass ich jetzt einen anderen Weg einschlagen muss, ein bisschen Korrektur, verstehst du? So was geht nicht spurlos an dir vorüber. Letzten Samstag bin ich im Centro gewesen, sieben oder acht Mann haben mich begleitet, weil ich sehen wollte, ob ich in der Masse von Menschen zurechtkomme, ob ich Angst kriege, und ehrlich gesagt, ich spürte durchaus etwas, leicht nur, ganz leicht, aber die Beklemmung war da. Seit ich das Morphium abgesetzt habe, spüre ich eine leichte Angst, vorher merkte ich davon nichts. Alles normal, sagt meine Therapeutin, am besten, Sie gehen vorerst nicht alleine nach draußen. Es ist ja gerade mal zwei Wochen her, trotzdem, mental bin ich relativ stabil, Angst hab ich keine, also das, was man so Angst nennt, richtige Angst. Nur in die alte

Wohnung kann ich nicht mehr zurück, das ist das Einzige, was nicht mehr klappt.

Seine Hools, sagte Yann, tun alles, damit er wieder zu Kräften kommt. Sie päppeln ihn auf, mehr noch, als ich es könnte.

Bruderherz, du bist sehr gut zu mir.

Sie haben zu Spenden aufgerufen, mehr als zweitausend Euro haben sie gesammelt. Davon kann Wolle die Kaution für seine neue Wohnung bezahlen.

Ja, wir Hools halten zusammen, bekräftigte Wolle. Jetzt, wo mich das Arschloch niedergestreckt hat, bekomme ich Post aus ganz Deutschland: Alles klar, mein Lieber, wenn du irgendetwas brauchst, dann melde dich. In jeder Stadt kennst du mit der Zeit eine Gruppe. Zwar sind wir nach Farben getrennt und schlagen uns auch die Köpfe ein, aber wenn es gegen einen von uns geht, einen deutschen Hooligan, dann stehen wir zueinander, dann sind wir eine große Gemeinschaft. Sie haben T-Shirts bedrucken lassen, Halt durch, Wolle oder Wolle forever, so Sprüche halt. Und dann haben sie sich in diesen T-Shirts gegenseitig fotografiert und mir die Fotos geschickt, auch ein paar Videos sind darunter, Alles Gute aus Düsseldorf, Du hast Freunde in Frankfurt. Es gibt ja gewisse Freundschaften, die Duisburg nach all den Jahren hat, mit Gladbach, mit Mannheim oder Frankfurt. Am Freitag, Paul, musst du das Spiel Eintracht Frankfurt gegen Düsseldorf kucken, da wollen sie ein Banner für mich entrollen.

Mir fehlte nichts, es ging mir gut in meinem Apartment, durch das ich mich von Mirek und Zuzanna adoptiert fand, im Hof hörte ich polnische Stimmen von früh bis spät, und obwohl ich nicht verstand, was sie einander zuriefen, kamen sie mir mit der Zeit vertraut vor, ganz so, als könnte ich mich, wann immer ich wollte, einbringen, indem ich, über die Brüstung gebeugt, ein überraschendes Wort fallen ließ. Oft stand oder saß ich auf dem Balkon, um ein oder zwei Zigaretten zu rauchen, und dachte über mein Leben nach. Noch nie hatte ich dermaßen gründlich und bis ins Einzelne darüber nachgedacht, sodass ich mich fragte, wie ich all die Jahre zuvor ohne eine entsprechende Inspektion ausgekommen war. Erstaunt stellte ich fest, dass ich nur wenig zum Leben brauchte und dass es ein Irrtum war zu glauben, man müsse allerhand Zeug ansammeln, um sich zu Hause zu fühlen; zu Hause fühlte ich mich dort, wo ich auf Menschen traf, deren Freundschaft ich schätzte, auf Menschen wie Mirek und Zuzanna. Und dasselbe, dachte ich auf dem Balkon, während ich an der Zigarette zog, gilt für Heimat, weshalb ich dem an Blut und Boden gebundenen Geschwätz nicht das Entfernteste abgewann, im Gegenteil, ich bemitleidete die einfältigen Deuter, denen das Wesentliche entging, weil sie in kindlichen Ängsten verharrten und sich und ihre Gefolgschaft um die Chance eines weitaus größeren Heimatgefühls brachten.

So dachte ich, und ich dachte auch, dass ich es meinen Kollegen nicht erklären könnte, höchstens Jesus, der wäre offen dafür und würde ein paar Worte dazu sagen, er würde mich ermuntern, weiter darüber nachzudenken, aber nicht zu abgehoben, weil du sonst deine Haftung verlierst. Alles, was du denkst, würde er behaupten, muss irgendwo anhaften. Der große Rest der Kollegen aber, dessen war ich mir sicher, würde mich auslachen.

Fast alles, was ich besaß, mein Hab und Gut, wie man früher gesagt hätte, befand sich in der alten Wohnung, bei meiner Frau, die ich meine Frau schon nicht mehr nennen durfte, aber ich vermisste so gut wie nichts davon, außer meinen Büchern, die ich während des Studiums und später, auch viel später, im Grunde bis kurz vor meinem Auszug gekauft und ins Regal gestellt hatte. Sobald ich eine feste Bleibe habe, sagte ich mir, werde ich sie holen, weil sie zu meinem Leben gehören und mich, der ich so verwurzelt bin im Revier, auf die offene Heimat verweisen.

Nichts fehlte mir, solange ich Séverine nur hin und wieder haben konnte, ich sehnte mich mehr nach ihr als in der Zeit, da ich noch zu Hause wohnte, an der Seite meiner Frau, mit der ich, seit ich das Abenteuer eingegangen war, wieder öfter geschlafen hatte, ja, Séverine hatte den Sex meiner Ehe belebt. Inzwischen jedoch galten meine Gedanken nur noch ihr, zärtliche Gedanken und unanständige, wenigstens einmal am Tag verschaffte ich mir selbst Erleichterung, schön gesagt, aber ich meine, ich wichste, bis mir der Schwanz wehtat. Einige Male war sie schon hier gewesen, und wenn ich mich nicht täusche, trafen wir uns damals häufiger bei mir als bei ihr, weil sie es so wollte. Ich kann nicht dauernd die Bettwäsche wechseln, sagte sie, sonst wird mein Freund misstrauisch.

Liebst du ihn?

Na ja, entgegnete sie, was man so Liebe nennt.

Versteh ich nicht. Seit wann seid ihr zusammen?

Sie tat, als müsste sie Nachrichten auf ihrem Smartphone checken, irgendwelche Post beantwortete sie sofort. Unschlüssig schweiften ihre Augen umher, dann traf mich ihr Blick.

Ich hab dich angelogen.

Hm? Warum denn? Ist doch nicht nötig. Wir sind nicht verheiratet.

Ich hab keinen Freund.

Macht nichts. Umso besser.

Freu dich nicht zu früh. Ich hab Freunde, mal den einen, mal den anderen, alles nichts Ernstes, aber …

Aber?

Ich wandte mich ab und stand auf, ich wusste nicht, wie ich auf dieses Geständnis reagieren sollte. Sollte ich überhaupt? Sollte ich sagen Danke, aber bitte geh jetzt? Mit oder ohne bitte?

Ich wollte dich nicht verletzen.

Natürlich nicht.

Sie sagte: Es tut mir leid.

Schon gut.

Ich hatte das Gefühl, dass ich dir das beichten kann, nein, nicht beichten, ich wollte halt, dass du es weißt.

Echt nett.

Was ist denn? Jetzt mach nicht so ein Gesicht. Komm her.

Und was ist das dann, das zwischen uns?, fragte ich sie.

Etwas Besonderes, sagte Séverine. Du weißt, dass es etwas Besonderes ist.

Was man so Liebe nennt.

Genau.

In meinem Apartment fühlte ich mich auch deshalb zu Hause, weil ich mir einbildete, es mit Séverine zu teilen, schon nach ihren ersten Besuchen und vor allem, seit sie das erste Mal über Nacht geblieben war. Noch dazu ließ sie jedes Mal etwas bei mir liegen, ich dachte: mit Absicht, mal ihren Schal, mal ihren Haargummi. Ihre Haare hinterließ sie ohnehin an jeder Stelle, auf meiner Kleidung, im Waschbecken, auf dem Laken, und auf dem weißen Nackenkissen im Sessel kringelten sie sich in hoher Zahl, sodass ich mich wunderte, warum die rote Mähne nichts von ihrer Pracht einbüßte. Ich will nur sagen, dass ich Séverine, selbst wenn sie nicht bei mir war, überall erblickte, jeder Gedanke an sie beschwor ihre Anwesenheit herauf. Ich sah sie in der Duschkabine, im Höschen vor dem Kühlschrank, in Socken auf den Stufen zum Balkon, ich sah sie in jeder erdenklichen Haltung im Bett, sah, wie sie nach dem Smartphone tastete, sah, wie sie die Mundwinkel anspannte und das Smartphone weglegte. Aber mir schwante, dass ich nichts als Äußerlichkeiten wahrnahm.

Nur meine jüngere Tochter Lilith hielt weiterhin Kontakt mit mir, für meine ältere war ich gestorben, und meine Frau, die ich nicht mehr meine Frau nennen durfte, aber es der Einfachheit halber trotzdem tat, zeigte sich allenfalls fürs Praktische empfänglich. So erledigte ich Reparaturen in der Wohnung und wurde mit einer Tasse Kaffee belohnt. Alle paar Tage rief Lilith an, sie beachtete mich, wie schon gesagt, erst seit Neuestem wieder, genauer, seit mein Abenteuer mit der mit ihr gleichaltrigen Séverine aufgedeckt worden war, seither küsste sie mich jedes Mal, wenn wir uns trafen, auf den Mund, worauf sie zuletzt als kleines Mädchen aus gewesen war. Nach langen Jahren der Distanz, die sie aus unerfindlichen Gründen zu mir eingenommen hatte, gewann ich Lilith durch Séverine zurück. Ihre plötzliche Zuneigung überrumpelte mich, und ich gestehe, dass ich trotz der Erleichterung, meine jüngere Tochter wiederzuhaben, schwer damit umgehen konnte, sie weder bestärken noch beschränken wollte, vielleicht weil ihr Flirt mir insgeheim schmeichelte.

Eines Nachmittags kamen wir im Quintessenz zusammen, weil sie sich ebenso gern in Straßencafés aufhielt wie ich. Wie üblich traf sie verspätet ein, längst hatte ich schwarzen Kaffee bestellt und mir die Zeitung geholt, doch als sie strahlend vor mir stand, verkniff ich mir jeden Tadel, sie trug ein leichtes Kleid, in dem ich sie noch nie gesehen hatte, zu leicht für diese Jahreszeit, und ihre Lippen waren rot geschminkt. Mit diesen Lippen küsste sie mich.

Sie bestellte einen Cocktail, weil Happy Hour angesagt war, den Ausdruck Happy Hour wiederholte sie mehrmals mit Genuss.

Bist du glücklich?

Ich freue mich, dich zu sehen, antwortete ich.

Jaja. Nein, bist du glücklich mit ihr?

Séverine?

Wer sonst. Oder hast du sie schon ausgetauscht?

Erzähl von dir, sagte ich, wie läuft es an der Uni?

Paul, du weichst aus, dabei könntest du mir wenigstens ein bisschen von dir und Séverine erzählen, wie es euch geht, schließlich hat sie dein Leben auf den Kopf gestellt.

Aber ich als dein Vater würde gerne wissen, wie du als meine Tochter in der Uni zurechtkommst.

Gut, weißt du ja. Und jetzt du.

Was ich?

Wie es dir geht mit Séverine?

Ach, Lilith, jetzt sei nicht so …

Tut sie dir gut?

Lilith …

Du siehst jünger aus.

Ja, es geht mir gut.

Und welchen Anteil hat sie daran? Einen großen, vermute ich mal, das kleine Luder.

Red nicht so von ihr.

Sie verwöhnt dich, oder? Verwöhnt sie dich? Bestimmt würde sie alles für dich tun, muss sie ja auch, damit du sie als vollwertige Frau akzeptierst. Oder stehst du eher auf das weiblich Naive? Dann müsste sie sich nicht so anstrengen. Spielt sie die Unschuldige für dich, die Weiche und Anschmiegsame?

Séverine spielt gar nichts für mich, entgegnete ich schroff, und sie ist auch nicht unschuldig.

Ein Luder, sag ich doch.

Lassen wir das. Und sonst? Gibt es nichts Neues in deinem Leben?

Ihre spitze Zunge ging mir auf die Nerven, und einen Moment lang verdächtigte ich meine Frau, dass sie unsere Tochter auf mich angesetzt haben könnte, aber davon kam ich wieder ab, weil Lilith schon immer ein loses Mundwerk hatte. Allerdings wurde mir klar, dass mir Jahre fehlten, um mit ihr ein vertrauensvolles Gespräch zu führen, ich konnte an keiner Stelle anknüpfen. Dieses vertrauensvolle Gespräch hatten wir uns nie zu eigen gemacht, und jetzt verlangte sie von mir, dass ich Intimitäten preisgab, wozu ich nicht die geringste Lust verspürte. Was also hätte sie tun sollen, außer auf gut Glück zu sticheln? Mir ging auf, dass sich Lilith durch Séverine herausgefordert sah und in ihr eine Konkurrentin witterte.

Unerwartet schlug sie einen anderen Ton an, ruhig jetzt, fast sanft: Ich würde nicht zögern, einen älteren Mann zu verwöhnen, ich wüsste, wonach er sich sehnt.

So?

Ich würde ihn glücklich machen.

Hast du etwas mit einem Älteren?

Seine Wünsche sind nicht schwer zu erraten, ich würde sie ihm von den Augen ablesen.

Verschweigst du mir etwas?

Weißt du, dass wir dir früher nachspioniert haben, wir, deine Töchter? Du warst der einzige Mann im Haus.

Ja, aber zu spionieren gab es nicht viel, vor euch hab ich mich nie versteckt, worauf willst du hinaus?

Ich kenne dich in- und auswendig, so, wie dich Séverine niemals kennenlernen wird.

Na schön, lass gut sein.

Ich weiß, was du brauchst. Das, worum die Welt sich dreht.

Ach ja.

Sie sagte: Ein junges feuchtes Fötzchen.

Was du alles lernst auf der Uni, sagte ich nüchtern.

Ha, war doch nur Spaß.

Darauf wollte sie mich küssen, doch ich drehte mich weg.

Wenn ich auf dem Balkon stand und rauchte, dachte ich auch über mein Leben mit Lilith nach, das so lange ein Leben ohne Lilith gewesen war, und ich war drauf und dran, die Verbindung mit ihr abzubrechen, aber das konnte ich mir als Vater nicht erlauben, und ich wollte es auch nicht.

An Tagen, an denen ich Frühschicht hatte, war ich der Erste, der in den Hof ging und das Tor zur Straße aufschloss. Alle Fenster lagen im Dunkeln, und ich vermisste die polnischen Stimmen, die mich sonst so verlässlich begleiteten. Selbst der Balkon in der Ecke gab um diese Zeit keinen Laut von sich, dort saß jede Nacht eine polnische Frau im zugeknöpften Mantel und mit einem Wollschal um den Hals und zog hastig an der Zigarette, während sie telefonierte, selten vor Mitternacht, manchmal erst zwischen zwei und drei, sie sprach laut und überschwänglich, sodass ich stets ein Drama hinter ihren Worten vermutete. Ich stellte mir vor, dass sie ihren Mann oder ihren Freund oder ihren Liebhaber in Polen mit dem neuesten Klatsch aus Oberhausen versorgte, der ihr zusetzte, natürlich, weil sie andernfalls nicht so dramatisch klänge, und dass ihr Mann oder ihr Freund oder ihr Liebhaber beschwichtigend auf sie einwirkte, jedenfalls hörte sich die männliche Stimme, die aus dem Lautsprecher ihres Telefons drang, ganz danach an, ruhig und die Wogen glättend, wenn sie überhaupt zu Wort kam, denn die Polin war schwer zu bremsen, so viel hatte sie den Tag über erlebt, und höchstens wenn ihr das Feuerzeug hinunterfiel, hell klackend im Hof aufschlug, stockte sie für einen Augenblick und zog geräuschvoll Luft durch die Nase.

Von deutschen Stimmen klangen mir nur die der unglücklichen deutschen Familie in den Ohren, obwohl auch andere in den Hof einfielen, da Mirek Wohnungen vermietete und außerdem mit Gott und der Welt verkehrte, Freunde, Musiker, Lieferanten, ein Kommen und Gehen. Diese Familie versammelte sich bevorzugt in der Küche, deren Fenster, meistens gekippt, in meine Richtung wies, und weil ihre Wohnung im dritten Stock lag, bekam ich, ungefähr auf derselben Höhe im Seitenflügel, so gut wie alles mit, es war, als säße ich unsichtbar unter ihnen, Mutter, Lebensgefährte, pubertierende Tochter, widerspenstiger Sohn. Ich litt mit ihnen, wenn sie in Streit gerieten, und sie gerieten fast immer in Streit, und ich freute mich mit ihnen, wenn sie nett zueinander waren, weil sie nicht unentwegt streiten konnten. Der Geruch von deftig gewürzten Speisen wehte herüber, dann hörte ich ein Glas auf dem Boden zerspringen und die Mutter keifen. Kaum je gab sich die Mutter zufrieden mit dem, was die Kinder im Haushalt leisteten, wieder nicht aufgeräumt, der Deckel nicht auf der Dose, die Spüle verschmutzt, Gestank, der Mutter konnten sie nichts recht machen. Schneller, schneller, trieb sie die Kinder an, ich will nicht wieder erst um elf ins Bett, ihr hockt da ja immer noch rum, das ganze Geschirr voller Dreck, was für ein Sauladen, da komm ich ja nicht vor zwölf zum Schlafen, räum das jetzt weg, sonst schmeiß ich es in den Müll, M, Ü, L, L, verstehste?, verstehste nicht?, bisschen plemplem oder was? Laut stimmte der Lebensgefährte mit ein, er nahm sich den Sohn vor und sagte Du, wenn ich dein Vater wäre, dann würde ich dir jetzt eine reinhauen, aber darauf reagierte der Sohn nicht, ich hörte ihn nichts erwidern, und das war klug. Dennoch litt ich mit ihm, besser gesagt, mit allen vieren, weil sie sich gerade wieder fertigmachten, um tags darauf, wieder bei Kräften, damit fortzufahren. Ich fand heraus, dass ihnen Geld fehlte, immer wieder ging es ums Geld, der Lebensgefährte hatte keine Arbeit, die Mutter nur halbtags, sie sagte zu ihm: Hol was zu essen oder gib Geld her.

Nachdem ich mein Auto hinausgefahren hatte, schloss ich das Tor ab, denn es würde noch dauern, bis sich der Hof belebte. Auf der Fahrt nach Duisburg, erst die A40, dann die A59 Richtung Betriebshof, prüfte ich mein Gesicht im Innenspiegel, weil ich mich nicht erinnern konnte, es heute schon betrachtet zu haben. Gedankenlos hatte ich im Bad das Übliche getan, kurz darauf das Apartment verlassen. In diesem Augenblick fragte ich mich, ob der Spiegel im Bad ein Gedächtnis habe, ob er Eindrücke speichern könne, denn wäre es so, hätte ich die Chance, nach der Rückkehr mein Gesicht zu suchen, wie es, kurz nach dem Aufstehen, im hellen Licht der Neonröhre erschienen war. Zunächst würde ich nicht viel erkennen, weil all die Eindrücke, die der Spiegel gesammelt hatte, einander überlagerten, ein undurchdringlicher Wust, doch allmählich würde sich eine Schicht nach der anderen lösen, indem jede für sich in den Vordergrund träte und kurz darauf zerstäubte, wie in einer unendlich langen Projektion vom jüngsten Eindruck bis zum ältesten. Erst würde ich mich und immer wieder mich erblicken, frühmorgens, spätabends und in der Spanne dazwischen, dann eine Reihe fremder Gesichter, bestimmt mit Mirek und Zuzanna verwandt, aber mit Sicherheit würde ich es nicht klären können, ein fremdes Gesicht, das ein weiteres Mal erschiene, würde schon wie ein vertrautes wirken, müde und wache Augen, zerzauste und gekämmte Haare, nasse Haare, Nacktheit und Unterwäsche, Paare, die gemeinsam vor den Spiegel getreten waren, Umarmungen und Küsse oder weder das eine noch das andere, das ewige Zähneputzen und Ausspucken, das nasse und das elektrische Rasieren, die feierliche Banalität des Schminkens, jung und alt, glatte und runzlige Gesichter, das Lächeln auf Probe, das entgeisterte Anstarren der eigenen Züge, und zu guter Letzt würden Handwerker meine Aufmerksamkeit erregen, eingetroffen, um im Bad den Spiegel anzubringen.

Ich würde auch Séverine erblicken.

Schon in der ersten Sequenz, in welcher der Spiegel seine jüngsten Eindrücke verriete, würde sie wiederholt zu sehen sein, allein und vermeintlich unbeobachtet, doch der Spiegel würde sie ansehen und ihre Posen verzeichnen. Gerne würde ich das rückwärts laufende Gedächtnis des Spiegels an Stellen stoppen, wo Séverine aufleuchten würde, aber Bild für Bild würde zerstäuben, als wäre alles eins, das vorherige nicht wertvoller als das folgende, im Ganzen ein Wust, wie ich schon anfangs bemerkt haben würde, der Anfang als Ende sämtlicher Eindrücke. Nichts bleibt, sagte der Spiegel und log, weil er alles, wirklich alles in sich barg, zum Beispiel Séverine, die Rothaarige, deren Locken über ihre nackten Schultern fielen, zum Beispiel mich, von hinten an ihren Körper gedrängt, ihre Hand in meinem Nacken, sie dann nach vorn gebeugt und aufs Waschbecken gestützt, ihre kleinen festen Brüste mit den hellrosa Warzen, ihr leicht geöffneter Mund, ihre Augen, die mir im Spiegel begegneten, ihr von meiner Hand gepackter Schopf, ihr nach hinten gezogener Kopf, ihr weißer gebogener Hals, ihr trotzender Blick.

Worüber Kymani nicht sprach (außer mit Yann): Aber ich gehöre schon lange dazu, du weißt, dass es so ist, und wenn einer behauptet, nein, du nicht, dann leg ich meine Geburtsurkunde vor, darauf steht es schwarz auf weiß, geboren in Oberhausen, also, ich gehöre schon immer dazu. Kymani, was bedeutet das?, fragen sie gerne, als würde ich dich fragen, Yann, was bedeutet das, klingt schön, dein Name, aber welche Bedeutung steckt dahinter? Hat er eine Bedeutung oder einfach nur Yann? Einfach nur Kymani würde ich am liebsten antworten, doch diese Antwort nehmen sie mir nicht ab, und sie stimmt ja auch nicht, weil Kymani mehr als einfach nur Kymani heißt, Kymani heißt abenteuerlustiger Reisender, ausgerechnet, denn das ist es, was sie hören wollen, etwas von Migration, am besten von Flucht, von einem Reisenden und dann auch noch einem abenteuerlustigen, bestimmt stieg dieser Kymani in ein von Menschen überfülltes Schlauchboot, um an die Küste Europas zu gelangen, alles ließ er zurück, Familie, Freunde, die erbärmliche Armut, vielleicht zuckte er nur mit den Schultern, vielleicht weinte er, um dann nichts weniger als sein Leben zu riskieren. So sehen sie mich, wenn sie mich ansehen, alles klar?

Kymani, was bedeutet das? Bedeutet es überhaupt etwas? Das ist nur ihre zweitliebste Frage und die am zweithäufigsten gestellte, am häufigsten dagegen werde ich mit ihrer liebsten Frage konfrontiert, die ich, ehrlich gesagt, schon nicht mehr hören kann, es nervt. Kymani, woher kommst du?

Jetzt hab dich nicht so, wandte Yann ein, das ist nicht böse gemeint, ganz normal.

Woher ich komme, Mann, soll ich ihnen etwas von Afrika erzählen, von Nigeria? Wo genau liegt dieses Land eigentlich? Welche Länder umgeben Nigeria? Kamerun, glaube ich, ist dabei, und was noch? Fragt mich, wo Oberhausen liegt! Noch im Schlaf zähle ich euch alle Städte im Revier auf, und ich sag auch, mit welcher S-Bahn ihr wohin kommt, aber fragt mich nicht nach Nigeria! Ich komme aus Oberhausen, ich bin hier geboren, Oberhausen ja, muss ich es buchstabieren? Nein, so pampig antworte ich nie, immer freundlich, du kennst mich ja, ich sag Oberhausen, als ob nichts wäre, und es ist ja auch nichts. Entschuldige, ich wollte mich nicht aufregen, ich mag die Leute hier, es sind meine Leute, und ich weiß, dass sie neugierig sind, dass sie lieber einmal zu oft den Mund aufmachen, als etwas zu schlucken. So sind wir, und darum kann ich mir auch nicht vorstellen, die Stadt je zu verlassen. Selbst dem geflüchteten Syrer geht es schon so, diesen Syrer, den Cihan in seiner Dönerbude aufgenommen hat, der hilft da jetzt immer mit, und Cihan hat ihm am Anfang auch eine Wohnung besorgt. Wie heißt er gleich wieder?

Wer?, fragte Yann.

Der Syrer, jedenfalls spricht er ganz gut Türkisch, weil er zwei Jahre in der Türkei war, und darum hat ihm Cihan alles auf Türkisch erklärt, den deutschen Papierkram, die Formulare, mittlerweile spricht der Syrer fast so gut Deutsch wie Cihan, aber sie unterhalten sich auf Türkisch, na ja, wenn es guttut. Nicht mehr als zwanzig Monate lebt der Syrer jetzt bei uns, doch er sagt bereits, dass er nie wieder wegwill, weil er sich in Oberhausen daheim fühlt.

Hamoudi, sagte Yann, der junge Syrer heißt Hamoudi.

Klar, korrekt. Ich bin ja nicht beleidigt. Beleidigt sein ist immer das Dümmste, weil du dann verstockt und ungerecht wirst, aber irgendwann müssen sie mir den Oberhausener ansehen, wenn auch in Schwarz, aber das ist nun auch nichts Neues mehr und dürfte niemanden überfordern. Ich will in Oberhausen nicht mehr sagen müssen, dass ich aus Oberhausen stamme, vielleicht in München, da schon, in München würde ich mich ohne Weiteres darauf einlassen und den Münchnern erklären, wo genau Oberhausen liegt, ich würde die Kurzfilmtage erwähnen und selbst den Gasometer, damit sie nicht länger im Dunkeln tappen. Gleichzeitig hab ich so ’ne Ahnung, dass ich aus der Nummer nicht rauskomme. Kymani, woher kommst du? Bis an mein Lebensende werde ich diese Frage ertragen müssen, weil sie mich für afrikanisch halten, nicht für deutsch oder deutsch-plus, nicht für einen schwarzen Oberhausener, es sei denn, ich schaffe es, die Frage vorher zweihunderttausend Menschen in der Stadt zu beantworten, dann hätte ich endlich Ruhe. Mir ist klar, dass ich diese Frage zulassen muss, so wie jeder, der nach der herkömmlichen Vorstellung nicht deutsch aussieht, weil wir sonst nie erfahren, wer wir alle zusammen sind, die ganze deutsche Palette. In Nigeria würden sie dich auch fragen, Yann, woher kommst du? Und auch das wäre nicht böse gemeint, weil du halt auffällst mit deinem weißen Gesicht, nein, nichts Böses, damit fängt alles an. Du hast recht, ganz normal, das alles ist ganz normal. Als wir mit Klara den afrikanischen Gottesdienst besucht haben, war ich so verunsichert, dass ich nichts wie abhauen wollte, mir kam das genauso exotisch vor wie euch, und ich wollte nicht, dass ihr denkt, das ist meine Welt oder auch nur, das sind meine Wurzeln, weil in meiner Familie niemand die Bibel gelesen hat und auch keiner in die Kirche gegangen ist.

Entspann dich, sagte Yann, das hast du mir schon hundertmal erzählt.

Ja trotzdem, ich hätte nicht hingehen sollen. Dieser Gangsterreigen zum Beispiel, der Baran so beeindruckt hat, war geschmacklos, wie da die Typen mit ihren Sonnenbrillen nacheinander zur Kollekte schritten, um sich von ihren niederträchtigen Sünden freizukaufen … Weißt du, dass ich nie eine schwarze Freundin hatte?

Was soll das jetzt?

Immer nur weiße und aktuell eine aus Italien, die blond ist und auch ziemlich weiß, ganz anders als meine Schwester in unserem Laden, sie nimmt aus Prinzip nur schwarze Jungs, glaub mir, als hätte sie Angst vor weißen.

Hast du Angst vor schwarzen Frauen?

Quatsch. Einmal, auf der Messe in Düsseldorf, wollten sie mir am Büfett nichts geben. Erst als ich meinen Ausweis zeigte, bekam ich etwas zu essen, natürlich entschuldigten sie sich vielmals, aber das machte es nur schlimmer, es war, als hätten sie nie zuvor einen schwarzen Softwareentwickler gesehen, als wäre ich für sie höchstens der Toilettenmann, der unten vor einem Teller mit Münzen hockt. Aber Düsseldorf ist sowieso anders und für einen Mann aus dem Revier schwer zu verkraften. An Düsseldorf gewöhnst du dich nicht, die Kollegen wussten es längst, trotzdem tut es mir für Düsseldorf leid, dass es bei uns ein so schlechtes Image hat. Abgesehen von der Erfahrung am Büfett lief es gut auf der Messe, kein Rumstehen und Langweilen, wir redeten uns den Mund fusselig, um alle Fragen zu beantworten, das Interesse an unserer Software ließ nicht nach, und es sah so aus, als hätten sie alle schon einmal davon gehört und nur auf den Moment gewartet, um Genaueres zu erfahren, weil jede Stadt mit Kriminalität zu kämpfen hat und Prognosen, wie wir sie liefern, für nützlich hält, also, wo und unter welchen Umständen mit hoher Wahrscheinlichkeit weitere Verbrechen geschehen werden, damit die Polizei vorbeugende Maßnahmen ergreifen kann. Unsere Prognosen sind immer treffsicherer geworden, und mittlerweile ist die Software in einigen Städten erfolgreich im Einsatz. Das hat sich herumgesprochen, und darum fiel es uns leicht, neue Kontakte zu knüpfen, auf der Messe, meine ich, ich meine geschäftliche Kontakte. Am Stand repräsentierte ich eine Firma aus Oberhausen, wobei repräsentieren nicht das richtige Wort ist, denn die Firma gehört meinem Partner und mir, ich präsentierte sie also, wenn man so will, und niemand bezweifelte, dass ich für diese

Firma in Oberhausen sprach, niemand verdächtigte mich, für ein Startup in Nigeria zu trommeln, ich hatte sogar den Eindruck, dass sie mich bevorzugten, sich lieber an mich wandten, weil ich dem Standort, mit ihren Augen betrachtet, einen weltläufigen Anstrich gab.

Haha.

Oder sie brachten meine Erscheinung mit den finstersten Machenschaften in Verbindung, mit dem Verbrechen, das es auszumerzen gilt, ein Experte, sagten sie sich, der weiß, wovon er spricht, haha. Warum lachst du nicht, Yann, hast du nicht gerade noch gelacht? Egal, und jeder, den ich beriet, gab mir die Hand, nicht zur Begrüßung, das eher selten, aber zum Abschied, jeder, ehe er ging.

Bei deinem Bruder, in dieser Hooliknеipe, dachten sie gar nicht daran, einem Oberhausener wie mir die Hand zu geben. Pfui, ein Neger!

Ich hab dich gewarnt, sagte Yann, aber du wolltest ja dabei sein, die leben in ihrer eigenen Welt, verkappte Nazis, wenn du mich fragst, aber einer von denen hat dir die Hand gegeben, so war es doch, und alle haben gegrölt und geklatscht.

Ja, weil dein Bruder es so wollte und alle auf ihn hörten, er stand da mit so ’nem Blick, der keinen Widerspruch duldete, darum ließ sich einer dazu herab und grinste wie ein Politiker von den Grünen, um kurz darauf auf die Toilette zu verschwinden, ich bin sicher, er wusch seine Hände mit Seife, mir egal, nein, egal ist es nicht, und wenn ich ehrlich bin, komme ich schwer darüber weg.

Hey, Kymani, rief Yann, du hast gewusst, worauf du dich einlässt.

Jaja und nein, du kannst dir ja vieles ausdenken, aber wenn es genauso kommt, wie du dachtest, kippst du aus den Latschen, nicht vor ihnen, niemals, diesen Gefallen würde ich ihnen nicht tun, aber später, wenn du wieder allein bist, kippst du um.

An der Tür wandte sich die Kundin noch einmal um und sagte danke, dann verließ sie mit einem triumphierenden Lächeln den Miederladen. Klara ging ans Fenster und sah hinaus, von gegenüber zwinkerte ihr der Pommesmann zu. Ein paar Schreie waren zu hören, vom Spielplatz an der Marktstraße, aber sie sorgte sich nicht, weil daran gewöhnt, manchmal klangen sie schrill und aggressiv, wenngleich sich nach kurzem Aufruhr alles wieder einpegelte, auf das Maß zuverlässig lärmender Kinder. Der Spielplatz war auf einer wie übrig gebliebenen Ecke errichtet worden, dadurch eher Spielecke als Platz, höchstens fünfzig Quadratmeter auf einem elastischen, von gelben Spänen gesprenkelten schwarzen Gummiboden. Nach einem langen Tag im Laden, wenn ihr die Beine wehtaten, drehte Klara dort ein paar Runden, da sie den leicht federnden Boden als wohltuend empfand, gerade so, als würden ihr die Füße massiert, und die Kinder, wenn noch welche da waren, stutzten bei der ersten Runde, stutzten über die schwarze Gestalt, die nichts als umherging, ohne eines der Gerüste zu besteigen, nicht den Kletterturm, die Wippe, die Rutsche, stutzten letztlich, weil sie fürchteten, getadelt zu werden, doch da kein Tadel laut wurde und die schwarze Gestalt sie nicht bedrängte, kümmerten sie sich nicht weiter darum. Schließlich verschwand die Gestalt genauso überraschend, wie sie gekommen war, und schon hatten sie die Ecke wieder für sich.

Aufbrausend war die Kundin in den Laden gestürzt und hatte ihren treulosen Mann verflucht, und obwohl

Klara ihr mehrmals einen Stuhl angeboten hatte, war sie zu erregt gewesen, um sich zu setzen. Sie ließ ein Donnerwetter niedergehen, dass Klara nicht dazu kam, etwas einzufügen, sie schimpfte, bis sie nicht mehr konnte, und noch während sie um Atem rang, zog Klara die Schublade auf, nahm einen edlen Miederbody heraus, Cups und Beinausschnitte mit Stickereien verziert, und hielt ihn ihr ruhig vor die Brust. Dadurch fasste sich die Kundin wieder und gestand beinahe flüsternd: Das ist es, was ich brauche, ach Klara, ein so herrlich sündhaftes Teil, nur für mich, aber mein Mann wird dafür blechen, ich hoffe nur, dass es auch sündhaft teuer ist. In der Umkleide stellte sich heraus, dass der Mieder wie angegossen saß und die weiblichen Reize derart betonte, dass die Kundin ihre Schultern aufrichtete und unmerklich das Kinn hob. Sie prahlte vor dem Spiegel und wirkte unbezwingbar, sodass sie entschlossen den Vorhang aufzog, ein paar Schritte durch den Laden stolzierte und den Pommesmann hoheitsvoll grüßte.

Als Klara nach ihrer Assistentin sehen wollte, hielten sie Schreie zurück. Schreie vom Spielplatz, nur jetzt in der Nähe, junge hohe Stimmen, die sich überschlugen, vermengt mit Kindergeplärr. Wut heulte auf und stockte. Kurz darauf erblickte sie vor dem Fenster zwei miteinander rangelnde Frauen, sie zogen einander an den Haaren, ohne auf die Kinder zu achten, die zwischen ihre Beine gerieten und hinfielen. Beide waren jung und schön, wenn auch mit jähzornig verzerrten Zügen, Typ Türkin und Typ Asiatin. Das nicht, das nicht noch mal, zischte die Türkin. Fotze, du Fotze, mein Kind, mein, einfach so, nicht noch mal. Klara bemerkte, dass zwei türkische Jungs danebenstanden, ohne einzugreifen, sie tippten, ab und zu einen Blick riskierend, auf ihren Smartphones herum, aber plötzlich mischte sich eine ältere Türkin ein und schlug der jungen Asiatin ins Gesicht. Da wurde es Klara zu viel, sie ging mit schnellen Schritten hinaus und griff mit der einen Hand nach der Asiatin, mit der anderen nach dem Kind und zog sie in ihren Laden. Ehe der Pommesmann Hilfe anbot, war alles getan. Die Tür schloss sie ab.

Zitternd kauerte die Asiatin auf dem Boden. Mit ihren dünnen Armen und Beinen wirkte sie wie ein Insekt, bereit, jederzeit aufzuspringen. Das Kind, ein Mädchen, jetzt ruhig und mit offenen Augen, kuschelte sich an sie, Klara gab ihnen Saft zu trinken. Von hinten kam die Assistentin dazu und ging in die Hocke, laut schnappte Klara nach Luft, sodass die Asiatin zusammenzuckte und das Mädchen, ihren kleinen Kopf rollend, lachte.

Was ist passiert?, fragte die Assistentin.

Klara sagte: Lass sie erst mal zur Ruhe kommen.

Die sagt, fing die Asiatin an, dass ich ihr Kind beleidigt hab. Hab ich nicht. Bin nur hin, als der türkische Zwerg Jinjin von der Wippe stoßen wollte.

Komm, sitzen, forderte Jinjin Klara auf.

Klara sagte: Ans Stehen bin ich gewöhnt.

Was versteckst du hinter dem Vorhang?, fragte Jinjin.

Frauen, dahinter verstecke ich Frauen.

Versteckst du auch uns hinter dem Vorhang?

Wenn nötig …

Umständlich stand Jinjin auf und trippelte auf die Umkleide zu, vor dem Vorhang blieb sie stehen und musterte ihn von oben bis unten. In diesem Augenblick schlug die junge Türkin mit der flachen Hand auf die Glastür, dann trommelte sie mit den Fingerknöcheln dagegen und schrie: Dich krieg ich, du miese Fidschisau, dich krieg ich. Sie rüttelte an der Klinke. Schleunigst kehrte Jinjin zurück und kroch der Mutter unter den Arm, Klara wedelte abwehrend mit der Hand, aber die junge Türkin hörte nicht auf zu trommeln und bleckte mit den Zähnen, worauf die Asiatin leise wimmerte und wieder an allen Gliedern zitterte. Jetzt geh schon, es ist genug, rief Klara und schnappte zweimal nach Luft, was sie gefräßig aussehen ließ und die junge Türkin zum Verstummen brachte, wenigstens ein paar Sekunden, dann fuhr sie fort, gegen die Scheibe zu trommeln und die Asiatin zu beschimpfen, als Fidschifotze oder, verstört vor Entrüstung, als Fodschifitze. Unverhofft wurde dem Gezeter ein Ende gesetzt, als der Pate aufkreuzte und ihr einen unsanften Klaps auf den Hinterkopf gab. Sie ließ sofort ab und entfernte sich.

Der Pate wusste nicht, dass er bei Klara von jeher so hieß. Obwohl er alt geworden war, hatte er nichts von seiner Autorität verloren. Er trug einen gepflegten grauen Schnurrbart, seine untersetzte Statur wies ein beträchtliches Volumen auf, das Sakko spannte sich über seinen Bauch. Schritt er die Marktstraße entlang, dann stets begleitet von drei oder vier jüngeren Männern, wobei er eine kleine Spanne vorausging und so die Richtung vorgab. Früher besaß er eine Teestube in der Straße, in der Klaras Miederladen lag. Als junge Frau, in einer Zeit, da ihre Mutter das Geschäft führte, kehrte sie oft bei ihm ein. Es war, als habe sie der Pate in seine undurchsichtigen Kreise eingegliedert, denn nicht ein einziges Mal wurde sie von einem der Männer belästigt, nicht mal mit der geringsten Unflätigkeit, kein klebriges Schöntun und kein anzügliches Grinsen. Das hätte sie zwar nicht überrascht, da ihre Mutter und sie, für alle sichtbar, mit Dessous handelten, aber nichts von alldem trat ein, sie stand unter dem Schutz des Paten. Herausgefunden hatte sie nie, welche Rolle er tatsächlich spielte, doch zweifellos genoss er hohes Ansehen.

Durch die Tür nickte er Klara zu, und als er sich in Bewegung setzte, schlossen sich ihm drei jüngere Männer an, die unbemerkt im Hintergrund gewartet hatten.

Als die Asiatin sagte, sie habe Angst, begann Jinjin zu weinen, und als sich die Assistentin auf den Knien dem Mädchen näherte, um ihm tröstend den Kopf zu streicheln, drehte es sich weg und weinte nur umso mehr. Sie traue sich nicht, nach Hause zu gehen, brachte die Asiatin stammelnd hervor, sie fürchte um ihre Tochter und um sich selbst.

Wo wohnst du?, fragte Klara.

Nicht weit von hier, in der oberen Marktstraße. Aber ich traue mich nicht, ich habe Angst.

Gut, ich bring euch mit dem Auto hin.

Unbesorgt überließ Klara den Laden der Assistentin und führte Mutter und Kind zum Auto, Jinjin wurde wieder munter und griff nach Klaras Hand.

Auf der Fahrt stellte Jinjin unentwegt Fragen und deutete auf alles, was ihr auffiel, das Brechthaus mit seiner kühn gefalteten Backsteinfassade, den alten Mann auf schwankendem Fahrrad, Katzen, die um eine umgekippte Mülltonne herumschlichen, und Klara gab Antwort, so ihr eine in den Sinn kam, während die Mutter schwieg.

Ehe sie ausstieg, sagte die Asiatin: Jeden Morgen muss ich mit Jinjin durch die Marktstraße, jeden Morgen auf dem Weg in den Kindergarten. Ich hab solche Angst.

Geh mit ihr einen kleinen Umweg, sagte Klara, nimm die Straße, die wir gerade gefahren sind, so lange, bis sich wieder alles beruhigt hat. Im Revier, glaub mir, beruhigt sich alles wieder, und wenn irgendwas sein sollte, gib mir Bescheid, dann schalte ich den Paten ein.

Den Paten?

Dass Oberhausen ein Dorf war, in dem die meisten Menschen einander kannten, galt als allseits akzeptierte Aussage, und darum musste, selbst wenn sie nicht zutraf, etwas Wahres darin liegen. Ohne lange nachzudenken, zogen sie Linien von einem zum anderen, ganz gegenwärtig oder auch, indem sie auf Vergangenes, teilweise lange Vergangenes zurückgriffen, mit der Folge, dass sie Verbindungen feststellten, direkte oder indirekte, über eine dritte oder vierte Person, um sich am Ende in der Gewissheit zu wiegen, dass sie einem großen Miteinander angehörten, einem komplizierten, von Rissen beeinträchtigten Geflecht, aber nicht so kompliziert und so beeinträchtigt, dass es in Auflösung begriffen wäre, sie fügten sich umstandslos ein.

Manuela war eine langjährige Freundin von Klara, ohne jemals Kundin gewesen zu sein. Sie hatte den Miederladen nie betreten, weil sie keine Übergrößen brauchte, die Klaras Sortiment vorrangig bestimmten. Über die Jahre und drei Schwangerschaften hinweg hatte sie sich ihre schlanke Figur bewahrt. Am Berufskolleg betreute sie den Bereich Sozialwesen, und alle, die später als Erzieherin oder Erzieher arbeiteten, waren durch ihre Hände gegangen, auch Yann, der damals alles Schulische verachtete und nicht wusste, wohin mit seiner Kraft. Auch ihn hatte sie im Unterricht, darum bemüht, sein gequältes Gesicht zu übersehen und ihn, wenn er rebellierte, in Schach zu halten, was nicht immer gelang. Er war ein schwieriger

Fall, und sie suchte nach Mitteln und Wegen, ihn zu fördern und seine Kraft in sinnvolle Bahnen zu lenken, denn dass Pädagogik diese Kraft benötigte, davon war sie überzeugt. Aber sie scheiterte an seinem Widerstand. Yann signalisierte die ganze Zeit, dass er keinen Bock auf Erziehung hatte, und schwänzte ihre Stunden, sooft er konnte.

Nur zweimal brachen ihre Bemühungen dermaßen ein, dass sie Bauchschmerzen bekam, einmal bei Yann, wobei er die Schule immerhin mit einem Zeugnis abschloss, ein andermal bei Theresa, die sich allem entzog. Bei ihr, die in einem Jugendheim wohnte, spürte Manuela dieselbe Kraft und Intelligenz wie bei Yann. Damit beherrschte Theresa die Klasse und letztlich auch sie, die Lehrerin, mit einer fatalen Neigung zum Destruktiven, wogegen Manuela nicht ankam und darum tagtäglich Niederlagen einsteckte, die von ihren Schülern nicht unbemerkt blieben. Sie stand in einem Machtkampf mit ihr, und egal wie dieser ausging, Theresa drohte ihr zu entgleiten. Ein schwer krankes Mädchen, das im Jugendheim das Zimmer mit ihr teilte, vertraute Manuela an, dass Theresa sie jeden Morgen aufforderte, aus dem Fenster zu springen, sie sei nur eine Last, und zwar für alle, also, worauf wartest du noch? Das Mädchen war verzweifelt, und so beriet sich Manuela mit Kollegen in der Schule und im Heim, aber niemand wusste, was zu tun sei. Vielmehr bekam sie den Eindruck, dass sie Theresa längst aufgegeben hatten, siebzehn Jahre jung und schon abgeschrieben, eine junge Frau, die ein Dutzend Delikte verübt hatte, jedes Mal Körperverletzung, und die bei klarem Verstand jede helfende Hand ausschlug. Eines Tages prahlte sie damit, dass sie Manuela abknallen werde. Dadurch setzte sie das übliche Bündel von Maßnahmen in Gang, erst wurde erzieherisch auf sie eingewirkt, dann musste sie sich vor einer Konferenz von Schülern, Lehrern und der Schulleitung verantworten, dann erhielt sie einen schriftlichen Verweis, verbunden mit einer Aufgabe zur Wiedergutmachung, dann wurde ihr zeitweilig die Teilnahme am Unterricht verwehrt, dann die Entlassung angedroht, am Ende die Entlassung vollzogen. Keine der Maßnahmen bewirkte irgendetwas bei ihr, eine nach der anderen ließ sie über sich ergehen und lachte allen ins Gesicht.

Mir war zum Heulen, gab Manuela zu, ich hab auf der ganzen Linie versagt.

Was hättest du tun können?, fragte Klara.

Ich weiß es nicht, das ist es ja, ich bin nicht an sie herangekommen, alle meine Versuche sind an ihr zerschellt.

Als Manuela in den frühen Achtzigern als Lehrerin antrat, in derselben Schule, die erst später in einem Berufskolleg aufging, gab es dort fünf Klassen mit Botinnen aus der Fabrik, ungelernte Arbeiterinnen, die, nicht älter als fünfzehn, in der Gutehoffnungshütte tätig waren. Wie sich die Lage und so auch das Verhalten der jungen Frauen im Lauf der Jahre veränderte, konnte sie nirgendwo so gut festmachen wie an ihren Schülerinnen. Zu den Botinnen damals kamen unzählige Arbeitslose dazu, verteilt auf elf Klassen, Mädchen ohne berufliche Perspektive, die wenig mehr im Sinn hatten, als die Zeit vom Schulabgang bis zur Eheschließung zu überbrücken. Von diesem Schlag existierten mit der Zeit immer weniger, was Manuela als gesellschaftlichen Erfolg wertete, denn offenbar hatten junge Frauen begriffen, dass sie ohne Ausbildung nicht imstande waren, für sich selbst zu sorgen, und dass sie für sich selbst sorgen wollten, stand zunehmend außer Zweifel, noch dazu gefördert durch ihre Lehrkräfte, aber auch durch Familien, in denen die traditionellen Rollen von Mann und Frau zerfielen.

Schon damals hatten sie internationale Klassen eingeführt, die der Vorbereitung auf die eigentliche Berufsausbildung dienten, besonders für junge Türkinnen, die Kopftücher trugen und sich auf Nadel- und Handarbeit verstanden, einzig und allein mit der Absicht, ihre Aussteuer herzustellen und so bald wie möglich einen türkischen Mann zu heiraten, um künftig zu Hause zu bleiben und Kinder zur Welt zu bringen. Inzwischen galt diese Haltung als gestrig, junge Türkinnen traten selbstbewusst auf und wussten die Vorteile einer Ausbildung zu schätzen, ohne ihre Kultur zu verleugnen. Sie waren mit Traditionen vertraut, gestanden ihnen aber nicht oder nur ungern zu, ihren Weg zu behindern. Von der Schule nahmen sie mit, was sie kriegen konnten.

Junge Frauen saßen jetzt ebenso selbstsicher in den Klassen wie junge Männer, und sie benahmen sich, wenn sie es für nötig hielten, auch genauso schlecht wie sie. Unverändert aber, sagte Manuela, entscheiden sie sich für klassisch weibliche Berufe, und sie sind darauf eingestellt, eine Familie zu gründen und zugunsten des Mannes zurückzustecken.

Dass sie auf schlechtes Benehmen trafen, gehörte für die Lehrkräfte zum Alltag. Respekt spürten sie wenig oder höchstens ausnahmsweise, vielmehr schien ihre Autorität von vornherein in Frage gestellt zu sein. Schülerinnen und Schüler äußerten klar ihre Meinung und beharrten auf ihrem Standpunkt, nicht selten unterstützt von zu Hause, den Eltern. Lass dir nichts vormachen, Junge, was wollen die uns schon erzählen? Für viele lief die Schule allenfalls nebenbei, am Vormittag, während sie am Nachmittag arbeiteten, und so nahmen sie die Stunden hin wie ein notwendiges Übel, in der Auffassung, dass ihnen nicht einleuchtete, was ihnen noch nie eingeleuchtet hatte, und dass sie, genau betrachtet, nichts zu verlieren hatten. Ans Berufskolleg ging ein Gutteil der Schüler nur deshalb, weil es schulpflichtig war. Sie saßen die Zeit bis zur Volljährigkeit ab, und weil sie schon früher mangels Erfolgs nur ungern die Schule besucht hatten, besuchten sie auch das Berufskolleg nicht gern. Darum war eine Abteilung allein dazu da, dieses antriebslose Gutteil zu zwingen, in den Unterricht zu kommen. Nur wenn es Manuela gelang, persönliche Beziehungen aufzubauen, in die sie sich vorbehaltlos hineingab, waren manche bereit zu lernen. Dann nämlich lernten sie, um ihr zu gefallen.

Sie sagte: Erst mit den Geflüchteten hat sich alles gedreht, einige von uns entdeckten ihren Beruf völlig neu.

Weil plötzlich die ganze Klasse an ihren Lippen hing, vermutete Klara und schnappte nach Luft. Weil die Neuen nach Informationen, nach Wissen verlangten.

Ja, sie waren sehr motiviert, Tag für Tag stieg die Stimmung im Kollegium, weil jeder Erfolge zu vermelden hatte.

Für die aus Syrien, Irak, Afghanistan oder Afrika geflüchteten Jugendlichen richtete das Kolleg sieben Extraklassen ein, in denen verstärkt Deutsch gegeben wurde, fünfzehn Stunden in der Woche statt der üblichen zwei. Alle wollten Deutsch lernen, weil alle hierbleiben und die Sprache beherrschen wollten. Viele waren stolz darauf, dass sie überhaupt eine Schule besuchen durften, da es ihnen in ihrer Heimat, in der Schule als Privileg für die höheren Schichten galt, oft verwehrt geblieben war. Sie dürsteten nach Wissen und begegneten Lehrern mit

Respekt. Diese Art von Wertschätzung hatten die Lehrer kaum je erfahren. Hinzu kam, dass ihre Schüler, denen sie die Anfangsgründe des Deutschen beibrachten, mit jedem Tag Fortschritte machten und damit ihren Einsatz würdigten. Ein tiefes Gefühl der Befriedigung breitete sich aus, nicht zu vergleichen mit der nicht selten vergeblichen Anstrengung, einem von jeher in Mathematik schlechten Schüler durch Unterricht auf die Sprünge zu helfen. Hier erwies sich der Lernerfolg und so auch der Lehrerfolg als minimal, so gut wie nicht messbar, sodass am Ende des Jahres wieder nur ein in Mathematik schlechter Schüler herauskam.

Mit dem Ziel der beruflichen Orientierung ließ das Kolleg die Neuankömmlinge erste praktische Erfahrungen sammeln, ob Gastronomie, Konditorei, Bäckerei, Friseur oder Pflege. Nach einem auf die Ausbildung vorbereitenden Jahr wurden drei Jahre begleitende Berufsschule angeboten oder ein zweijähriger spezialisierter Unterricht, um die Fachhochschulreife zu erlangen. Nach der Euphorie in den Vorbereitungsklassen stellte sich der zweite Schritt als ungleich schwieriger heraus: Wie sollten die Neuen in das gängige System eingefädelt werden? Wie, wenn ihr Deutsch nach nur einem Jahr die zu erwartenden Mängel aufwies? Wie, wenn ein Bewusstsein für den Vorrang von Schule und der regelmäßigen Teilnahme am Unterricht fehlte? Wie, wenn kulturelle Werte kollidierten, etwa in der Alten- und Behindertenpflege, und manche Jugendliche sich weigerten, das Notwendige zu tun?

Als Ona auf die Schule kam, bedachte Manuela sie mit Aufmerksamkeit, sie spürte ihr Potenzial und unterstützte sie, wo immer erforderlich, gerade in der ersten Zeit der angeblich unüberwindbaren Probleme. Ona stammte aus Kamerun und war mit zwei kleinen Kindern vor wirtschaftlicher Not geflohen, ohne Kindervater, ohne Lebensgefährten. Kaum in Oberhausen, stürzte sie sich in die deutsche Sprache und verfügte Schlag auf Schlag über elementare Kenntnisse. So nahm sie eine Ausbildung als Erzieherin in Angriff, wofür ihr Deutsch zwar nicht ausreichte, aber trotzdem, sie fühlte sich gerüstet, um die Lehrjahre durchzuziehen, zum Schrecken einiger Lehrkräfte, die nicht zu Unrecht annahmen, dass Ona dem Unterricht nicht folgen konnte und ihre schriftlichen Arbeiten nicht mal den Mindeststandard erfüllten, aber Manuela hörte nicht auf, für sie einzutreten. Sie sagte, wer in der Heimat ein Studium bewältigt habe, der schaffe es auch im Ausland, Ona habe bereits einen Bachelorabschluss und eigne sich nun weiteres Wissen an, im Prinzip leiste ihr Gehirn nichts anderes als vorher, wenn auch unter erschwerten Umständen, aber warum sollte sie diese Umstände nicht meistern? Im Fach Interkulturelle Bildung hielt sie Ona für unabkömmlich, weil sie anschaulich von Gewohnheiten berichten konnte, wie sie in Kamerun vorherrschten, von schweigenden Übereinkünften, die das Verhalten prägten. Sie brachte alle dazu, eine andere Perspektive einzunehmen, jedes erdenkliche Geschehen ließ sich so oder so betrachten. Diese Fähigkeit lernte die Klasse von Ona und fand sich einen Moment lang allen Kleingeistern überlegen. Einmal stand eine Exkursion an, und Ona fragte, was sie tun würden, wenn es regne. Manuela erwiderte, die Exkursion finde bei jedem Wetter statt. In Kamerun, sagte Ona, würde bei Regen niemand vor die Tür gehen, da hätten sie frei. In ihrem dritten Jahr, in dem sie einer Kita zugeteilt war, überzeugte sie die letzten Skeptiker, plötzlich schwärmten alle von ihr, von ihrer Ruhe und ihrem Selbstbewusstsein, davon, dass sie beides ausstrahlte, sodass die Kinder selbst zur Ruhe kamen.

Leider haben sie Ona nicht übernommen, sagte Manuela. Die Kita hatte für die Stelle jemand anderen im Auge.

Ja, es wird ihnen nicht leicht gemacht, bedauerte Klara, nicht mal in Oberhausen.

Stell dir vor, dann habe ich versucht, Ona bei der Stadt unterzubringen. Was wäre das für eine Chance gewesen. Sie hätten eine afrikanische Erzieherin bekommen, und wie hätten sich die Kinder aus Ghana und Kamerun gefreut. Ona hätte ein Signal gesetzt, dass du es schaffen kannst, wenn du dich anstrengst, dass du als Afrikanerin in Deutschland einen tollen Job ergattern kannst. Aber dieses Signal gab es nicht, die Stadt hat sie abgelehnt.

Tja, armes Städtchen, meinte Klara. Manchmal frage ich mich, in welcher Welt diese Leute leben, noch in den Fünfzigern? Aber da hatten wir auch schon eine vielfältige Stadt, das Revier ist nie einfältig gewesen. Für deine Ona tut es mir leid.

Muss es nicht. Inzwischen hat sie einen guten Job in Düsseldorf, wieder Kita, alles gut.

Nach spätestens einem Jahr stießen die Neuen an ihre Grenzen, nicht alle, aber viele, die in ihrer Heimat drei, höchstens fünf Jahre in der Schule gewesen waren. Ihnen mangelte es an Grundkenntnissen, sie beherrschten keine Fremdsprache, und auch in Mathematik erwies sich das, was sie mitbrachten, als dürftig. In regulären Schulen der arabisch sprechenden Welt wurde nur zwei Jahre Mathematik unterrichtet, und fürs Abitur war dieses Fach nicht nötig, ebenso wenig wie Naturwissenschaften. Insofern hatten sie die Abenteuer des Denkens nur ansatzweise kennengelernt und von Anstrengung, Widerspruch und Selbstbestätigung wenig erfahren, weshalb das Gerüst beträchtlich wackelte, auf dem sie die Berufsausbildung in einem fremden Land zu bestehen hofften. Wer über schulische Voraussetzungen verfügte, kam ohne größere Probleme zurecht, wer nicht, verlor den Anschluss.

Grundsätzlich bot das Revier den Neuen günstige Bedingungen, seine Mentalität äußerte sich in Weltoffenheit, rassistische Vorfälle in Schulen blieben rar, Unterstützung wurde wie selbstverständlich gewährt. Aus der Zeit, da Oberhausen unter hoher Arbeitslosigkeit litt, vor allem von Jugendlichen, stammte das später vielerorts nachgeahmte Netz von Ersatzträgern und Ersatzmaßnahmen, geknüpft, um junge Leute von der Straße zu holen und an Aufgaben zu binden, während Ausbilder und Sozialarbeiter sie betreuten. Von diesem Netz sollten die glücklosen Neuen aufgefangen werden, wenigstens für zwei Jahre, aber ohne Optionen für die Zukunft.

Dieses Bild vor Augen, richtete Manuela Erwartungen ans Handwerk, am besten gefördert durch staatliche Initiativen, denn das Handwerk schien ihr für die neue Gruppe ihres Kollegs nicht offen genug zu sein, etwa in der Frage einer nachholenden Qualifikation. Ein Straßenarbeiter oder ein Dachdecker oder ein Gas- und Wasserinstallateur konnte auf vieles von dem verzichten, worauf dic deutsche Berufsausbildung so stolz war, die Fülle an theoretischen Kenntnissen. Die Praxis würde sich hier als der bessere Lehrmeister erweisen. Andernfalls, nach den bisherigen Richtlinien, würden die Neuen ausgesiebt.

Unzählige junge Männer blieben mit ihrem Willen und ihrer Kraft sich selbst überlassen, und erhielten sie keine sinnvollen Perspektiven, würden sie diese gestaute

Energie im sozialen Abseits ausleben, unter Umständen kriminell, eine Einschätzung, die nichts als ein wenig Küchenpsychologie erforderte. Nicht mehr als zehn Prozent der Neuen in unseren sieben Vorbereitungsklassen, sagte Manuela, werden später einen Beruf ergreifen können, neunzig Prozent aber nicht.

Alles, was Yann las, las er im Internet. Bücher hatte er nur von früher, einen Stapel, der ihm allenfalls bis zum Knie reichte und auf den er eine anspruchslose Grünpflanze abgestellt hatte. In Zeitungen oder Zeitschriften blätterte er selten, aber er überflog die wichtigsten Organe online, jeden Tag, außerdem verfolgte er gewisse Blogs und stöberte in sozialen Medien, er war gut informiert.

Zwei Websites hatte er selbst ins Leben gerufen, die eine bewusst amateurhaft gestaltet, die andere bewusst professionell, woraus nicht hervorging, dass er die professionelle der amateurhaften vorzog oder umgekehrt, nein, er widmete sich beiden mit demselben Eifer, ungeachtet der Anzahl von Klicks. Immer wieder stellte er fest, dass die professionelle eine weitaus größere Nachfrage erzeugte als die amateurhafte. Die professionelle steigerte sich, was die Resonanz betraf, von Monat zu Monat, während die amateurhafte konstant dürre Monate verzeichnete, doch davon ließ er sich nicht entmutigen. Denn mit der amateurhaften Website ging er seiner Leidenschaft für Straßenbahnen nach, wobei er sich aufs Revier beschränkte, www.ruhrstrassenbahnen.de. Mit der professionellen dagegen nahm er Gott und die Welt ins Visier, Menschenrechte, Demokratie, Religion, Faschismus, er hakte ein, wenn er die politische Linke auf Abwegen glaubte, sein Blog, gespickt mit Links, Fotos und Videos, wurde lang und länger, genauso wie die Kommentare dazu. Die professionelle Website zielte aufs Ganze, weshalb er sie Yin und Yann nannte, www.yinundyann.de.

Ihm war klar, dass er das Aufgebot von Straßenbahnen im Revier nur unzureichend spiegeln und damit würdigen konnte. So kam er nicht umhin, Akzente zu setzen, zum Beispiel auf Duisburg und Essen. Für Duisburg hatte er eine vollständige Liste des Fuhrparks erstellt, tabellarisch aufbereitet mit Wagennummer, Baujahr und Technik, für Essen nur zum Teil und ohne ersichtlichen Grund wieder abgebrochen. In der Fotogalerie überwogen wiederum Aufnahmen aus Duisburg und Essen, Vorder- und Seitenansichten der Gefährte, selten von hinten, an Haltestellen allein oder zu zweit oder zu dritt, manchmal auf der Strecke, meistens von ihm selbst abgelichtet. Der, wie er immer noch fand, geniale Plan, Straßenbahnen in dem Moment zu fotografieren, da sie eine Stadt zurückließen, um in die andere vorzustoßen, und zwar ausnahmslos jede Grenzüberschreitung auf Schienen zwischen Revierkommunen, kam über den ersten Schritt nicht hinaus. Unter der Rubrik Die Überläuferin stand nicht mehr als ein kurzer Eintrag, das Foto zeigte einen Wagen der Duisburger Linie 901, wie er in Mülheim eindrang. Seit Wochen nahm Yann sich vor, nach Wanne-Eickel zu fahren, um Straßenbahnen zu fotografieren, damit Wanne-Eickel endlich in der Galerie vertreten sein würde, vielleicht sogar unter der Rubrik Die Überläuferin, denn von Wanne-Eickel aus ließen sich Grenzen überschreiten, nach Bochum oder Gelsenkirchen, nach Herne ohnehin, wobei die Fahrt nach Herne schon nicht mehr als Grenzüberschreitung gelten durfte, weil Herne das ewige Herumstochern der Bahnen in seinen Gefilden leid geworden war und Wanne-Eickel kurzweg eingemeindet hatte.

Die Rubrik Damals hielt er für die gelungenste. Dafür hatte er ausgiebig recherchiert, sodass er sich eine Zeit lang vorgekommen war wie ein Historiker. Obwohl auch Damals Lücken aufwies, bot die Abhandlung, noch dazu mit etlichen Fotos in Schwarz-Weiß versehen, einen guten Überblick über die Geschichte der Straßenbahn im Revier. Yann begann seinen Text mit dem Jahr 1897 und der Feststellung, dass in Oberhausen die erste kommunal betriebene Elektrische Deutschlands fuhr.

Anders als Yin und Yann erhielt Ruhrstraßenbahnen nur wenig Post, wenn, dann aber ausführlich und zumeist mit einem Foto im Anhang, das Yann sogleich auf die Website stellte. Einmal schickte ihm jemand aus Linz einen Artikel von 1926, geschrieben von Joseph Roth. Dass Yann zögerte, ihn aufzunehmen, lag einzig und allein an der bedrückenden Stimmung, die ihn beim Lesen befiel und die er mit seinem Überschwang nicht in Einklang brachte, schon der Titel hörte sich trostlos an: Trübsal einer Straßenbahn im Ruhrgebiet. Der Führer, schrieb Roth, steige vom Trittbrett, der Schaffner folge ihm, in der Mitte würden sie einander begegnen. Man höre den Regen rinnen. Kein Wartehäuschen. Große schlanke Schornsteine dampften in unerlöster Qual, und der Regen zerfranse den dicken Rauch, zerstäube ihn, gleichmäßig, ohne Wut. In der Straßenbahn spreche niemand. Sooft die Tür aufgehe, schlage sie einer mit Überzeugung wieder zu. Es sei kalt, und wenn die Straßenbahn halte, sei es noch kälter. Die harten Sitze aus poliertem Holz seien nicht nur kurz, sondern auch abschüssig. Hier sitzen heiße: fortwährend und fruchtlos hinaufrücken.

Man erkenne keine Landschaft, nur eine Art langgedehnter Stadtschaft, Industrieschaft. Die Stadt höre nicht auf, und wenn sie einmal aufhöre, beginne sofort die andere. Roth schrieb: Die Städte reichten einander die Straßen.

Und sie reichen einander die Schienen, dachte Yann, für Überläuferinnen in beide Richtungen, für Straßenbahnen in der endlosen Stadtschaft. Kurz darauf kopierte er den Artikel und setzte ihn unter seine historische Abhandlung in der Rubrik Damals. Herausgefordert durch Roths sprachliche Präzision, fing er an, an seinem eigenen Text zu feilen, tagelang, doch weil er das Niveau nicht annähernd erreichte, überlegte er, Roths Artikel wieder zu löschen. Etwas hielt ihn zurück, nicht so sehr Respekt, vielmehr Sportsgeist, er sah ein, dass er dieses Match nicht gewinnen konnte. Zu guter Letzt redete er sich auf unterschiedliche Textgattungen hinaus, eine Abhandlung hatte einer anderen Sprache zu folgen als ein literarisches Feuilleton.

Am Wochenende wollte er Baran treffen, auf einem der unzähligen Stadtfeste, die er verdächtigte, dass sie nur deshalb gefeiert wurden, damit die immer gleichen Buden aufgestellt werden konnten, Geldbeutelschröpfer für Bier, Pommes, Currywurst und so weiter. Diesmal schütteten sie auf dem Sapo Sand aus, um die Illusion eines Strandes zu erzeugen, obendrein mit Liegestühlen ausgerüstet, sodass das Motto von der Revierkaribik tapfer Gestalt annahm; für den Abend waren Latinos aus Bottrop angekündigt, eine fünfköpfige Band.

Auf fast jedem Stadtfest trat Baran mit seiner Mundmusik auf, nicht länger als zwanzig Minuten, aber verlässlich wie die Schröpfbuden, mit dem Unterschied, dass er kein Geld haben wollte, ein Hut vor seinen Füßen hätte seine

Kunst entwürdigt. Wann immer möglich, mischte sich Yann unter die spärlichen Zuhörer, klatschte danach laut in die Hände und rief ein-, zweimal Bravo; anschließend tranken sie Bier. Geschickt hatte sich Baran vor der für den Abend eingerichteten Bühne postiert, seinen Verstärker im Sand abgestellt und etwas Techno, nicht mehr als einen stumpfen Rhythmus, aufgedreht. Er selbst hielt sich ein Mikro dicht vor den Mund, die Augen geschlossen hinter seiner schwarzen Hornbrille. Derart in den Rhythmus versunken, stimmte er einzelne Töne an, stieß den einen oder anderen explosiv hervor und warf seinen linken Arm in die Luft, um dann pianissimo fortzufahren, kleine melodische Bogen zu spannen, mit der Zunge zu flattern oder leise zu pfeifen, schrill zu pfeifen, dann Worte einzufädeln, kurdische Worte, wie in Stücke gehackt und in den Sand gespuckt, er sprach sie, er schrie sie, er sang sie und wurde wieder versöhnlich, ließ die Worte sein und formte rätselhafte Töne, ohne die Augen zu öffnen, er suchte keinen Kontakt, sah nicht, wer ihm zuhörte und wer nicht, wer nur zügig vorüberging. Die letzten Minuten summte er vor sich hin, zeitweise kaum hörbar, und summend atmete er aus.

Zweimal rief Yann Bravo.

Beim Bier gab er preis, dass er einen Vortrag halten werde, in der Volkshochschule, Yin und Yann und die Kritik am Faschismus, am Islamismus, genauer gesagt, und weil er sich mit seinem Blog nicht nur Freunde gemacht habe, besonders unter blauäugigen Linken, fürchte er Störer, denn dieses Blauäugige stehe im Bund mit der Weltverleugnung, und was es nicht geben dürfe, das gebe es für das Blauäugige nicht. Er fürchte, dass sie ihn als Nestbeschmutzer angreifen würden.

Wie sieht es aus?, fragte Yann. Kannst du am nächsten Mittwoch dabei sein, mit deinen Kumpels von der PKK?

Baran sagte: Zwei oder drei bring ich mit.

Fünf wären besser.

Gut, dann fünf.

Verteilt euch unauffällig im Saal. Und wenn sie mir blöd kommen, dann gebt euch zu erkennen.

Keine Angst, Yann. Dir wird nichts passieren.

Auf seiner Website Yin und Yann entzündeten sich immer wieder Debatten, die Kommentare quollen über, und Yann kam schwer hinterher, jedem zu antworten. Insgeheim war er darüber verblüfft, dass ihm Borniertheit entgegenschlug, wo er nur das Selbstverständlichste von der Welt formulierte, der Vernunft und Aufklärung verpflichtet und einer allgemeinen Achtung vor dem einzelnen Leben. Gut, er hatte ein paar Grundsätze aufgestellt, aber so, dass er dachte, sie würden jedermanns Zustimmung finden. Unterschätzt jedoch hatte er die Macht der Illusion, die selbst intelligente Zeitgenossen hinterrücks überwältigte, nicht selten, weil sie das eine Prinzip mit dem anderen nicht zusammenbrachten und Widersprüchliches lieber vernebelten, als es zu lichten. Schade, sagte sich Yann, denn an dieser Stelle fängst du erst an zu denken. Uneingeschränkt befürwortete er die Trennung von Staat und Religion, keine Schrift dürfe als so heilig gelten, dass sie die Menschenrechte übersteige und mutwillig missachte. So kritisierte er in seinem Blog zunehmend islamistische Strömungen, denn er hielt es für zu riskant, diese Problematik dem politisch rechten Rand zu überlassen, wo sie, eilig instrumentalisiert, in einer generell fremdenfeindlichen Ideologie aufging. Seine Einträge unterzeichnete Yann mit antifaschistischen Grüßen.

Von Kind auf war er mit muslimischen Gemeinschaften vertraut, ob türkisch, kurdisch oder arabisch schattiert. Freunde nahmen ihn mit in ihre Familien, und umgekehrt nahm auch er sie mit nach Hause. Befangenheit kannte er nicht, er redete, wie er immer redete, sagte auch, was ihm nicht gefiel, und er spürte, vor allem in Barans Familie, dass seine Offenheit ankam, selbst wenn er herumnörgelte. Gerade dadurch, erinnerte er sich, fühlten sie sich ernst genommen. Seither wusste er, dass es nichts brachte, schönzutun und das, was ihm fremd war, lediglich zu bestaunen. Er wusste, dass Muslime nicht zum Kuscheln aufgelegt waren, selbst wenn Deutsche, mangels Schneid, oft ein Bedürfnis danach verspürten, noch dazu gefördert durch ihren Beschützerinstinkt. Sie wollten Muslime vor Anfeindungen beschützen, durchaus ehrenwert, aber eben auch zwiespältig. So verpassen sie, sagte sich Yann, das Wesentliche, denn das Wesentliche ist ohne Gegensätze nicht zu haben. Seit Jahren arbeitete er in einer Sozialeinrichtung für Jugendliche, und zwar als Erzieher, was ihm auf dem Berufskolleg niemand zugetraut hatte, und wieder ging er überwiegend mit Muslimen um, alteingesessenen und neu gekommenen, wobei er die Neuen, größtenteils vor Kriegen geflüchtet, als aufgeschlossener erlebte. Sie achteten Recht, Freiheit und Toleranz, weil sie diese Werte aus ihrer Heimat nicht kannten und unentwegt Vergleiche anstellten zwischen den Gesellschaften. Unter den Alteingesessenen dagegen witterte er das konservative Elternhaus, die konservative Verwandtschaft, überhaupt die konservative Erziehung. Er spürte es an abfälligen Äußerungen über Frauen und Homosexuelle, am Exklusivitätsanspruch, der ihnen zu sagen schien, sie seien besser als alle anderen. Alle anderen zählten für sie zu einer niedrigeren Kategorie Mensch, beinahe Untermensch. Einige tun so, spottete Yann, als wären sie ein Koran auf zwei Beinen, wie auserwählt, doch dafür langt es vorne und hinten nicht, nur als Krücke dient ihnen der Koran, nur als Krücke.

Am Mittwoch trat er ans Rednerpult und blickte in den überfüllten Saal. Zwar hatte er vorhergesehen, dass seine Frage Was heißt Islamismus? auf Interesse stoßen würde, aber der Andrang übertraf seine Erwartungen, unablässig wurden Stühle herbeigeschafft. In der Menge entdeckte er Baran, der ihm ermutigend zunickte, seine Augen konnte er nicht erkennen, denn das Licht der Deckenlampe spiegelte sich auf seinen Brillengläsern, sodass es den Anschein hatte, als trüge er selbst zur Helligkeit bei. Erkennen aber konnte Yann, dass sein Freund ihm Zeichen gab, indem er mit Arm und Zeigefinger dahin und dorthin deutete, was Yann nicht anders auslegte, als dass die PKK im Saal platziert war, in größerer Zahl als angenommen. Yann atmete durch, doch ehe er das Publikum begrüßte, huschte ein Schatten über sein Gesicht: Sein Bruder Wolle war nicht erschienen.

Anfangs wirkte er noch unsicher, ab und an stockte die Stimme, aber mit der Zeit legte sich seine Nervosität. Mit einem Schuss Ironie sprach er vom ganz großen Trick der Islamisten, ein streng gottgefälliges Leben über alles andere zu stellen. Dadurch werde es Gläubigen leicht gemacht, sich wieder groß und überlegen zu fühlen, trotz aller Schwächen und Demütigungen durch den Westen. Lebhaft beklagte Yann die Naivität von sich links gebärdenden Kreisen vor der Gefahr des Islamismus. Unter dem Schirm von Multikulti werde so gut wie alles hingenommen, ohne zu fragen, ob es sich auch vertrage mit den

Werten einer offenen Gesellschaft. Vom rechten Rand unter Druck gesetzt, zeigten sie sich haarsträubend offenherzig, so sehr, dass sie Referenten aus dem gemäßigt islamistischen Spektrum einladen und beklatschen würden. Dabei sei längst bekannt, dass etwa die türkische AKP Verbände in Deutschland zu steuern versuche, aber wenn einer wie ich, sagte Yann, Ditib in die Mangel nimmt, dann wird mir rassistische Stimmungsmache vorgeworfen. Diese naiven, sich links gebärdenden Kreise schaden der linken Bewegung, sie verspielen unsere Glaubwürdigkeit, die auf einer antifaschistischen Haltung beruht. Was aber heißt Islamismus? Er legte eine Pause ein, bevor er die Antwort gab: Faschismus.

Den Applaus nahm er gelassen entgegen, erleichtert, dass er nicht unterbrochen oder gar durch Protest gestoppt worden war, keine Zwischenrufe, keine abfälligen Äußerungen, und von rechts außen war niemand anwesend, der ihn hätte in Verlegenheit bringen können, durch ein beifälliges Ja im falschen Moment. Unversehens sah er sich von Baran und dessen Kumpels von der PKK umzingelt, gerade so, als hätte er nach Leibwächtern verlangt. Zwei junge Frauen drangen nur mit Mühe zu ihm durch, sie sagten, sie seien Fans seines Blogs und dass ihnen seine Fotos gefielen, dann baten sie um ein Autogramm. Ehe er seinen Namen auf die Eintrittskarten schrieb, blinzelte er Baran zu.

Séverine lachte viel mit mir, sodass ich mich für einen lustigen Menschen hielt. Ein bedrückter, gar trauriger Mensch war ich ohnehin nicht, was die Kollegen bestätigten, denn ganz früh am Morgen, kurz vor der Schicht, galt ich als der Einzige, der sie aufheiterte. Erst nach einer Weile ließ sich auch Séverine einwickeln, als habe sie meinen Humor anfangs noch nicht verstanden oder meinen Worten nicht getraut. Ihr oft so ernstes Gesicht strahlte auf, dass ich mir wie geblendet vorkam, und mir wurde bewusst, dass ich dieses Strahlen immer wieder haben und davon geblendet sein wollte, weshalb ich mir auch schwächere Witze leistete, ohne den gewünschten Erfolg zu erzielen.

Die ersten wärmeren Tage waren angebrochen, der Wetterbericht versprach ein frühlingshaftes Wochenende, also nahmen wir uns einen Ausflug vor, ins südliche Essen an den Baldeneysee. Das Revier ist so schön, hatte mein Vater immer gesagt, dass du gar nicht weit fahren musst, um es schön zu haben. Obwohl ich nur Spott dafür übriggehabt hatte, für jede Art von Revierschwärmerei, stellte ich fest, dass diese Floskel nicht spurlos an mir vorübergegangen war, ja, dass ich inzwischen genauso dachte wie mein Vater und es auch Séverine wissen ließ, worauf sie laut auflachte, als wäre mir der Witz des Jahrhunderts gelungen. Trotzdem und ungeachtet der belanglosen Entfernung buchte ich für uns am Baldeneysee ein Doppelzimmer.

Das Auto parkte ich unten vorm Haus, dann stieg ich die Treppe hinauf in den ersten Stock, die Tür war angelehnt, also trat ich ein und rief ihren Namen. In ihrem Zimmer stopfte sie Klamotten in eine bauchige Tasche, als würden wir für zehn Tage verreisen. Sie war so darin versunken, dass sie übersah, mich zu begrüßen. Mit den Augen folgte ich ihren Bewegungen in T-Shirt und Jeans, wie sie sich vor dem Schrank reckte und Kleidungsstücke herauszog, wie sie sich über die Tasche beugte und Kleidungsstücke hineinlegte, wie sie mit einem flüchtigen

Lächeln an mir vorüberhuschte, barfüßig, um Utensilien aus dem Bad zu holen, während ich das zerwühlte Bett betrachtete und mir wünschte, sie hätte es allein zerwühlt, ohne einen ihrer Liebhaber, die kamen und gingen, wie sie es von ihnen verlangte. Dann kehrte sie mit einem Kulturbeutel zurück. Sie hielt inne, wie um zu überlegen, und zog, damit sie Zeit gewann, den Gummi von ihren Haaren, um ihn erneut am Schopf zu befestigen. Schließlich nahm sie den Schnürmieder, den ich für sie bei Klara gekauft hatte, aus dem Schrank. Als sie den Reißverschluss der Tasche zugezogen hatte, fuhr sie herum und sagte: Jetzt bin ich so weit.

Ich hoffte, sie würde, ehe wir gingen, noch ihre klar gezirkelte Tanzfigur vorführen, dieses Kunststück hatte ich ein paar Mal gesehen, und tatsächlich griff sie wieder nach der Spraydose, um Gesicht und Körper mit Wasser und Kokosduft zu besprühen. Ihr rechter Arm fuhr nach oben, dann nach unten, mehrmals auf und ab, sie legte den Kopf in den Nacken und wiegte sich in den Hüften, drehte sich ein wenig nach rechts, nach links, ließ sie den Druckknopf wieder los und stellte die Dose weg, der Tanz war vorbei. Ein Dunst von Kokos hing in der Luft.

Essen lag in der Nachbarschaft, bald würden wir am See sein, der ja nur eine Schwellung der Ruhr anzeigte, aufgestaut zum Freizeitgewässer. Zügig fuhr ich durch die Stadt, unbeirrt von Straßenbahnampeln, was ich nicht immer von mir behaupten konnte, denn nach der Schicht musste ich mich jedes Mal umstellen, von der Straßenbahnampel auf die Autoampel. Ich dachte an das Ende der Schicht und den Duisburger Hauptbahnhof, wo die Ablöse bereitstand. Die Bahn musste ich so zum Stehen bringen, dass die Fahrerkabine im Fokus der Überwachungskamera lag, und wenn der abzulösende Fahrer mit dem ablösenden Fahrer zu lange plauderte, konnte es passieren, dass jemand von der Leitung, kaum dass er die Aufzeichnung gesehen hatte, nachhakte und fragte, worüber wir uns so lange unterhalten hätten. Dienstliche Angelegenheiten, antworteten wir wie aus einem Mund, Bauarbeiten auf der Strecke oder so, jedenfalls etwas Dienstliches, weil wir keinen Ärger haben wollten. Nach der Schicht stieg ich als Fahrgast in eine andere Bahn, die den Betriebshof ansteuerte, dort hatte ich wie immer mein Auto abgestellt, und sobald ich dann im Auto saß und den Weg nach Hause einschlug, reagierte ich nicht selten auf die Straßenbahnampel, denn wenn du stundenlang nach der Straßenbahnampel gefahren warst, musstest du dich an die Autoampel erst wieder gewöhnen. Das dauerte nie lange, aber kurzfristig war der Impuls, den die Straßenbahnampel weckte, noch mächtig, und du musstest aufpassen und notfalls gleich wieder abbremsen, wenn du ihm nachgabst.

Im Auto roch es nach Kokos, aber noch mehr roch es nach gewaschenen Haaren, und als Séverine den Gummi herunterzog und ihr Haar schüttelte, fühlte ich mich einen Augenblick wie betäubt, weshalb ich erleichtert zur Kenntnis nahm, dass die Autoampel auf Rot sprang.

Was wollen wir am Baldeneysee?, fragte sie.

Hast du schlechte Laune?

Sie sagte: Hotel finde ich gut.

Trotzdem wurde ich den Eindruck nicht los, dass sie aus irgendeinem Grund verstimmt war, vielleicht hatte sie auch nur schlecht geschlafen. Darum erzählte ich ihr eine Straßenbahngeschichte, weil ich wusste, dass sie so eine Geschichte immer gerne hörte, wie überhaupt jeder ein offenes Ohr dafür hatte, weil Straßenbahngeschichten niemanden überforderten. Jeder fand sich sogleich zurecht, weil jeder die Situation überblickte, alles Komplexe und Komplizierte schien der Straßenbahn fremd zu sein, wenn auch nur oberflächlich betrachtet, denn eine Straßenbahn und die von ihr beförderten Fahrgäste erwiesen sich immer wieder als äußerst komplex und kompliziert, und zwar schneller, als du schauen konntest. Dessen ungeachtet, wirkte das gute alte Gefährt auf die meisten Menschen vertrauenerweckend, wie der schrullige Lieblingsonkel in der Verwandtschaft. Ich glaube, so sah es auch Séverine, obgleich sie noch nie mit einer Straßenbahn gefahren war, schwer vorstellbar, aber tatsächlich noch nie. Wenn sie wohin wollte, rief sie ein Taxi.

Einmal die Woche bin ich im Knast, sagte ich zu ihr, um sie mit einem Tusch auf die Straßenbahngeschichte einzustimmen. Denn seit Jahren nahm ich, angestiftet von einem Pfarrer, an einer Gesprächsrunde mit Gefangenen teil. Eines Tages, als ich nach der Ablöse einen Sitz in der Bahn zum Betriebshof ergatterte, plötzlich entspannt wie nur irgendein Fahrgast, wenn auch in Uniform, stieg ein nicht ganz so entspannter Mann zu und starrte mich an. Hey du, rief er, wir kennen uns. Nein, sagte ich, nicht, dass ich wüsste. Doch, doch, fing er wieder an, und ich dachte, jetzt kriegst du Verdruss, er sagte, du bist doch der Pauli, worauf ich erwiderte, das stimmt, aber ich kenne Sie nicht, tut mir leid. Mensch Pauli, stieß er nach, wir kennen uns aus dem Gefängnis. Darauf wurde es still im Wagen, ein paar Köpfe drehten sich um, aber nur kurz, denn alle taten dann so, als schauten sie aufmerksam aus dem Fenster, wenngleich ich ahnte, dass der Wagen ganz Ohr war. Was macht denn der Walter? Ja, der sitzt in Willich. Und der Milan? In Moers. Roger? Der ist im offenen Vollzug. Da die wöchentliche Runde in einem Untersuchungsgefängnis stattfand, wechselte wiederholt die Besetzung, uns bekannte Männer wurden verlegt, uns unbekannte zugewiesen. Für das große Ohr der Straßenbahn klang es so, als wären zwei Knackis zusammengetroffen, ich immerhin schon in DVG-Garderobe und so für alle sichtbar resozialisiert.

Séverine lachte, und weil ich ihr Lachen sehen wollte, das jugendlich strahlende Gesicht, wandte ich mich ihr zu, um dann, scharf geblendet, meine Augen wieder auf die Fahrbahn zu richten.

Wäre ich nur dabei gewesen.

Als Bewährungshelferin?, fragte ich.

Dich hätte ich auf den rechten Weg gebracht.

Als Straßenbahnfahrer hast du ja keine Wahl, sagte ich, du folgst stur deinem Weg.

Sie fragte: Welche Verbrechen sitzen am Tisch, in der Runde mit dem Pfarrer?

Ach, alles dabei. Mit Mördern und Schwerverbrechern kommst du leichter zurecht als mit Kleinkriminellen, jedenfalls meine Erfahrung. Einige von den Mördern bezeichnen sich als Witwer, ihre Frau sei plötzlich verstorben.

Sie lachte nicht.

Ich sag nur, wie es ist, fuhr ich fort. Und es ist auch so, dass du bei Kleinkriminellen vorsichtig wirst, also, wenn dich ein Junkie fragt, wo du wohnst, ob du ein MacBook oder eine Playstation hast, dann verrate ihm lieber nichts, denn sonst könnte es sein, dass er dich später einmal besucht. Für die Kleinen muss der Mann an der Tankstelle oder in der Spielhalle damit rechnen, dass er überfallen wird. Oder früher wir Straßenbahnfahrer, als wir noch Fahrscheine verkauften und Bargeld dabeihatten. Ist so 'ne Mentalität, für die ich kein Verständnis habe.

Warum machst du es dann?, fragte Séverine. Warum gehst du Woche für Woche zu Leuten, die sich scheiße verhalten?

Weil wir alle etwas für andere machen, das wir nicht machen müssten. So sind wir eben.

Sie sagte: Nicht alle, ich zum Beispiel nicht.

Na ja, du bist ziemlich ausgelastet mit deinem großen Freundeskreis.

Fängst du jetzt wieder damit an?

Darauf verstummte sie, missmutig, wie ich feststellte, genauso übellaunig wie vorher, das Gesicht mit einem Mal leblos, fast wächsern, als hätte ich sie an ihre verpatzte Nacht erinnert. Jetzt war ich sicher, dass sie das zerwühlte Bett mit einem Mann geteilt hatte, ohne die ersehnte Befriedigung zu finden, das heißt, sicher war ich nicht, aber einiges deutete darauf hin. Sie war noch nicht bereit gewesen für den Ausflug, als ich bei ihr eintraf, hastig packte sie ihr Zeug zusammen, und es hätte gut sein können, dass mir ihr Liebhaber im Treppenhaus begegnet wäre, wir hätten uns höflich gegrüßt, ohne die geringste Ahnung, dass letztlich nur ein Schwanz den anderen ablöste, das heißt, ahnen können hätte ich es schon, aber ich wollte nichts davon wissen, letztlich egal, denn mir war niemand begegnet.

Ab und an schielte ich auf Séverine, sie hatte einen so finsteren Zug um den Mund, dass ich sie kaum erkannte, dann steckte sie ihren Haargummi wieder auf, offenbar in der Absicht, strenger zu wirken, streng gegen mich.

War ich eifersüchtig? Hatte mich ein Gefühl befallen, dass ich für so unnütz hielt wie Sand zum Bremsen in den Kisten der Straßenbahn bei trockenem Sommerwetter? Alles, was ich sagen kann, ist, dass ich mehr von Séverine wollte, als sie zu geben bereit war. Ich wollte sie haben mit Haut und Haar, weiße Haut, rotes Haar. Wenn ich meine Linie fuhr, kam es vor, dass ich junge Männer in ihrem Alter argwöhnisch taxierte. Jeder könnte ihr Liebhaber sein, sagte ich mir, obwohl ich keinerlei Einblick hatte, woher sie die Körper für ihre Abenteuer bezog. Aus Duisburg? Konnte sein, konnte auch nicht sein, denn sie verlor nie ein Wort darüber, allenfalls in der ersten Nacht, da erwähnte sie einen Dozenten aus Stuttgart, aber Stuttgart lag, vom Revier aus gesehen, am Arsch der Welt, außer Konkurrenz, und sie war meines Wissens auch nie dorthin gefahren. Vielleicht eine Flunkerei, ich weiß es nicht. Ich weiß auch nicht, welches Alter sie bevorzugte, unabhängig davon, dass ich ausnahmslos junge Männer verdächtigte, ihre Freizügigkeit auszunutzen. Möglicherweise ein Trugschluss, möglicherweise waren ihr ältere Männer lieber, Männer wie ich, oder sie legte sich gar nicht fest auf das Alter, mal nahm sie einen Jüngeren, mal einen Älteren.

Vor dem Hotel hielt ich an und stellte den Motor ab, Séverine sprang aus dem Auto, und ich betrachtete einen Moment lang ihre gekringelten Haare auf der Nackenstütze und dem Sitz.

Wann hatte ich die letzte Ansichtskarte geschrieben? Daran konnte ich mich nicht mehr erinnern, aber dieses Wochenende am Baldeneysee schien mich unaufhörlich dazu aufzurufen. Sonne, Wasser, das gespenstische Glück zu zweit. Mir war klar, schriebe ich eine Karte, triumphierte der Kitsch, ungeachtet der tatsächlichen Erfahrung, die ich nicht zum Kitsch herabgewürdigt sehen wollte. Während wir unter dem Regattaturm standen oder längs der Tribünen Arm in Arm schlenderten, sann ich über jubelnde Worte nach, die ich nie zu Papier bringen und schon gar nicht verschicken würde. Eine schwache Brise kräuselte den See, zu schwach, um die Segler auf ihren Jollen herauszufordern, nicht zu schwach, um mit Séverines Haar zu spielen und es ihr auf die Sonnenbrille zu wehen. Ruderboote zogen vorüber, einmal ein Achter mit laut gezählten Kommandos. Am späteren Nachmittag lösten wir Tickets für den Amazonas des Ruhrgebiets und bestiegen ein Ausflugsschiff, wenngleich sich der Amazonas, womit in einer fantasiebegabten Gegend zu rechnen war, als die altbekannte Ruhr entlarvte, allerdings mit einem Abschnitt von üppig wucherndem Grün. Zurück auf dem Baldeneysee, blickten wir auf die bewaldeten Anhöhen am Ufer, und ich fragte Séverine, indem ich auf die Villa Hügel deutete: Bist du schon mal bei Krupps gewesen?

Klar, mehrmals. Du nicht?

Nein, die sind mir nicht geheuer.

Sie sagte: Kanonenkrupps.

Hart wie Kruppstahl, so soll die Jugend sein. So gesehen, bist du ein missratenes Exemplar.

Sie sagte: Täusch dich nicht, ich kann sehr hart sein.

Hinter den dunklen Brillengläsern konnte ich ihre Augen nicht erkennen.

Gruß vom Baldeneysee würde ich schreiben oder viele Grüße oder herzliche, wenn der Gruß vom Baldeneysee nicht schon auf der Ansichtsseite der Karte vermerkt sein würde. Vorher schriebe ich höchstens zwei oder drei Sätze, vielleicht würde auch ein Satz genügen, zum Beispiel über die Segler oder die Ruderer, den beängstigenden Achter, oder lieber über die Fahrt auf dem Amazonas, über die Kruppvilla dagegen nicht, ebenso wenig wie über die kruppstählerne Séverine. Würde ich überhaupt über sie schreiben? Warum nicht, dachte ich, da dieses Wochenende ja so gut wie nichts bedeutete ohne sie, wie aus dem Kalender gestrichen. Falls ich eine Karte schriebe, müsste ich wissen, an wen. Eine könnte ich an Mirek und Zuzanna schreiben, eine andere an Klara, eine dritte an Jesus, eine vierte an meine Tochter Lilith, und die fünfte ginge an meine Frau. Meiner Frau gegenüber könnte ich schwer von Séverine schwärmen, da blieben nur Sonne und Wasser, vielleicht auch der Achter, sinnlos vertriebene Zeit, es sei denn, ich erwähnte Séverine als kruppstählerne Braut, an der ich mich wund stieß, aber das wäre Unfug und würde, abgesehen davon, dass es nicht stimmte, nur Häme hervorrufen. Darum beschloss ich, meiner Frau keine Ansichtskarte vom Baldeneysee zu schicken, und blies kurz darauf das ganze Vorhaben ab. Niemand sollte von mir einen Gruß oder Grüße erhalten, nicht einen herzlichen Gruß vom Baldeneysee.

Sie rief mich ins Bad, damit ich ihr den Mieder schnürte, untröstlich, weil sie es nicht selbst fertiggebracht hatte und ihren Auftritt vermasselt sah. Du hättest für mich eine Zofe verpflichten müssen, sagte sie. Tu mir den Gefallen und mach die Augen zu, du darfst mich noch nicht sehen, verlass dich auf deine Finger, verschnür mich. Ich gestehe, dass mich das Vorspiel des Verschnürens erregte und dass ich außerstande war, meine Augen geschlossen zu halten, ich linste auf ihre Schultern, auf den Ansatz ihrer weißen Brüste, die der Mieder raffiniert hervorhob, ich roch an ihrem Haar und verschnürte sie, obwohl ich sie lieber aufgeschnürt und vom Korsett befreit hätte. Hast du etwas gesehen?, fragte sie. Nein, schwindelte ich, nicht das Geringste. Gut, dann geh jetzt, zieh dich aus und leg dich aufs Bett.

Für den Augenblick, als sie aus dem Bad trat und im Lichtkeil, der aus der Tür ragte, stehen blieb, sich ernst und gesammelt meinem Blick aussetzte, hat sich mein ganzes Leben gelohnt, ihre würdevolle Anmut verschlug mir den Atem, vor allem, weil sie Risse von Scham offenbarte. Ohne zu lächeln, stieg Séverine mit den Knien aufs Bett und kroch langsam auf mich zu.

Vor der Rückfahrt, das Gepäck war im Auto verstaut, setzten wir uns an den See und schwiegen lange, ich rauchte eine Zigarette in langsamen Zügen, ein Segelboot drehte ab. Je länger ich aufs Wasser starrte, desto unwirklicher wirkte alles, was sich darbot, die Ruhe kam mir trügerisch vor.

Was, wenn der See verschluckt würde?, fragte ich.

Hm?

Unverändert spann Séverine ihre Gedanken fort.

Stell dir vor, der Seegrund öffnet sich wie ein gewaltiges Maul und lässt diese ungeheure Wassermasse in seinen Rachen stürzen.

Sie sah mich an: Orkus?

Ja, ein endloser Schwall in den Orkus. Und alles, alles würde hinabstürzen, wie in einen Strudel gedreht, Enten, Fische, Segler, Ruderer, das Ausflugsschiff, und vielleicht hielte nicht mal das Ufer stand, die Erde würde sich lösen, die Hänge kämen ins Rutschen, Spaziergänger würden mitgerissen, das Strandbad, der Regattaturm, die Tribünen …

Kommt darauf an, warf Séverine ein, wie viel im Orkus Platz hat.

Ein gewaltiges Maul …

Ja, schon. Aber …

Nicht auszuschließen, dass das Stauwehr zerbricht und in großen Brocken in die Tiefe fällt, nichts, was diesem Sog standhalten würde …

Paul …

Südlich der A40 ist alles möglich, behauptete ich. Der Amazonas, unsere gute alte Ruhr, schießt abwärts, dem verschwundenen See entgegen, allmählich trocknet das Flussbett aus …

So hätte ich ewig weiterreden können, ich hätte die Vision in leuchtenden Farben ausgemalt, hätte Séverine nicht in meinen Nacken gegriffen und mich geküsst. Dieser Kuss tat mir gut.

Als Mirek und Zuzanna mit ihrem Hund eintrafen, wurde es unruhig im Garten, denn die beiden kleinen Hunde, die schon da waren und bei ihren im Stehen plaudernden Frauchen hockten, schossen auf den neuen, nur unwesentlich größeren Hund zu, sodass die Frauchen, an den Leinen gezogen, marionettenhaft je einen Arm hochklappten und fast das Gleichgewicht verloren, ehe sie ein paar Meter zusätzlichen Freilauf gewährten, was wiederum Mirek zum Verhängnis wurde, da ihn die kleinen Hunde, indem sie den neuen hell kläffend begrüßten, umkreisten, und auch er seinen Hund nicht loslassen wollte, sodass die drei Leinen sich nicht nur untereinander verhedderten, sondern ihm, je länger die Hunde herumtollten, die Beine einschnürten. Die Hunde kläfften, die Frauchen lachten, und Mirek zischte Anweisungen auf

Polnisch, doch sein Hund hörte nicht darauf. Ruckartig zerrten plötzlich alle drei Hunde in eine Richtung, wodurch Mirek umgekippt wäre, hätte ihn Zuzanna nicht gestützt; sein Hut saß schief auf dem Kopf.

Du musst Deutsch mit ihm reden, sagte Zuzanna. Auf Polnisch folgt dir der Hund nicht.

Ich rede nur Polnisch mit ihm, gab Mirek zur Antwort.

Warum hast du ihm dann einen deutschen Namen gegeben?

Weil Otto ein schöner Name ist.

Sitz, Otto, rief Zuzanna. Sitz, ja, brav.

Für einen Moment hockte sich Otto ins Gras, um kurz darauf wieder aufzuspringen und die kleinen Hunde zu beschnuppern.

Lasst sie von der Leine, sagte Willi, der Gastgeber. Ohne dass er sich vom Grill entfernt hätte, schielte er nur ab und zu auf das Gewirr. Sorgsam wendete er die Würstchen, das Fleisch. Er fügte hinzu: Der Garten ist für alle da.

Ich beobachtete, wie Mirek an den gespannten Leinen zupfte wie an einem Saiteninstrument. Kurz darauf lösten alle die Häkchen vom Halsband, und die Hunde jagten in die entfernteste Ecke, einer von den kleinen überschlug sich. Bedächtig stieg Mirek aus der Fessel, die beiden Frauchen entwirrten die Leinen und drückten jeweils auf einen Knopf, sodass sie ins Gehäuse schnurrten.

Baran kam mit seiner Freundin, Türkin oder Kurdin, schwer zu sagen, jedenfalls nannte er sie seine Perle. Für das junge Paar verließ Willi kurzzeitig seinen Posten am Grill, um es willkommen zu heißen, denn die beiden waren das erste Mal zu Gast. Erst schüttelte er der Perle, dann Baran die Hand. Ihn fragte er unvermittelt: Schalke oder Borussia?

Die Antwort ist klar, entgegnete Baran.

Und? Welche?

Ist die Antwort das Passwort?

Na ja, zögerte Willi. Bei uns findest du Fans von beiden Vereinen. Aber beim Derby am Sonnabend musst du dich entscheiden. Also?

Borussia.

Gute Antwort.

Zum letzten Treffen hatte ich Yann mitgebracht, und er fand es, nachdem er eine Stunde wie ein Taubstummer in die Runde geblickt hatte, so anregend, dass er seine zwei besten Freunde künftig dabeihaben wollte. Kymani war verhindert, für Baran und die Perle aber passte es. Gewöhnlich trafen wir uns einmal die Woche unter Männern, genauso wie die Frauen sich trafen, wenn auch nicht am selben Ort. Hin und wieder kreuzten sich die Treffen, zum Beispiel heute, doch selbst dann blieben die Männer, genauso wie die Frauen, unter sich. Die Frauen versammelten sich, weil es allmählich kühl wurde, am Esstisch im Wohnzimmer, während die Männer auf der Terrasse Platz nahmen und Zigaretten ansteckten. Für die Frauen hatte Willis Frau einen Gemüseauflauf vorbereitet, für die Männer stand Willi am Grill.

Yann und Baran umarmten einander, und als sich Baran an den Tisch setzte, folgte ihm seine Perle. Wie hätte sie wissen können, dass sie damit gegen eine unausgesprochene Regel verstieß? Wie üblich steuerte Zuzanna, nachdem sie den Männern mit einer großen Gebärde zugewinkt hatte, sogleich das Haus an und stieg über die Schwelle der geöffneten Terrassentür ins Wohnzimmer.

Drinnen brannte schon Licht, sodass die Frauen gut zu sehen waren, während draußen der Tag verdämmerte und die Männerrunde ins Dunkle sank; Kerzen stellten wir nicht auf, uns genügte der spärliche Schein aus den Fenstern.

Keiner wies die Perle darauf hin, dass sie regelwidrig in der Männerrunde saß, alle gingen davon aus, dass sie es früher oder später selber merken würde, außerdem kam es immer wieder vor, dass sich eine Frau zeitweilig zu den Männern setzte, genauso wie umgekehrt ein Mann eine Weile bei den Frauen verbrachte. Mirek schlenderte im mondhellen Garten umher, dann sah er nach den Hunden.

Baran sagte: Ist dir nicht kalt, meine Perle?

Lächelnd schüttelte sie den Kopf.

Ach was, wiegelte Jesus ab. Wir sind nicht päpstlicher als der Papst.

Wieder lächelte die Perle, ohne dass sie verstand, was Jesus damit meinte.

Sieht so aus, wagte sich Baran vor, als würden die Genossinnen drinnen sitzen.

Ach was, sagte Jesus.

Abrupt stand die Perle auf und erweckte den Anschein, dass ihr die Panne peinlich war. Ohne ein Wort trottete sie hinein.

Ist wie bei euch, oder?, stichelte Yann.

Nein, widersprach Baran. Nicht wie in meiner Familie. Was denkst du denn? Hier ist es eher wie in Saudi-Arabien, oder?

Alle lachten, selbst wenn sie ein bisschen Saudi-Arabien an der Ruhr befürworteten. Es war schon immer so gewesen.

Orhan neigte sich nach vorn und musterte Baran: Warum tust du so überheblich? Bei euch Bergtürken herrscht noch die alte Zeit, alles ein wenig rückständig …

Kurden, sagte Baran, wir sind Kurden. Bergtürken habe ich nicht gehört.

Als Yann eingreifen wollte, hörten sie Mirek Otto! rufen und noch einmal Otto!

Yann sagte: Die Familie ist nicht rückständig. Sein Vater hat mehr gelesen als jeder von uns. Karl Marx kennt er in- und auswendig.

Respekt, sagte Jesus.

Marx, ha!, Marx.

Orhan zog den Reißverschluss seiner Jacke zu.

Vom Grill her sagte Willi an, was noch zu haben war. Einige meldeten sich, selbst wenn sie schon satt waren. Auf dem Tisch lagen Tuben mit scharfem und mittelscharfem Senf, auf einem ausgebreiteten Wickelpapier geschnittene Scheiben Brot. Willi war ein großer, ruhiger Mann, der sich, als er in Rente ging, einen Bart stehen ließ, er verlor nicht mehr Worte als nötig, aber schenkte allen seine Aufmerksamkeit. Bei ihm kamen wir gern zusammen, öfter als nach der Reihenfolge vorgesehen. Kaum je waren wir vollzählig, aber stets mehr als die Hälfte. Dieses Mal hatten alle Straßenbahnfahrer zugesagt, Jesus, Orhan, Stanislaw und ich, dem Beruf nach galten wir als stärkste Gruppe in der Männerrunde, weil die übrigen alles Mögliche machten, nur nichts gemeinsam, als Kollegen. Mit Yann saß nun auch ein Erzieher unter uns. Ihn wollte ich dabeihaben, weil er jünger war als wir, aufgeschlossen und mit einem Hang zu Straßenbahnen. Auf Dauer würde es uns nicht bekommen, ohne die Jungen alt zu werden.

Als Mirek mit den Hunden zu uns kam, ließ er sich Stanislaw gegenüber nieder; sie begrüßten einander auf Polnisch, um dann auf Deutsch fortzufahren, während die beiden kleinen Hunde unterm Tisch erfolglos versuchten, die Beine ihrer Frauchen zu erschnüffeln. Schließlich sprangen sie, gefolgt von Otto, durch die Tür ins Wohnzimmer.

Komische Hunde, sagte Willi. Wollen nichts haben von der Wurst.

Niemand achtete darauf. Weil Stanislaw neulich seine Geburtsstadt Posen besucht hatte, wollte er etwas dazu sagen: Alles sieht noch genauso aus, aber nichts ist mehr, wie es einmal war.

Ratlos blickte er in die Runde.

Jetzt übertreib mal nicht.

Er hat recht, pflichtete Mirek bei. Polen wirkt wie zweigeteilt, die polnische Gesellschaft zerfällt. Aus nichtigem Anlass gehen Freundschaften zu Bruch. Hab ich selbst so erlebt.

Früher hielten wir zusammen, sagte Stanislaw, aber das ist vorbei. Heute misstraut ein Pole dem anderen.

Zu wem gehörst du?, das ist die Frage, fuhr Mirek fort. Bist du Europapole oder Polenpole?

Also Nationalist, sagte Yann.

Polenpole gefällt mir besser.

In der Türkei haben wir Europatürken, höhnte Orhan. Die würden sich mit Europapolen gut vertragen.

Aber auch Türkeitürken, sagte Baran, leider viel zu viele.

Kalt fasste ihn Orhan ins Auge, und ich stellte mir vor, dass er ihn gleich beschimpfen werde, so schlimm wie möglich, also als Kommunisten, und dass er ihm hämisch vorhalten werde, dass er nicht mal zum Bergtürken tauge, geschweige denn zum Kurdistankurden, aber meine Überlegungen wurden durch eine sachliche Feststellung unterbrochen, seitens des Maschinenschlossers Erich: Jetzt geht ein Riss durch gar nicht wenige Länder.

Orhan brummte und ließ Baran in Ruhe.

Für gewöhnlich hielt ich mich zurück, wenn sie politisierten, weil ich fürchtete, dass sie sich über kurz oder lang in die Haare gerieten und wir dann so lange einander zuprosten mussten, bis sich alles wieder eingerenkt hatte. Insofern war ich froh, dass mein Smartphone anschlug und ich nach der Nachricht sehen konnte, sie stammte von Séverine: Ich wünsche mir fordernde und ungeduldige Hände, überall auf meiner nackten Haut … Einladend leuchtete das Display, und als ich merkte, dass meine Sitznachbarn Yann und Jesus Stielaugen bekamen, murmelte ich eine Entschuldigung und stand, das Gerät in die Potasche steckend, auf, um ins Wohnzimmer zu gehen, die Frauen mit einer übertriebenen Verbeugung zu grüßen und auf die Toilette zu verschwinden.

Sie schrieb weiter: Ich wünsche mir Lippen, so gierig, als wollten sie mich vollständig verschlingen. Lippen, feucht und heiß, auf meinen Lippen. Ich wünsche mir Augen, die mich ansehen und bei meinem Anblick glühen. Ich wünsche mir einen Körper, dessen Gewicht mich nach unten drückt. Ich wünsche mir, dass mein Haar festgehalten und mein Kopf nach hinten gebogen wird, bis sich mein Hals nach oben wölbt. Flehend, wehrlos. Ich wünsche mir harte und sanfte Stöße. Innig und tief. Ich wünsche mir, vor Lust zu schreien. Ich wünsche mir einen Mann, der mich so sehr begehrt. Und der mich nimmt, so lange nimmt, bis dieses sehnsüchtige, quälende Ziehen in meinem Unterleib gelindert ist. Und vielleicht wünsche ich mir in diesem Moment, dass du dieser Mann bist.

Ich fragte mich, ob ich meinen Aufenthalt auf der Toilette hinauszögern und mir an Ort und Stelle, auf die Schüssel zielend, einen runterholen sollte. Warum schreibt sie mir so was?, sie, die nie über Sex spricht, als gehöre es sich nicht. Dann fiel es mir wieder ein: Am Baldeneysee hatte ich wissen wollen, was sie von mir erwarte, was sie sich wünsche. Das also war ihre Antwort; nur das Vielleicht im letzten Satz störte mich ein wenig.

Als ich an der Frauenrunde vorbeiwollte, ließ mich Klaras Stimme aufhorchen, gerade erzählte sie Geschichten aus dem Miederladen. Auf der Eckbank rückten die Frauen zusammen, sodass ich mich dazusetzen konnte, Otto wedelte mit dem Schwanz.

Ich denke, ich habe schon mancher Kundin das Leben gerettet, sagte Klara, wenigstens das Liebesleben. Geben Sie der Liebe noch eine Chance, so versuche ich, eine unglückliche Frau umzustimmen, weil viele von den Älteren sagen, nein, ich will jetzt niemanden mehr haben, mein Mann ist gestorben, und so ist auch für mich das Leben zu Ende, da kommt mir kein Kerl mehr ins Haus. Vorsichtig werfe ich ein, aber Sie wissen doch, man soll nie nie sagen. Bitte geben Sie mir sofort Bescheid, wenn Sie wieder jemanden gefunden haben, ich will die Erste sein, die davon erfährt. Und stellt euch vor, die Kundinnen halten Wort, und sind sie auch noch so alt. Plötzlich schneien sie mit ihrem neuen Lebensgefährten herein, hallo, da sind wir, Sie hatten recht, ich bin überglücklich. Denen, die zweifeln, sag ich, Sie müssen ja keinen Mann für Zuhause haben, lieber jeder seine Wohnung. Am einfachsten finden Sie jemanden, wenn Sie spazieren gehen, also, schaffen Sie sich einen Hund an oder gehen Sie auf den Friedhof, dort finden Sie immer einen einsamen Mann.

Als ich sie alle laut lachen hörte, dachte ich, dass es unter den Frauen fröhlicher zuging als unter den Männern mit ihrer Politik. Die Perle hatte sich nach meinem Eindruck gut eingefügt, selbst wenn sie sich ab und zu umwandte, um nach draußen zu spähen, ohne etwas zu erkennen. Ungeniert berichtete sie von Vorlieben junger und alter Türkinnen, was Unterwäsche betraf, während Klara Erfahrungen mit entsprechenden Kundinnen beisteuerte. Würde auch Séverine in dieser Runde aufgehen? Sollte ich sie demnächst mitbringen? Wie würde sie auf den Vorschlag reagieren? Ehrlich gesagt, ich konnte sie mir hier nicht vorstellen, noch weniger in meiner Begleitung, aber vielleicht fehlte es mir nur an Fantasie. Dann kehrte ich auf die Terrasse zurück.

Yann ereiferte sich: Schaut nach Frankreich, schaut, wohin ihr wollt, überall dasselbe Spiel. Auch Frankreich ist gespalten, in Europafranzosen und Frankreichfranzosen, Internationalisten und Nationalisten, in freie Geister und engstirnige. Im vergessenen Nordosten, zum Teil auch in Lothringen, fühlen sich die Menschen von Rechtspopulisten angespitzt, deshalb, weil die auf den Putz hauen und dadurch die Vergessenen in Erinnerung rufen, unermüdlich auf den Putz hauen sie. In der Stimmungsmache sind sie in ihrem Element, sonst haben sie ja nichts zu bieten. Dort, wo die Industrie verschwindet, kommt Le Pen.

Auch bei uns verschwindet die Industrie.

Und was kommt?

Vielleicht haben wir uns schon angesteckt.

Quatsch, so leicht ist das Revier nicht zu haben. Und spalten lässt es sich schon gar nicht. Was soll das überhaupt sein, eine gespaltene Gesellschaft? Wer hat sich das ausgedacht?

Stimmt, Spaltung ist Quatsch. Das lässt sich mit uns nicht machen. Spaltung ist hirnrissig.

Da wäre ich mir an deiner Stelle nicht so sicher. Hier die Europadeutschen, dort die Deutschlanddeutschen, hier die Weltoffenen, dort die Weltverneinenden. Lässt sich nicht leugnen, oder?

Wie in Polen.

Und der Türkei.

Wie in Frankreich.

Italien.

Und so weiter.

Ein Riss geht durch gar nicht wenige Länder.

Hört auf damit. Ein Quatsch ist das, ein Superquatsch. Laufen wir nicht alle kreuz und quer? Wo gibt es denn getrennte Schulen, Krankenhäuser, Restaurants? Wo liegt der Spalt, der uns angeblich spaltet? Ui, ich muss aufpassen, dass ich da nicht reinfalle.

Die Spaltung ist Stimmungsmache.

Genau, das sehe ich auch so.

Damit sich die geschickt in Verwirrung Gebrachten um die neurechte Stimmungspartei scharen.

Sehe ich auch so.

Ich nicht, sagte Orhan. Ich hab die gewählt.

Während des Schlagabtauschs war ich drauf und dran gewesen, aufzustehen und die Männerrunde zugunsten der Frauenrunde zu verwerfen. Aber als sich Orhan zu den Neurechten bekannte, wurde mir klar, dass ich sitzenbleiben musste, schon wegen der von mir in die Runde gebrachten Gäste, Baran und Yann. Noch dazu fuhr mir durch den Sinn, dass die knisternde Spannung, die ich immer wieder wahrnahm, mit der herbeigeredeten Spaltung einhergehen könnte.

Ach, Orhan, sagte Jesus. Weißt du, was die Altbackenen von dir halten, einem Türken? Natürlich halten sie dich für respektabel, aber nur in der Türkei.

Stanislaw schüttelte den Kopf: Ausgerechnet du willst ein Neurechter sein?

Ich bin kein Neurechter, Kollegen, ich habe die nur gewählt, übrigens nicht als Einziger, wenn du dich auf dem Betriebshof umhörst. Viele haben die Schnauze voll von Politikern, die nicht sehen wollen, was in Duisburg passiert, im Revier überhaupt.

Dass ein Straßenbahnfahrer die Braunen wählt, ich fass es nicht …, beklagte Yann, ein türkischer Straßenbahnfahrer …

Ihr träumt doch. Unter Kollegen ist die Partei sehr beliebt. Und das hat Gründe.

Sprich nicht im Namen der Kollegen, sagte ich. Viele von uns halten die Neurechten für abstoßend.

So viele nicht.

Die neurechte Scharfmacherei verträgt sich nicht mit unserer Mentalität.

Du hast keine Ahnung. In Duisburg ist die Partei bunt gemischt.

Mirek sagte: Sie denken an dich nur so lange, bis sie die Macht haben, und dann kannst du sehen, wo du bleibst. Mach keinen Fehler, Orhan.

Bist doch Malocher, sagte Baran, und ein Malocher muss sich den Linken anschließen, damit er politisch eine Chance hat, logisch.

Das Revier, meldete sich Willi zu Wort, ist immer rot gewesen.

Gewesen, gewesen, lachte Orhan trocken. Alles verkommen. Wie in Frankreich. Die Industrie verschwindet.

Kein einziger Bergmann ist ins Elend gestürzt.

Ja gut. Aber bekommen deine Roten noch mit, was in ihrem Revier passiert? Worauf alles hinausläuft?

Es wird viel getan.

Nicht genug.

Als Erich verriet, auch er habe die Neurechten gewählt, war es einen Moment lang still. In der Ferne rauschte die Autobahn.

Dann sagte Orhan: Seht ihr, so ist es.

Er griff nach seiner Flasche Bier, um mit dem Schlosser anzustoßen, doch Erich ließ seine Flasche stehen.

Wer von euch wohnt in Marxloh?, fragte Orhan. Keiner? Hab ich mir gedacht.

Lang hab ich dort gewohnt, jahrzehntelang, sagte Jesus. War 'ne gute Zeit. Vor ein paar Jahren bin ich dann umgezogen.

Weil du es nicht mehr ausgehalten hast, stimmts?

So würde ich es nicht sagen. Aber es hat sich viel verändert.

Alle, die können, ziehen weg, behauptete Orhan. Von meinen alten Nachbarn, Türken und Deutschen, wohnt kein einziger mehr im Haus, der letzte hat voriges Jahr das Viertel verlassen. Sobald ich weiß, wohin, bin auch ich weg.

So krass ist es auch wieder nicht, widersprach Baran. Bin öfters dort, weil wir in Marxloh einen Kulturverein haben.

Kulturkurden?, provozierte ihn Orhan.

Jesus ging dazwischen, indem er unaufgeregt von Abenden in der Bar erzählte, mit alten türkischen Männern, die ihn als Kumpel betrachteten. Die haben, sagte er, fast ihr ganzes Leben im Revier verbracht, sie kannten jede Ecke in der Stadt, nur Deutsch konnten sie noch nicht richtig, aber das hat keine Rolle gespielt.

Ja, die alten türkischen Männer, wiederholte Orhan nachdenklich. Sie haben das Viertel in Ordnung gehalten, weil sie in einem unordentlichen Viertel nicht leben wollten. Aber heute, mit der ganzen Sippschaft aus Rumänien oder Bulgarien, suhlt sich alles im Dreck. Soll ich euch ein Foto von meinem Hinterhof zeigen? Die werfen ihren Müll aus dem Fenster. Muss ich nicht haben, den stinkenden Abfall im Hof. Und alle paar Tage steht die Polizei vorm Haus und nimmt einen oder zwei von denen mit.

Das Problem ist längst erkannt.

Vielleicht erkannt, doch niemand tut etwas dagegen.

Stimmt nicht. Aber von heute auf morgen lässt es sich nicht lösen.

Die Wahrheit ist, sie haben uns im Stich gelassen. Darum hab ich den Neurechten meine Stimme gegeben. Weil sie das Übel anprangern. Darum haben sie in Marxloh so viele Stimmen eingeheimst, auch von Türken und Griechen und wer weiß, von wem. Jetzt reiben sich alle die Augen.

Immerhin, die Müllabfuhr dreht inzwischen mehrmals die Woche eine Runde.

Erwin sagte: Aber die Kosten werden auf alle Mieter umgelegt. Kein Grund zur Freude.

Der Malocher, wie du sagst, wandte sich Orhan an Baran, diesmal mit einem milden Lächeln, ist immer unterlegen, er ist von jeher der Schwächere, und darum muss er sehen, dass er Verbündete findet.

Baran sagte: Ja, du hast recht, aber für die Partei der Rattenfänger bist du nur eine Ratte. Willst du diese Ratte für sie sein?

Müde zuckte Orhan die Schultern.

Darauf schwiegen wir eine Zeit lang und horchten auf das Rauschen der Autobahn, ehe Jesus, bemüht, die Stimmung aufzulockern, die Wirkkraft einer Gaspistole erläuterte. So schlitterte er ins Anekdotische: die Straßenbahn, der Schwarzfahrer, der Schuss.

Als ich nach der Spätschicht zurückkehrte, lag das Solidarność hell vor meinen Augen. Seltsam, dachte ich, denn es war schon nach eins, und für gewöhnlich brannte im Lokal kein Licht um diese Zeit. Durch die Fenster sah ich, dass alles verwaist war, niemand mehr da. Hatten sie nur vergessen, das Licht zu löschen? Ich stieg die Stufen zur Eingangstür hinauf und drückte auf die Klinke, die Tür ließ sich öffnen. Dass sie auch vergessen hatten abzuschließen, hielt ich für unwahrscheinlich. Das Lokal, so ganz ohne Leben, wirkte unheimlich auf mich. Ich kannte es nur voll mit Gästen und vermisste den Trubel, weshalb ich skeptisch an der Bar entlangschlich, dem Tresen um die Ecke folgte, darauf gefasst, eine Entdeckung zu machen, fragte sich nur, welche. Ich rief Zuzanna?, dann Mirek?, wieder Zuzanna?, ohne eine Antwort zu hören. Ich zögerte, hinüber ins Restaurant zu gehen, und verlor mich in den Anblick der Schnapsflaschen beim Ausschank. Ich suchte nach dem polnischen Wodka, den ich mit Mirek getrunken hatte, und stellte mit einem Anflug von Panik fest, dass ich ihn nicht finden konnte, Mirek?, rief ich, Zuzanna?

Jetzt hörte ich etwas, leises Trappeln, und einen Moment bildete ich mir ein, dass dieses Geräusch alles zum Leben erwecken und ich plötzlich, umringt von Menschen, an der Bar stehen würde, dass ich polnischen Wodka bestellen und der Barkeeper mit einer lässigen Bewegung nach der Flasche greifen würde, die ich aus irgendeinem Grund nicht entdeckt hatte, aber nichts davon geschah. Stattdessen begrüßte mich Otto, der Wirtshund, so überschwänglich, dass er mich mehrmals ansprang. Ich tätschelte und kraulte ihn und überprüfte, ob seine Schnauze blutig war, ob er an einer Blutlache geschnüffelt hatte. Wo Otto ist, sagte ich mir, ist Mirek nicht weit. Beide, Mirek und Zuzanna, konnten nicht weit sein. Oder hatten sie ihren Hund im Lokal vergessen? Hatten sie vergessen, das Licht zu löschen, die Tür abzuschließen und ihren Hund mitzunehmen? Waren sie überstürzt aufgebrochen? Warum? Wohin? Ich rief Mirek?, Mirek?, auch Zuzanna?, und ging ein paar Schritte hinüber ins Restaurant, das sich stumm und unbewegt, wenn auch in hellem Licht darbot und trotz der Anwesenheit von Otto und seines magischen Getrappels nicht erkennen ließ, wie lebhaft es in seinen Kulissen für gewöhnlich zuging.

Otto trappelte voraus, und ich brauchte ihm nur zu folgen, statt weiterhin nach Mirek oder Zuzanna zu rufen. Welche Rasse?, fragte ich mich, zu welcher Rasse gehört Otto?, um meine Angst zu beschwichtigen vor der Entdeckung, der ich gleich ausgesetzt sein würde. Ich tastete nach meinem Smartphone, bereit, die Notrufnummer zu wählen, während Otto aufs angrenzende Büro einbog, nicht mehr als eine Kammer, in die sich Mirek und Zuzanna zurückzogen, um ihre Korrespondenz am Computer zu erledigen oder Rechnungen abzuheften oder zu telefonieren. Dort traf ich auf die zusammengekauerte Zuzanna, ihre verheulten Augen.

Was ist passiert?

Ach Paul, ich kann nicht sprechen … Mirek liegt im Krankenhaus … ein schrecklicher Unfall … er … er … es sieht nicht gut aus … er …

Steh auf, ich bring dich hin.

Ich komm ja gerade von dort … bin nur kurz hier, um ein paar Sachen einzupacken … aber plötzlich konnte ich nicht mehr … ich … ich …

Sie brach in Tränen aus. Ihr unter die Achseln greifend, zog ich sie auf die Beine und hielt sie in meinen Armen, worauf sie aufschluchzte und sich lange nicht beruhigte.

Eine unserer Töchter sitzt an seinem Bett … sonst … sonst wäre ich bei ihm geblieben …

Nimm mit, was du brauchst, und dann fahren wir zu Mirek.

Dich werden sie nicht zu ihm lassen.

Wieso nicht?, fragte ich. Bin ich nicht von euch adoptiert worden?

Diese Äußerung entlockte ihr ein schwaches Lächeln. Dann sagte sie: Er ist nicht bei Bewusstsein … wann er aufwacht, ist ungewiss … überhaupt halten sich die Ärzte mit Prognosen zurück … weil sie nichts sagen können … oder nichts sagen wollen … um mich zu schonen … wenn nur alles wieder gut wird … wenn …

Es wird, stammelte ich hilflos, es wird alles wieder gut.

Gibst du so lange auf Otto acht?

Für das Gauklerfest auf dem Altmarkt, an dem das Solidarność lag, hatte Mirek ein Banner aufhängen wollen. Es sollte zwischen zwei Bäumen gespannt werden, beschriftet mit einem Spruch von Karl Valentin: Kunst ist schön, macht aber viel Arbeit. Der Spruch klang simpel, aber gut, und er hatte den Vorteil, dass er unmittelbar einleuchtete. Eigentlich sollte das Banner schon Tage vorher auf das Gauklerfest einstimmen, aber Mirek kam nicht dazu, es anzubringen. Mit jedem Tag, der verstrich, glaubte er, Zeit zu verlieren, und wie so oft in seinem Leben befiel ihn das Gefühl, spät dran zu sein, viel zu spät mittlerweile. Am Tag vor dem Fest beschloss er zu handeln, ohne Rücksicht auf das Wetter. Der Himmel war grau bewölkt, und es regnete ohne Unterlass. Kaum dass er, das eingerollte Banner unter den Arm geklemmt, die Sprossen bis in die Baumkrone erklommen hatte, rutschte die Leiter von der feuchten Rinde ab, sodass er aufs Pflaster stürzte und reglos liegen blieb.

Ich funktionierte wie ein Automat, sagte Zuzanna zu mir. Ich verständigte den Notarzt, ich drehte Mirek in die stabile Seitenlage und stopfte ihm meine Jacke unter den Kopf. Ich legte meine Hand auf seine Stirn und sprach mit ihm, endlos lange, ich sprach und sprach, ohne dass ich noch wüsste, was ich zu ihm sagte. Aber als der Krankenwagen abgefahren war und ich Mireks Hut auf dem Pflaster erblickte, einen einsamen, umgedrehten Hut, da brach ich zusammen, da war es aus.

Anderntags spannten Kellner das Banner auf, weil es Mirek nicht anders gewollt hätte, zwei standen am Fuß der Leiter und hielten sie fest, während der dritte vorsichtig hinaufstieg. Als ich mit Otto an der Leine eine Runde auf dem Altmarkt drehte, spürte ich die bedrückte Stimmung, denn alle wussten von Mireks Unfall. Von Mund zu Mund hatte sich die Nachricht rasch verbreitet. Viele erkundigten sich in der Wirtschaft nach Mireks Befinden, was ihnen aber nur Schulterzucken einbrachte, niemand wusste Genaueres. So geriet das Gauklerfest, obwohl der Himmel wieder aufgeklart war, zu einer bemühten und damit tristen Angelegenheit. Es abzublasen, wie manche gefordert hatten, wäre das Beste gewesen, aber dazu hatten sie sich nicht durchringen können. Bloß Baran, der nur selten ein Stadtfest ausließ, verzichtete auf seinen Auftritt, seine Mundmusik sei, wie er sagte, dem Schock nicht gewachsen. Stattdessen traf er sich mit Yann und Kymani im Solidarność, um darauf zu trinken, dass Mirek schnell wieder auf die Beine kam.

Ich frage mich, warum ich die Nacht, in der ich im Lokal auf die verzweifelte Zuzanna stieß, nicht in die Reihe der von mir gezählten Nächte aufgenommen habe, sodass es im Ganzen sechs statt nur fünf Nächte wären. Denn das Bangen um Mirek wühlte mich auf. Oder die Nacht bei Willi auf der Terrasse. Hatte sich in der Männerrunde nicht bereits etwas angedeutet, das zunehmend an Schärfe gewann? Dann wären es sieben. Dass ich beide Episoden außer Acht gelassen habe, verrät, wie willkürlich jede Einteilung ist, wie vergeblich der Versuch, durch Aufzählung Ordnung zu stiften, nichts als ein Trugschluss. Fürs Erste aber tröste ich mich damit, dass die Erzählung alles einfängt, noch das Unscheinbarste. Solange ich erzähle, geht nichts verloren.

Nach drei Wochen besuchte ich Mirek im Krankenhaus, erst kurz zuvor hatte er die Intensivstation verlassen. Es hieß, er sei noch sehr schwach, ich dürfe ihn nicht überanstrengen, nicht mehr als zwanzig Minuten. Er begrüßte mich auf Polnisch, und weil ich den Gruß erwiderte, fuhr er in seiner Muttersprache fort, ehe er mittendrin abbrach und grinste: Hast du verstanden?

Fast alles, gab ich vor. Nur wenn du hastig redest, dann komm ich nicht mit.

Ich zog einen Stuhl ans Bett und setzte mich. Auf mich wirkte Mirek wie immer, körperlich erschöpft zwar, aber geistig lebendig. Nach allem, was ich gehört hatte, war ich über diesen Eindruck erleichtert. Etwas magerer kam er mir vor, etwas blasser, doch seine Gesichtszüge spielten erfolgreich dagegen an, vielleicht auch, damit ich mir keine Sorgen machte.

Aus sechs Metern Höhe bin ich vom Himmel gefallen, scherzte er. Traust du dir so etwas zu?

Mir wird leicht schwindlig.

Umso besser. Du würdest nie auf eine Leiter steigen.

Wir lachten. Als ich auf dem Nachttisch seinen Hut bemerkte, fragte ich, ob Zuzanna ihn gebracht habe.

Mit dem Hut fühle ich mich behütet, sagte Mirek. Hast du schon mal über die Schönheit der deutschen Sprache nachgedacht?

Vergiss nicht, ich hab Germanistik studiert.

Gut, falls Schönheit darin vorkommt. Er sagte: Wenn ich mit Hilfe der Schwester aufs Klo gehe, setz ich vorher den Hut auf. Damit nichts passiert.

Ach Mirek, wenn du wüsstest, wie viele Leute mich nach dir gefragt haben, wie es dir geht, ob sie helfen können …

Ja, Zuzanna hält mich auf dem Laufenden. Ganz Oberhausen, sagt sie, nimmt Anteil. Also bin ich ein glücklicher Mensch.

Darf ich den Hut mal aufsetzen?

Nein, es ist mein Hut. Du hättest dir längst einen besorgen können.

Ich nahm den Hut vom Nachttisch und setzte ihn mir auf den Kopf. Leider passte er nicht ganz.

Der steht dir nicht.

Ich legte den Hut wieder zurück.

Mirek sagte: Sie haben für mich eine Messe lesen lassen, wer es veranlasst hat, gilt als geheim, aber die Kirche ist voller Menschen gewesen. Nächste Woche wird es wieder eine Messe für mich geben.

Bist du katholisch?

Das fragt man einen Polen nicht.

Wann wird die zweite Messe stattfinden?

Ich weiß es nicht, gab er zur Antwort. Aber eines ist mir klar geworden, ich bin hier zu Hause. Lange habe ich mit dem Gedanken gespielt, nach Polen zurückzukehren, dann, wenn ich alt bin, also bald. Doch jetzt erlebe ich dieses Mitgefühl. Wer in Polen würde so viel Zuneigung für mich aufbringen? Dadurch hat sich alles verändert. Ich will in Oberhausen begraben sein.

Darauf sank sein Kopf zurück ins Kissen, noch dazu schloss er die Augen, ein wenig theatralisch, wie mir schien, aber er war zu entkräftet, um das Gespräch fortzusetzen. Als ich über meine Tage mit Otto berichtete, reagierte er nicht mehr, ebenso wenig, als ich Grüße ausrichtete, von den Männern der Männerrunde und den Frauen der Frauenrunde. Mirek war eingeschlafen, und so schlich ich hinaus.

Nur mit Mühe fand sich Wolle wieder in den Alltag ein, auch weil er ahnte, dass er so, wie er es gewohnt war, nicht weitermachen konnte. Der Angriff mit dem Messer hatte ihn fast das Leben gekostet, und er verstörte ihn im Nachhinein mehr, als er zugeben wollte. Körperlich erholte er sich rasch, spürte, wie seine Kraft zurückkehrte, er ging wieder aufrecht mit durchgedrücktem Kreuz und gespannten Schultern, statt gekrümmt umherzuschleichen. Nur seine Psyche hielt mit der Genesung nicht Schritt. Bin stabil, sagte er jedes Mal, wenn sie ihn nach seinem Befinden fragten, obwohl er wusste, dass er sie damit täuschte. Es war nicht so, dass er die Orientierung verloren hätte, er wusste sehr wohl, was rechts und was links lag, und es war auch nicht so, dass er fürchtete, vor der ersten Herausforderung einzuknicken. Allein, das Unbehagen, das ihn befallen hatte, dauerte an, besonders, wenn er unter Menschen ging, eine konturlose Beklemmung, die sich nicht abschütteln ließ. So wurde er vorsichtig, auch misstrauisch, sobald er, und sei es nur aus den Augenwinkeln, etwas Ungewöhnliches bemerkte.

Nach zwei, drei Wochen bei seinem Bruder zog er in die neue Wohnung, die seine Frau auf die Schnelle gefunden und mit Hilfe von Freunden bezogen hatte. Weit genug entfernt vom Tatort und seinem angestammten Viertel, versuchte er sich, an die gediegene Umgebung zu gewöhnen, an Straßen mit Einfamilienhäusern und kleinen Gärten, flankiert von ocker gestrichenen Reihenhäusern, an Menschen, die einander grüßten und nach dem Naheliegenden fragten. Das Unaufgeregte sagte ihm zu. Gleichzeitig kam es ihm vor, als wäre er nur vorübergehend hier, wie auf Urlaub. Mit seinen Kumpels stand er über WhatsApp in Verbindung, ab und an telefonierten sie miteinander, die engsten Freunde kamen ihn besuchen. Er aber hielt sich fern von seiner Hoolikneipe, von dem Viertel an sich, sodass einige dachten, er wäre für die Gemeinschaft verloren.

Leicht fiel es ihm, die Arbeit wieder aufzunehmen, alle freuten sich, dass er wieder da war und offenbar ganz der

Alte. Ihm tat es gut, eins nach dem anderen zu erledigen, seinen Sachverstand einzusetzen und Probleme beim Wareneingang zu lösen. So blieb zum Glück keine Zeit, Gedanken nachzuhängen, denn er hielt es für schädlich, über sich selbst nachzudenken, in einem fort nur über sich selbst, sein Unbehagen, seine Beklemmung. Im vertrauten Umfeld der Firma bestand kein Anlass dazu.

Ansonsten verließ er die Wohnung nur, wenn unbedingt erforderlich. Bereits in der Zeit, als er noch krankgeschrieben war, verkroch er sich darin. Die Tür schloss er zweimal ab und hängte die Sicherheitskette ein. Lieber stand er auf und ging seiner Frau oder den Söhnen aufmachen, als dass er sich gefährdet fühlte. Brauchte er etwas von draußen, schickte er einen der beiden Söhne los, damit er es besorgte; meistens ließ er Trinkgeld springen, um sie zu bestechen.

So ganz lassen aber wollte er nicht von seinem früheren Leben. Und so fing er wieder an, für die Hoolikneipe zu arbeiten, indem er Stundenpläne für Türsteher entwarf, also Frieden für die Kneipe organisierte, alles telefonisch und von zu Hause aus. Wenn neue Männer dazustießen, mussten sie vor ihm antreten, damit er sie beurteilte. Erst befragte er sie nach Herkunft, Erfahrung und Fitness, dann ließ er sich vermeintlich Entlegenes beantworten, je nach Laune, um die Persönlichkeit des Kandidaten zu ergründen. Fußball, welcher Club? Frauen, was heißt Nein, wenn sie Nein sagt? Multikulti, ist ein Neger noch ein Neger, wenn er Neger nicht genannt werden will?

Wolle fragte: Wo ist Grönemeyer geboren?

Ey, wie bist du denn drauf?, lachte der Kandidat.

Wolle blickte ihn ausdruckslos an, dann wiederholte er die Frage: Wo?

Alle sagen, in Bochum. Grönemeyer ist in Bochum geboren.

Und was alle sagen, stimmt, ja? Hast du nicht drei Gramm eigenen Grips?

Pff … stammt er nicht aus Bochum?

Ich stelle hier die Fragen.

Wolle nahm hin, dass der Kandidat ein Handy aus der Hosentasche zog und den Namen Grönemeyer eintippte.

Der Kandidat sagte: Göttingen … is nich wahr … dabei singt er doch selbst … in dem Lied … dass er … 'n Pulsschlag aus Stahl … dass er … Bin ich jetzt durchgefallen?

Wer aufgenommen wurde und wer nicht, entschied allein Wolle. Wenig später verpflichtete ihn für den Kandidatencheck auch eine Diskothek, für die er jahrelang selbst an der Tür gestanden hatte. Auch für sie besorgte er Türsteher, ohne dass eine Lücke entstand. Für seine Tätigkeit erhielt er eine beachtliche Provision, das heißt, er nahm sie sich selbst, indem er sie vom Honorar der Türsteher prozentual abzog, in einem höheren Satz vom Honorar der neuen Männer. Alle wussten, worauf sie sich einließen. Das war der Deal.

Nicht ohne Sorge beobachtete seine Frau, wie er wieder hineinglitt ins Gewohnte, und sie befürchtete, dass er früher oder später wieder selbst an der Tür stehen würde. Nichts davon teilte sie ihm mit, denn er würde ihre Bedenken nicht zulassen und ihr womöglich über den Mund fahren. Letztlich kannte sie ihn nicht anders, es war der Mann, in den sie sich einst verliebt hatte. An der Tür hatten sie sich kennengelernt, er ließ sie durch mit einem dummen Spruch, den sie ihm gern um die Ohren gehauen hätte, außerdem nannte er sie Kleines, was sie, egal, wer es anbrachte, nicht ausstehen konnte, aber es half nichts, sie kapitulierte, und kurz darauf waren sie zusammen.

In den Nächten schlief sie unruhig und wälzte sich so lange im Bett herum, bis Wolle aufwachte. Sie rechnete damit, dass er längst wieder mit dem Gedanken eines Wald- und Wiesenkampfes spielte. Dass er sich nur noch etwas schonen wollte. Oder bildete sie sich das bloß ein? Es war ja nicht zu übersehen, dass ihn die Messerattacke tief verstört hatte.

Dass er so viel zu Hause hockte, gefiel ihr nicht. All ihre Vorschläge, etwas zu unternehmen, prallten an ihm ab. Am schlimmsten war es am Wochenende, Wolle bewegte sich nicht. Umso mehr überraschte es sie, als er eines Tages ankündigte, schwimmen zu gehen, ins Freibad Homberg, Badesachen hatte er schon gepackt. Komm nicht mit, is besser so, nachher erzähl ich dir alles.

Heißer Sommer, sagten Leute in Duisburg, so heiß wie noch nie, und erinnerten sich an den heißen Sommer des vergangenen Jahres, den sie mit denselben Worten bedacht hatten, so heiß wie noch nie, um dann lange unter der Hitze zu stöhnen. Selbst weitläufige Bäder galten schnell als überfüllt, angeblich in ganz NRW. Und in ganz NRW kamen Gerüchte in Umlauf, wonach Hitze und Fülle und halbstarke Männer Konflikte geschürt hätten, mit einem Handgemenge da und dort. Die Gerüchte bestätigten sich und wurden fortan als ernstzunehmende Vorfälle behandelt. Als junge Einwanderer oder junge Geflüchtete oder allgemein durch Migration geprägte junge Männer immer öfter in Verdacht gerieten, Stress zu verursachen in den der Erholung dienenden Bädern, und ihnen respektloses Geprotze einer angeblich kulturfremd übersteigerten Männlichkeit nachgesagt wurde, wodurch sich konventionelle, angeblich kulturnah disziplinierte Badegäste beunruhigt und bedroht sahen, da schaltete sich Wolles WhatsApp-Gruppe ein und schimpfte erregt auf das streitsüchtige Gesindel, das sich im Revier ungehindert ausbreite und sich in einer zivilisierten Gesellschaft nicht zu benehmen wisse. Einige Hausverbote seien bereits verhängt worden, um der Heimsuchung Herr zu werden, ein paar davon im Freibad Homberg. In Homberg, berichtete ein Mitglied der Gruppe, sei am Vortag ein Familienvater von zig kulturfremden Jungmännern bedrängt worden, von kriminellen Elementen, die nicht mehr zu beherrschen gewesen seien, weder von Bademeistern noch von der Security, sodass Polizei habe eingreifen müssen. Die Polizei habe das Bad geräumt. Darin lag der Grund, weshalb Wolle seine Sporttasche gepackt hatte, Matte, Handtuch, Badehose, das Übliche, und weshalb er sich in diesem Augenblick durchrang, der Wohnung den Rücken zu kehren.

Vor dem Freibad versammelten sie sich, jede Minute stießen weitere dazu. Mit Befriedigung stellte Wolle fest, dass die WhatsApp-Hools vollzählig erschienen waren, aber auch der Nachwuchs hatte sich angeschlossen, obendrein Hooligans aus den Nachbarstädten, Revierhools, und sogar zwei oder drei von der harten Sorte aus Düsseldorf. Unter den WhatsApp-Hools gab es welche, die Wolle das erste Mal wiedersahen, seit er schwer verletzt aus ihrem Blickfeld verschwunden war, und die ihn mit Jubel begrüßten, ganz so, als kehrte er nach einem Grubenunglück endlich ans Tageslicht zurück. Nicht wenige trugen die unter ihresgleichen, vor allem den jüngeren, populär gewordenen Wolle-T-Shirts mit Sprüchen auf der

Brust: Halt durch, Wolle oder Wolle forever oder Wille und Wolle oder Du sollst wolleben!

Ungefähr fünfzig Mann setzten sich in Bewegung, um an der Kasse Tickets fürs Freibad zu lösen. Unversehens stellten sich ihnen vier Mann Security in den Weg, schüttelten fast synchron die Köpfe und blockierten den Zugang.

Schon genug Ärger, sagte einer der vier, zieht ab, sonst rufen wir die Polizei. Alles wird gut.

Bist 'n Arschloch oder was, brüllte ein Düsseldorfer, dessen Muskeln regelmäßiges Krafttraining verrieten.

Beherrscht, wenn auch mit Anstrengung, sagte Wolle: Lasst uns durch. Geht nicht anders. Wisst ihr ja selber. Wir alle sind da, um Deutsche zu schützen, damit in eurem Bad nichts gegen Deutsche passiert. Wäre mir lieber, wenn nicht. Wenn wir nicht nötig wären. Ist aber so. Ist nötig.

Zieht ab, sagte ein anderer der vier, ihr kommt hier nicht rein.

Wolle sah ein, dass sie einen Fehler begangen hatten, indem sie vor dem Freibad zusammengekommen waren. Sie hätten jeder für sich oder zu zweit, höchstens zu dritt an die Kasse gehen sollen, gut verteilt auf zwei oder drei Stunden, und niemand hätte ihnen den Zutritt verwehrt. Erst im Freibad hätten sie sich ballen sollen, die einen zu den anderen, für alle sichtbar eine Schutzmacht, die Sicherheit und Ordnung garantiert hätte. Keinem Familienvater wäre etwas zugestoßen, ihm nicht und seiner Familie auch nicht, denn die Hools hätten jede Aggression, die geringste Pöbelei, im Keim erstickt. Ihm blieb nicht verborgen, wie nervös die vier von der Security um ihre Standfestigkeit bangten. Was sind vier gegen fünfzig? Lächerlich. Die vier würden im Nu zu überrennen sein, und kurzzeitig überlegte Wolle, ob er genau dieses Kommando geben sollte, sie würden einfach das Gelände stürmen. Aber das war nicht der Auftritt, den er sich für die Schutzhools ausgemalt hatte. Außerdem kannte er einen der vier, die nicht von der Stelle wichen.

Hab gehört, sagte er zu ihm, dass eine Bademeisterin böse beleidigt worden ist, bespuckt und beschimpft, Tittenhitler und so, von kleinen arabischen Scheißern, die eine deutsche Frau für minderwertig halten und sich von ihr nichts sagen lassen. Und jetzt frag ich dich: Ist das in Ordnung?

Nein, erwiderte der Bekannte von der Security. In Ordnung ist das nicht. Darum stehen wir ja hier.

Wisst ihr nicht, warum wir gekommen sind? Damit sich eure Bademeisterin nichts mehr gefallen lassen muss.

Zieht ab. Niemand hat euch gerufen. Ihr macht alles nur schlimmer. Das ist ein Freizeitbad.

Träumst du?, fragte Wolle. Das ist ein Kampfbad. Dafür seid ihr zu wenige. Siehst du ja selbst. Bald tanzen euch die arabischen Scheißer auf der Nase herum.

Wolle, zieht ab. Ehe die Polizei aufkreuzt. Das gibt nur Scherereien.

Gestern haben sie einen Familienvater belästigt und bedroht, eine ganze Horde hat ihn umzingelt. Ist nicht mehr lustig.

Nicht in Ordnung, nein, gab Wolles Bekannter zu. Alles wegen eines blöden Spruchs über die Tochter, nur so im Vorbeigehen. Da ist der türkische Vater aufgesprungen, um dem Blödmann eine zu scheuern.

Türkisch?

Ja, bekräftigte der Bekannte und grinste unvorsichtig. Ich dachte, darum seid ihr gekommen.

Während Wolle nach einer Antwort suchte, traf die Polizei ein, eine Kolonne mit heulenden Sirenen. Ehe er sich umwandte, ließ er unbedacht ein paar Worte fallen, die er in dieser Sekunde für korrekt hielt: Es geht um uns alle.

So ist es.

Unmerklich gab ihm der Bekannte einen Wink, in der Absicht, ihn durchzulassen, damit er sich an der Kasse ein Ticket kaufte. Aber Wolle ging nicht darauf ein. Er mischte sich unter die Hools, von denen sich nicht ein Einziger verdrückt hatte.

Gestern hab ich Lilith getroffen, sagte Séverine.

Jaja, meine liebe Tochter.

Du glaubst mir nicht?

Wie solltest du sie getroffen haben?, fragte ich. Du kennst sie ja gar nicht.

Ich hab sie angerufen. Lilith war nicht überrascht. Sie wollte mich kennenlernen.

Woher hast du … sag mal … hast du mein Handy genommen … nach ihrer Nummer gesucht?

In der ersten Zeit mit Séverine erfuhr ich wenig von ihr, es war, als wollte sie nichts enthüllen. Immer wieder stockte das Gespräch, weil sie Fragen nur widerwillig und wenn, dann kurz beantwortete und mich mit meiner Neugier sitzen ließ. So war es an mir, jedes Mal von Neuem anzusetzen, ich erzählte dies und erzählte das, während sie zuhörte. Ja, sie war eine gute Zuhörerin, wenn auch eine, die nie eine persönliche, mich wirklich betreffende Frage stellte, gerade so, als wäre sie darauf aus, eine Art von Puffer zwischen uns zu wahren. Manchmal hatte ich Sorge, ich könnte sie langweilen oder dass sie mich für allzu selbstbezogen hielt, oder auch dass mir der Stoff ausging und ein Schweigen hervorrief, das unter Menschen, die nicht viel voneinander wussten, bedrückend wirkte. Erst Monate später lernten wir, das gemeinsame Schweigen auszukosten, die Nähe, die dadurch entstand, dass Worte überflüssig geworden waren. Davon waren wir anfangs weit entfernt, wenigstens nach meiner Einschätzung. Bald deutete ich ihre Verschwiegenheit als mutwillige Geheimniskrämerei. Ich sagte mir: Sie hat die Diskretion, mit der sie ihre Liebschaften verhüllt, auf ihr ganzes Leben ausgedehnt. Genau betrachtet, ließ sie mich im Dunkeln. Wer war sie? Woher kam sie? Was ging in ihrem Kopf vor? Während die Körper einander kennenlernten, bis in die intimste Regung, blieben wir uns lange fremd.

Ausgerechnet ein Stummfilm war es, der sie zum Reden brachte. Vielleicht hatten sich, solange wir still vor der Leinwand saßen und eine Pianistin spielen hörten, ihre Worte angestaut. Oder die Handlung hatte ihr die Zunge gelöst. Schlagende Wetter, 1923 ins Kino gekommen, wollte sie unbedingt sehen, also fuhren wir nach Mülheim, zehn Minuten, und wir standen vorm Theater an der Ruhr, wo die Vorführung außer der Reihe lief. In der Regie von Karl Grune, gedreht in Schwarz-Weiß auf fünfunddreißig Millimetern, dauerte der Film nur sechzig Minuten. Das Original war verschollen, aber sie hatten den Film zu zwei Dritteln rekonstruieren können, mit Hilfe zweier Kopien, einer deutschen und einer italienischen, wobei die italienische von Hand kolorierte Effekte aufwies.

Vorher waren wir nie zusammen im Kino gewesen, und es erstaunte mich, dass es jetzt ein Stummfilm sein sollte, ein Eifersuchtsdrama, das noch dazu unter Bergmännern spielte. Nicht ein einziges Mal hatte Séverine eine Neigung zum Revier erkennen lassen, vielmehr hatte sie, wenn überhaupt, darüber gelästert, sonst höchstens müde gelächelt. Im Stillen freute ich mich über das erwachte Interesse.

Der Film spielt in Oberhausen, sagte ich.

Nein, alles Kulisse, antwortete sie. Aber gut gemacht. Ein ganzes Bergwerk haben sie nachgebaut.

In einem Zwischentitel wird die Sankt Anton Hütte erwähnt. Wenn das nicht Oberhausen ist …

Damit spielen sie auf Sankt Antony an, die Wiege der Ruhrindustrie, so heißt es doch, oder? Dass hier die Wiege gestanden hat.

Oberhausen, sag ich ja, mit eindrucksvollen Schloten.

Gefaket, Paul. Nur ein Film.

Der Bergmann Thomas nimmt Marie bei sich auf. Geschwängert und dann sitzen gelassen, von ihrem Vater verstoßen, willigt sie in die Ehe ein; Thomas verspricht, für das Kind zu sorgen. Aber dann taucht George, ebenfalls Bergmann, wieder auf und versucht, Marie, die Mutter seines Kindes, erneut zu verführen. Argwöhnisch belauern die Männer einander. Im Bergwerk geht der eine auf den anderen los, Thomas ringt mit George, bis dieser von einer Brücke stürzt. Gleichzeitig kommt es zu einer Explosion im Stollen, Feuer lodert auf und breitet sich aus, Pferde rennen wild durcheinander, Arbeiter ergreifen die Flucht, in der Hoffnung, den Aufzug zu erreichen. Zu schwer, meldet der Maschinist, der Korb ist zu voll. Oben am Schacht drängen sich Frauen mit vor Angst geweiteten Augen und fürchten um ihre Männer. Marie aber will hinunter, sie schafft es, bis zu Thomas durchzudringen, trotz fortwährender Einstürze. Am Ende sind sie eingeschlossen, dazu noch ein Pferd. Der Rückweg ist versperrt, Grubenlampen drohen zu erlöschen, denn die Luft wird knapp, und so werden sie ohnmächtig, nicht mehr imstande, auf die Klopfzeichen des Suchtrupps zu reagieren. Das Pferd aber ist clever und scharrt mit den Hufen, dass Steinchen gegen die Stollenwand klackern. Dadurch erfährt der Suchtrupp, dass die Richtung stimmt, in die er sich mit Pickeln durchschlägt. Das Paar wird gerettet.

Mit der Hand wischte sich Séverine über die Augen. Ich tat, als hätte ich es nicht gesehen. Der andere Platz neben mir war frei geworden. Kaum dass George in die Tiefe gestürzt war, stand mein Nachbar, sich gebückt verrenkend, auf und verließ das Theater.

Die Pianistin verbeugte sich, das Publikum applaudierte.

Hast du die Einstürze gesehen?, fragte ich. Verstehst du jetzt, was ich meine?

Sie sagte: Wir haben einen Blick in den Orkus geworfen.

Als ich unter den Sitz griff, stellte ich fest, dass mein Rucksack nicht mehr da war. Ich fummelte zwischen Séverines Beinen herum, aber auch dort ertastete ich ihn nicht. Mein Rucksack war weg.

Liegt im Auto, glaub mir.

Nein, bestimmt nicht. Hab ich nicht vorhin meine Brille herausgenommen?

Die Brille trägst du im Gesicht.

Ja, aber der Rucksack ist weg.

An der Garderobe fragte ich nach, und obwohl ich nichts erhoffte, bekam ich sogleich meinen Rucksack zurück. Er sei von einem Gast abgegeben worden. Ich hatte meinen Sitznachbarn in Verdacht.

Geklaut, damit er ihn zurückgeben kann, sagte ich. Alles in allem nicht unfair.

Verständnislos blickte mich die Frau an der Garderobe an.

Draußen zog ich meine Zigaretten aus dem Rucksack, erleichtert, dass ich nicht plötzlich ohne dastand. Séverine wollte wissen, was meine Äußerung bedeutete, da ich doch selbst den Rucksack hinterlegt hätte.

Den Rucksack hab ich mit in den Saal genommen.

Im Auto wurde mir klar, dass ihr Interesse fürs Revier, für Schlagende Wetter oder was immer, nicht im Mindesten so erstaunlich war, wie ich gedacht hatte. Das sind unsere Wurzeln, sagte ich mir, und je länger wir sie verleugnen, desto stärker ziehen sie an uns, selbst an Séverine, die das reinste Hochdeutsch spricht, als wäre sie in Hannover aufgewachsen. Was mich allerdings erstaunte, war, dass sie jetzt, auf der kurzen Strecke nach Oberhausen, das Wort ergriff. Ich meine, sie fing an zu erzählen, es war, wenn ich mich nicht täusche, das erste Mal überhaupt, dass sie von sich und ihrer Herkunft erzählte, und sie hörte auch nicht damit auf, als wir auf den Hof des Solidarność einbogen, dann die Stufen zum Apartment hinaufstiegen, um uns, jeder eine Flasche Bier in der Hand, auf den Balkon zu setzen.

Séverine wäre, dachte ich, eine gute Partie. Sie kommt aus großbürgerlichem Haus, ihre Eltern haben Geld, und weil sie ein Einzelkind ist, wird sie all dieses Geld erben. Ich fragte mich, warum mir ihr Hintergrund nicht schon früher aufgefallen war, und gab mir zur Antwort: weil sie ihn vor mir verborgen hatte. Sie ging als nur irgendeine junge Frau aus dem Revier durch, wenn auch von ungewöhnlicher Attraktivität. Dabei kleidete sie sich nicht anders als andere in ihrem Alter, nie ausgesucht modisch, da war ihr selbst Lilith voraus; Markenklamotten schien sie nicht nötig zu haben. Und jetzt saß sie vor mir und trank Bier aus der Flasche. Habe ich gar nichts bemerkt? Dass sie noch nie in eine Straßenbahn gestiegen ist, hat mich natürlich überrascht, aber ohne dass ich weiter darüber nachgedacht hätte. Sie rufe ein Taxi, wenn sie wohin wolle, sagte sie einmal, na gut, dann eben ein Taxi. Damals wusste ich noch nichts von ihrem Sportwagen, einem Zweisitzer, der in der Garage ihrer Eltern für sie bereitstand. Vielleicht ließen ihre gemessenen Gesten etwas Vornehmes erkennen, denn im Vergleich zu ihr kam ich mir vor wie ein Gebärdendolmetscher, der alles, was er sagte, groß illustrierte, wie üblich unter Kollegen und generell in der Gegend. Ihr Vater, legte sie offen, sei ein hohes Tier bei Thyssenkrupp, ein Supermanager, der demnächst aus dem Konzern scheide, befreit davon, die Richtlinien aus jüngster Zeit länger mittragen zu müssen. Mein Vater, weißt du, sagte Séverine, hat ein Herz für die Menschen, die ihm anvertraut sind. Er will, dass es ihnen gutgeht.

Beim besten Willen konnte ich mir nicht vorstellen, dass ich zu ihr in den Sportwagen stiege. Sie hatte es auch nie angeboten. Wenn wir ein Auto nahmen, dann meines, immerhin mit einem Navi ausgestattet. Was wollte sie von mir? Warum ich? Wollte sie sich mit dem Proletariat verschwistern? Wollte sie, wenn sie schon nicht mit der Straßenbahn fuhr, einen Straßenbahnfahrer haben, der es ihr im Bett besorgte? War ich im Reigen ihrer Liebhaber nur der Proll, den sie ranließ, weil schon der Gedanke sie erregte? Diese Fragen hätte ich aufwerfen müssen, doch ich war zu mutlos. Gerne hätte ich Séverines Antwort gehört.

Hast du Germinal gelesen?, fragte sie.

Émile Zola? Jeder, der liest, hat Germinal gelesen, besonders im Revier, beteuerte ich. Dir fällt der Roman gerade ein, weil er im selben Milieu spielt wie der Stummfilm, sogar mit demselben Eifersuchtsdrama, zwei junge Bergmänner, eine sehr junge Frau, fast noch ein Kind.

Nicht deshalb, nein. Wegen der Einstürze. Erinnerst du dich? Sabotage lässt das ganze Bergwerk in sich zusammensinken, Wasser dringt ein und flutet die Stollen.

Du verstehst mich.

Sie sprach gern über Bücher, und sie kam auf Einzelheiten, die ich längst vergessen hatte. Germinal allerdings kannte ich in- und auswendig. Von vielem, was sie erwähnte, hatte ich noch nichts gehört, Zeitgenössisches, überwiegend von Frauen, ich sah ein, dass ich den Anschluss verloren hatte. Nie erblickte ich Séverine mit einem Buch in der Hand, obwohl sie unermüdlich zu lesen schien. In ihrer Wohnung stand kein Regal, ich erinnere mich nur an ein paar Bücher neben dem Bett, worauf sie eine Tasse für mich abstellte, als Aschenbecher. Wollte ich die Zigarette ausdrücken, musste ich hinunterlangen. Mit dem Wissen, über das ich neuerdings verfügte, stellte ich mir vor, dass ihr Zimmer im Haus der Eltern, aus dem sie geflohen war, vor Büchern überquoll. Ich glaube, sie schätzte an mir, dass ich literarisch beschlagen war, insofern hatte sich mein Studium gelohnt, allein wegen Séverine, selbst wenn meine kundigen Einlassungen das Bild vom sie erregenden DVG-Malocher beeinträchtigte, ja, letztlich zunichtemachte. Nach meiner Auffassung sprach sie auch deshalb so gern über Bücher, weil sie, solange sie darüber sprach, nicht über sich sprechen musste.

Um drei Uhr zwanzig, schrieb Zola, erschüttert ein erster Stoß die Erde, kurz darauf folgt ein zweiter, und der Menge entringt sich ein lang gedehnter Schrei. Das Siebwerk hat zweimal geschwankt und ist dann mit einem furchtbaren Krachen eingestürzt. Von diesem Augenblick an zittert die Erde unaufhörlich, Stöße folgen auf Stöße, unterirdische Einstürze, begleitet von einem dumpfen Grollen. Zola zufolge bellt der Hund in der Ferne nicht mehr, sondern stößt ein klagendes Geheul aus, als kündige er die Schwankungen der Erde an, die er kommen fühlt. Das Kesselhaus birst und verschwindet in der Tiefe, der viereckige Turm, in dem die Schöpfpumpe ächzt, fällt nach vorn zu Boden. Man sieht die Maschine, schrieb er, die zerrissen, mit ausgestreckten Gliedern auf ihrem Unterbau sitzt, gegen den Tod ankämpfen, sie setzt sich in Bewegung, streckt ihre Treibstange, wie um sich zu erheben, doch auch sie muss sterben, sie wird zermalmt und verschlungen. Nur der Schlot steht noch aufrecht, wenngleich geschüttelt wie ein Mast im Sturm, als er plötzlich mit einem Ruck gänzlich hinabfährt, von der Erde eingesogen, geschmolzen wie eine Riesenkerze. Der ganze Schacht ist vollständig im Abgrund versunken. Zola schrieb: Eine Stille des Entsetzens tritt ein, nichts mehr zu hören als der Sturz des Wassers, das in den Eingeweiden der Erde braust.

Verstehst du mich?

Sie nickte.

Der Roman, fügte ich, kurz innehaltend, hinzu, erzählt vom Zusammenhalt der streikenden Bergleute. Sie halten zusammen, wie sie in der Grube zusammenhalten, wenn einer von ihnen unter Trümmern verschüttet liegt. In der Grube haben sie gelernt, ihr Schicksal zu teilen. So steht es bei Zola, der …

Bei Zola steht aber auch, fiel mir Séverine ins Wort, dass Arbeiter leicht zu manipulieren sind. Dass sie sich mal der einen, mal der anderen Seite zuneigen. Dass du dich lieber nicht auf sie verlässt.

Zögernd stimmte ich zu.

Als sie die Stufen vom Balkon ins Apartment hinabstieg, steckte ich eine Zigarette an, die vierte oder fünfte, seit wir draußen saßen. Der Hof lag ruhig und dunkel unten, es war Sonntag, eine Stunde vor Mitternacht. Schneller als erwartet kehrte Séverine zurück, sie hatte meine Dienstjacke von der Garderobe genommen und übergezogen. Im Lehnstuhl krempelte sie die Ärmel auf, trotzdem wirkte sie wie von der Jacke verschluckt. In diesem Moment flüsterte sie eher, als dass sie sprach: Gestern habe sie Lilith getroffen.

Lilith sagte: Hallo.

Hi.

Erst lächelten beide verlegen, dann lachte Lilith so offen, dass Séverine mitlachen musste.

Hier bin ich noch nie gewesen, sagte Séverine.

Echt nicht? Alle sind hier. Was auch nervig sein kann. Willst du woanders hingehen?

Nein, schon okay.

Später gibt es ein Konzert. Tanzt du?

Warum nicht. Und du?

Klar, wenn die Musik gut ist.

Noch nicht viel los.

Das wird sich schnell ändern. Cocktail?

Was trinkst du?

Auf dem Balkon erzählte mir Séverine betont beiläufig davon, als gäbe es nichts Reizloseres, als meine Tochter zu treffen.

Habt ihr euch das Konzert angehört?, fragte ich sie.

Ja, sagte Séverine, ein gutes Konzert.

Hat Lilith getanzt?

Hat sie, ununterbrochen. Gute Musik.

Und du, hast du auch getanzt?

Beide haben wir getanzt, sogar miteinander.

Und sonst war nichts?, wollte ich wissen. Hat sie dir keine Fragen gestellt?

Welche Fragen?

Habt ihr nicht über mich gesprochen?

Lange sah sie mich an, ohne zu antworten, so lange, dass ich versucht war, meine Frage zu wiederholen. Aber ich beherrschte mich und ertrug das Schweigen.

Ist noch Bier im Kühlschrank?, fragte sie.

Für seinen Blog griff Yann Debatten im Netz auf, manchmal nur eine Nachricht, die er kommentierte oder richtigstellte, mit einer Unmenge von Links versah, Texten und Videos, die nicht selten dazu führten, dass die Nachricht sich in Luft auflöste. Seine Website Yin und Yann erforderte, wollte er nicht in Verzug geraten, ständige Pflege, sodass er Gefahr lief, seine Website Ruhrstraßenbahnen zu vernachlässigen. Um die ungleiche Behandlung halbwegs wettzumachen, brachte er immer wieder ein ganzes Wochenende auf, fuhr in die umliegenden Städte und nahm sich eine bislang missachtete Straßenbahnlinie vor; er suchte das Gespräch mit dem Fahrer und machte Fotos an der Endhaltestelle.

Mit der Zeit war Yin und Yann journalistischer geworden. Yann begnügte sich nicht mehr mit dem, was er im Netz fand, sondern holte selbst Informationen ein, aus erster Hand, wie er betonte, Vorträge, Konferenzen, Interviews. Er fühlte sich zunehmend als Reporter, der einem Redakteur Artikel anbot, und weil Reporter und Redakteur aus ein und derselben Person bestanden, wurden die Artikel sämtlich genommen. Die Betreuung der Websites zehrte seine Freizeit auf.

Plötzlich kam Yann die Idee, einen neurechten Politiker zu befragen, neurechts in Oberhausen mit Wahlkreisbüro und einem Mandat für den Bundestag. Einmal in den Kopf gesetzt, schwelte die Idee, wenngleich Yann ahnte, dass er sich damit in den eigenen Reihen nur Feinde machte, was offene Feindseligkeit befürchten ließ, mindestens einen Shitstorm. Aber er wollte die Front überschreiten, schon deshalb, weil ihm das Denken in Fronten von jeher verdächtig vorkam, für Menschen erdichtet, die es gerne bequem hatten. Ihm war bewusst, dass er ein Tabu verletzte, selbst wenn er sich kritisch distanziert näherte. Und dass er sich den Vorwurf einhandelte, seinen Blog für Äußerungen zur Verfügung zu stellen, die als inakzeptabel galten. Ich weiß ja nicht, was ich zu hören bekomme, dachte er, obwohl alle außer mir es längst zu wissen scheinen. Was aber wissen wir schon? Nichts, liebe Genossinnen und Genossen. Umgekehrt war er darüber unterrichtet, dass die Medien, wenn auch größtenteils unabsichtlich, der neurechten Propaganda zum Erfolg verholfen hatten. Und dass diese Propaganda weiterhin um Aufmerksamkeit buhlte. Er dachte, dass neurechts, ächz, ächz, unentwegt nach Medien lechzt.

Quer zur Marktstraße lag das Parteibüro ohne Hinweis auf die Partei. Eine am Haus angebrachte Tafel erwähnte nur den Namen des Bundestagsabgeordneten.

Yann fragte seinen Bruder Wolle, ob er ihn begleite.

Was willst du denn da?

Mal sehen, sagte Yann. Keine Ahnung, was dabei herauskommt. Aber vielleicht triffst du eher den Ton als ich. Vielleicht bringst du Kredetzky zum Reden.

Leck mich am Arsch.

Hast du sie nicht gewählt?

Leck mich.

Yanns per E-Mail gestellte Frage nach einem Interviewtermin blieb unbeantwortet. Er hatte, taktisch unklug, auf Yin und Yann verwiesen. Jetzt haben sie meinen Blog gelesen, dachte er, und verschanzen sich. Einen Anruf hielt er für zwecklos. So blieb ihm nichts anderes übrig, als das Parteibüro persönlich aufzusuchen. Unten, an der Haustür, klingelte er, kurz darauf ertönte der Summer. Als er die Stufen erklomm, hörte er eine Stimme im Treppenhaus singen, Horch, was kommt von draußen rein, hollahi, hollaho. Im ersten Stock stand der Sänger, in der offenen Tür zum Parteibüro. Yann dachte: Sie singen, sie geben sich volksnah.

Kommen Sie herein, sagte der Sänger, der nur kurz aufblickte, weil er einen kläffenden Hund bändigen musste.

Ein Tässchen Kaffee?

Hollahi, entfuhr es Yann.

Hollaho, lachte der Sänger.

Der Hund schnüffelte an Yanns Beinen und verlor das Interesse. An der Wand hing ein großes Plakat der Partei.

Nein, keinen Kaffee, danke, sagte Yann. Ich würde nur gern einen Termin vereinbaren, für ein Interview mit Herrn Kredetzky.

In diesem Augenblick trat ein junger Mann aus dem Nebenzimmer, um zu sehen, wer gekommen war. Der persönliche Referent des Abgeordneten, erklärte der

Sänger. Ein unmerkliches Nicken, dann zog sich der Referent zurück.

Gut zehn Jahre älter als Yann, zeigte der Sänger freundliche Züge in einem verlebten Gesicht. Ein Trinker?, überlegte Yann. Das Verlebte spricht nicht gegen ihn.

Bei fast allen Themen, gestand der Sänger, bin ich anderer Meinung als Herr Kredetzky.

Warum teilt er mir das mit?, fragte sich Yann.

Unsere Partei hat mehr als dreißigtausend Mitglieder. Wie viele Meinungen sind da wohl vertreten?

Yann spielte mit: mehr als dreißigtausend?

Treffer, freute sich der Sänger, Sie sind ein Experte.

Der Hund hatte sich auf den Boden gelegt, er senkte den Kopf auf die Pfoten.

Ein gäriger Haufen, fügte er Sänger hinzu. Haben Sie davon gehört?

Yann tat, als wüsste er von nichts, und schüttelte den Kopf.

Egal, sagte der Sänger, hollahi, hollaho. Worüber wollen Sie mit Herrn Kredetzky reden?

Yann antwortete, er sei Blogger, und skizzierte sein Anliegen.

Interessant, gab der Sänger zu. Aber warum muss es ausgerechnet Islamismus sein?

Jetzt wurde Yann klar, dass seine E-Mail zur Kenntnis genommen worden war. Denn Islamismus hatte er im Gespräch nicht erwähnt.

Wer heute nicht gegen Islamismus ist, sagte der Sänger, der hat die freiheitlich demokratische Grundordnung nicht verstanden.

Yann pflichtete bei und bat erneut um einen Termin mit dem Abgeordneten.

Also, da kann ich Ihnen leider keine großen Hoffnungen machen. Herr Kredetzky hat in Berlin alle Hände voll zu tun. Leben wir nicht in bewegten Zeiten? Eben. Aber ich werde es versuchen und melde mich dann bei Ihnen.

Yann kramte seine Karte hervor und schob sie über den Tisch. Als er sich erhob, sprang der Hund auf und kläffte.

Vergeblich wartete er auf Nachricht. Nachdem eine Woche vergangen war, stand er kurz davor, das Vorhaben abzubrechen, es würde ihm eh nur Ärger einbringen. Aber dann erwachte sein Trotz, so leicht wollte er sich nicht geschlagen geben. Er rief im Parteibüro an. Eine Stimme, die nicht dem Sänger gehörte, entschuldigte sich, dass alles länger dauerte als erhofft, und vertröstete ihn auf Ende der Woche. Eine Nachricht erhielt er nicht. In der Woche darauf wählte er die Nummer aufs Neue. Nun meldete sich die Stimme des Sängers, er bitte um Nachsicht, und ja, er habe das Anliegen vorgebracht, allein, der Abgeordnete sei so sehr beschäftigt, dass eine Entscheidung, ob ja, ob nein noch ausstehe. Nur mit Mühe konnte sich Yann zurückhalten, doch er blieb ruhig, denn er war auf den Sänger angewiesen. Wieder vergingen ein paar Tage, allmählich verlor er die Geduld. Nach der Arbeit schlug er spontan den Weg zum Parteibüro ein.

Horch, was kommt von draußen rein, hollahi, hollaho … Yann dachte, das ist ihr Konzept, der Sänger singt, und alles ist gut, gute Menschen in einer guten Partei, niemand muss fürchten, dass ihm auch nur ein Haar gekrümmt wird, niemand muss Angst haben. Wenn Medien Böses sagen über die gute Partei, dann trifft nur der Schluss zu, dass sie lügen wie gedruckt. Vielleicht aber, spann er den Gedanken fort, verhält es sich auch umgekehrt, der Sänger singt, weil er selber Angst hat, weil er nicht weiß, was von draußen hereinkommt, unangemeldeter Besuch, also besser, er ist auf der Hut. Der Sänger singt wie ein Mensch im Wald, damit ihm der Wald nicht zusetzt, er singt und singt, damit ihm das Treppenhaus keine Furcht einjagt, nicht die Furcht vor undeutlichen Schritten, die nach oben steigen, unaufhaltsam auf ihn zu. Yann kostete die Umstände aus und nahm langsam Stufe für Stufe, als legte er es darauf an, das vollständige Lied zu hören, und tatsächlich wurde der Sänger nicht müde zu trällern, so lange, bis Yann sein Gesicht hob und er ihn erkannte.

Der beißt nicht, sagte der Sänger und versuchte, wie beim ersten Mal, den kläffenden Hund zu beruhigen, er nahm ihn zwischen seine Beine und wollte ihm mit beiden Händen die Schnauze zudrücken, was misslang. Flüchtig schnüffelte der Hund an Yanns Schuhen und Beinen, und als er einen Bekannten identifizierte, ließ er ab und lief ihnen voraus ins Büro.

'n Käffchen?, fragte der Sänger.

Die Tür zum Zimmer des Referenten war geschlossen.

Warum nicht, antwortete Yann.

Leider, ja leider, sagte der Sänger und zuckte mit den Schultern. Es wird nichts draus.

Warum nicht?

Hab ich Ihnen Hoffnungen gemacht? Nein, hab ich nicht. Also, es wird nichts.

Was hat Herr Kredetzky gesagt?

Tja, dass eben nichts draus wird. Im Team haben wir das entschieden, im Team, also gemeinsam. Und jetzt ist es so.

Mit welcher Begründung?

Hab ich nicht bereits durchblicken lassen, dass Herr Kredetzky keine freie Minute hat, dass er restlos ausgelastet ist? Es fehlt die Zeit, leider. Unter uns gesagt, wir schaffen nicht mal die Hälfte von dem, was wir uns vornehmen. Keine Zeit, keine Zeit.

Es würde nicht länger als eine Stunde dauern.

Wie soll Herr Kredetzky eine ganze Stunde aufbringen, wo er doch nicht mal eine freie Minute hat. Denken Sie darüber nach, eine Frage der Logik. Und was hätten wir davon? Was hat Herr Kredetzky davon, wenn er sich Zeit für Sie nimmt? Schwer zu sagen, nicht wahr? Wir wissen ja nicht, was Sie daraus machen, wie Herr Kredetzky in Ihrem Blog rüberkommt.

Nein, sagte Yann. Kontrollieren können Sie meine Arbeit nicht. Wäre ja noch schöner.

Keiner will kontrollieren, behauptete der Sänger. Aber was haben wir davon?

Hollahi, hollaho.

Machen Sie sich über mich lustig? Das sollten Sie lieber bleiben lassen. Versetzen Sie sich in meine Lage. Also, da gibt es nichts zu lachen. In der Partei herrschen mehr als dreißigtausend Meinungen, jede Meinung herrscht für sich, und so weiß der eine nie, wo der andere hinläuft. Was heute gilt, ist morgen schon von gestern. Haben Politiker keinen Charakter? Nein, sie sind flexibel, sie müssen flexibel sein. Über ein Weltbild, wissen Sie, verfügen die Wenigsten, auch ich nicht. Aber ich höre nicht auf, alles zu hinterfragen. Ja, ich frage mich stets von Neuem, ob ich richtig liege.

Sie haben mich enttäuscht.

Als Yann aufstand, kläffte der Hund.

Tja, ich bin nicht Herr Kredetzky. Vielleicht hätte ich anders entschieden. Tut mir leid für Sie.

An der Tür bedankte sich der Sänger für das Interesse.

Yann sagte: Sie sind ein Feigling.

Der Sänger hob die Hand, erst abwehrend, dann winkte er zu dem von ihm angestimmten Gesang: O bello, ciao! bello, ciao! bello, ciao, ciao, ciao!

Auf der Treppe drehte sich Yann noch einmal um und sagte: Das ist ein antifaschistisches Lied.

Hab ich mich vertan?

Auf der Mailbox hatte Baran mehrere Nachrichten hinterlassen, er sprach gehetzt, immer nur ein paar Sätze, die letzte Mitteilung beschränkte sich auf ein Stöhnen, er war enttäuscht, weil er Yann nicht erreichen konnte.

Hey, wo steckst du? Läuft gut hier. Viele, viele sind da, viele mit Fahnen. Ruf mich zurück. – Warum rufst du nicht an? Gleich geht es los. Ich kann dir alles berichten, live aus Marxloh, haha. – Yann, ich fass es nicht. Geh doch ran, wenn ich mit dir sprechen will. Bis gleich. – Hörst du das? Hör mal. Hörst du das Geschrei? Weit sind wir nicht gekommen. Die Bullen haben den Zug gestoppt. Ruf mich an. – Boah, jetzt wird gedrückt … ich hätte nicht … boah, gegen die Bullen. Sie wollen uns nicht durchlassen. Ich … ich kann jetzt nicht … später. – Sag mal, pennst du? Zwei haben sie rausgezogen und abgeführt. Zwei von uns, kapierst du? Ich bin so was von … So ’ne Scheiße hier.

Er stöhnte ins Telefon.

Ursprünglich wollte Yann in Marxloh dabei sein. Aber dann verlegten sie die Demo auf Freitag, einen Tag früher, und er musste passen, weil er nicht freibekam. Halb so wild, tröstete ihn Baran. Wenn der Zug steht, ruf ich dich an und beschreib dir, was sich tut, die Menschen, die Fahnen, die Stimmung und alles. Ist das ein Wort?

Yann nickte, obwohl er fürchtete, das Gespräch während der Arbeit nicht annehmen zu können. Alles klar, sagte er.

Die Polizei war mit Mannschaftswagen aufgefahren, zwei davon blockierten die Straße, davor stellten sich Polizisten, einer neben den anderen, mit Schutzschilden vor der Brust. Von fern roch es nach etwas Verbranntem, das, obwohl es den Zug nicht betraf, eine feindselige Atmosphäre schuf. Versammelt hatten sich die Demonstranten vor dem kurdischen Kulturverein. Kaum dass sie sich in Bewegung setzten, wurden sie auch schon gestoppt; sie gelangten nicht weiter als bis zur nächsten Kreuzung. Vereinzelt stützten sich Anwohner auf die Fensterbank und schauten hinunter. Während der Zug sich staute, liefen Passanten in die entgegengesetzte Richtung, immer entlang der Häuser und offenbar unbeeindruckt. Baran glaubte eine Fahne der PKK zu erkennen, weiter hinten noch eine. Vorne, vor den Schutzschilden, verloren zwei Jugendliche die Nerven. Als sie von Polizisten gepackt und weggebracht wurden, tauchten die PKK-Fahnen in der Menge ab.

Lange harrte der Zug ohne Einbußen aus, lange Zeit angespannt, dann lockerten sich die Haltungen, die Gesichter hellten sich auf, Lachen war zu hören. Als die Ersten gingen, folgten bald darauf die Zweiten und Dritten, die Ansammlung zerstreute sich.

Baran!, rief ein Mann aus einem Fenster im ersten Stock, Baran! Glaub mir, ein Erfolg war das nicht.

Baran ging auf das Fenster zu und blickte hinauf. Den Mann erkannte er sofort wieder, hatten sie doch erst kürzlich zusammengesessen, bei Willi auf der Terrasse. Allerdings wusste er die fröhliche Miene nicht zu deuten. Wie viel Schadenfreude lag darin? Im Grunde fand er den Straßenbahnfahrer nicht unsympathisch, trotz seiner Ansichten.

Moin, Orhan. Hier wohnst du also.

Ja, und ich hab alles gesehen, auch die Fahnen der PKK. Seid ihr bescheuert? PKK heißt Terror. In der Türkei hätten sie euch alle verhaftet. Und du hättest Zeit zum Nachdenken gefunden. Die brauchst du nämlich, mein Lieber, du brauchst sehr viel Zeit.

Lass gut sein, Alter, sagte Baran. Wir sind hier nicht in der Türkei. Und deinen Rat brauch ich auch nicht.

Sag das nicht. Du siehst ja, wie weit ihr gekommen seid. Nicht weit, würde ich sagen.

Scheiße gelaufen, gab Baran zu. Demnächst müssen wir noch dafür demonstrieren, dass wir demonstrieren dürfen.

Orhan sagte: Selbst ihr Kurden müsst euch an die Regeln halten. Schon mal was von Anmeldung gehört? Eine Demo musst du anmelden.

Klar, sie war ja auch angemeldet, glaube ich.

Besser wäre, du würdest es wissen. Weißt du, was ich glaube? Ich glaube, dass ihr Kurden euch viel zu sehr aufspielt. Muss ja nicht sein, nicht in Duisburg. Schon der Kulturverein, hier, vor meiner Nase, ist mir zu viel.

Ach, komm, halt den Mund.

Den Mund soll ich halten?

Führt ja zu nichts. Oder soll ich jetzt die zweihundert türkischen Vereine in den Schmutz ziehen?

Orhan sagte: Die Türkei ist ein stolzes Land. Und was ist Kurdistan? Nichts, wenn du mich fragst, ein Hirngespinst. Kennst du dieses Wort?

Baran bebte vor Zorn und war drauf und dran, Orhan übel zu beschimpfen, er hätte es verdient. Doch dann schwenkte er, immer noch bebend, auf ein anderes Thema um, ganz so, wie er es in der taktischen Schulung gelernt hatte.

Hast du heute keinen Dienst?, fragte er.

Schon vorbei, gab Orhan zur Antwort, Frühschicht.

Wie war es?

Wie immer.

Ohne Gruß ließ ihn Baran am Fenster stehen.

Im Käfig saß die Schleiereule auf einem Ast, reglos wie eine Naturplastik, sodass die drei Frauen dachten, sie schlafe, während sie gleichzeitig davon überzeugt waren, dass die Eule sie anstarrte, das heißt, jede von ihnen dachte, dass die Eule sie anstarrte, Klara ebenso wie ihre Freundinnen Efia und Manuela. Ihr Gespräch war verstummt, sie wirkten wie hypnotisiert von den schwarzen Augen im Herzgesicht der Eule, und selbst das auf einem Baumstumpf vorbereitete Kükenhack nahm nichts von der Faszination. Nach einer Weile brach Klara das Schweigen: Die Eule würde gut zu uns passen, dann wären wir zu viert.

Im Kaisergarten wanderten Spaziergänger umher, ganze Familien, denn es war Sonntag. Kinder liefen ihren Eltern ins Tiergehege voraus, wo sie ihre Favoriten hatten, Luchse oder Rothirsche, Schweine, Schafe oder Ziegen. Vor der Schleiereule sammelten sich, weil die drei Frauen in gespannter Aufmerksamkeit verharrten, Menschen an und warteten darauf, dass etwas geschah; einige hielten die Frauen für ebenso interessant wie die Eule und wandten die Köpfe hin und her. Aber es tat sich nichts. Keine der Frauen ließ sich zu einer Äußerung herbei, die das Rätsel um die Eule gelöst hätte. Es fiel kein weiteres

Wort, nachdem Klara das Wesentliche gesagt hatte. Als sich die drei Frauen schließlich entfernten, sahen ihnen alle nach. Aber erst nachdem sie sich vergewissert hatten, dass die Eule unverändert auf dem Ast saß, gingen auch sie ihrer Wege.

Im Park suchten sich die drei eine Bank und ließen sich so nieder, dass Klara in der Mitte saß. Dieser Ausflug innerhalb der eigenen Stadt war ihre Idee gewesen, sie wollte die schwarze Efia, ihre beste Freundin, mit der weißen Manuela bekannt machen. Efia hatte sich für den Sonntag elegant angezogen, sie trug, weil Christin, eine Kette mit goldenem Kreuz um den Hals, während Klara und Manuela legere Kleidung bevorzugten. Zeitweilig sprachen sie Englisch, auf Englisch berichtete Manuela vom Erfolg ihrer Schülerin aus Kamerun, von Ona also, Mutter zweier Kinder, der es gelungen war, einen Job zu finden, um den sie alle beneideten.

Efia sagte: Kamerun ist nicht Ghana.

Weiter sagte sie nichts, als verstünde sich alles von selbst.

Während die drei Frauen auf der Bank saßen, zogen immer wieder Spaziergänger vorüber. Klara dachte, es tut gut zu sitzen, wenn du die ganze Woche im Laden stehst. Sie dachte, dass es Efia und Manuela genauso ging, die eine sorgte für eine große Familie, die andere stand tagein, tagaus vor der Klasse. Als ein älterer Mann in schnellen kurzen Schritten, beinahe tänzelnd, vorbeiging und sie schüchtern grüßte, wurden die Freundinnen neugierig.

Ein Kunde, sagte Klara.

Ein Kunde?

Ja, schon lange. Ein treuer Kunde.

Diskret, wie sie war, beließ sie es dabei.

Später folgten zwei junge Frauen, die, obwohl jede auf ihr Smartphone blickte, geübt einen Schritt vor den anderen setzten, ohne vom Weg abzukommen.

Hast du Kinder?

Wie kommst du darauf?, spottete Efia. Fünf habe ich, fünf Kinder, fast alle vom selben Mann, nur das fünfte hat einen anderen Vater. Mit dem Vater des fünften lebe ich seither zusammen. Allen ist er ein guter Vater.

Meine zwei sind längst aus dem Haus, ihr wisst ja, zwei Töchter, sagte Klara. Keine will den Laden übernehmen, dabei haben wir die ältere auf den Namen Lara taufen lassen, damit der Schriftzug auf dem Schaufenster auch für sie passt, wenigstens halbwegs, nur das K müsste weg, ist das zu viel verlangt? Laras Miederladen, wie findet ihr das? Aber so, wie die Dinge stehen, werde ich noch mit neunzig im Laden herumgeistern, weit und breit keine Nachfolgerin in Sicht, die Enkelin ist auch schon verloren. Meine beiden Töchter sind nicht im Revier geblieben, sie haben Männer von draußen geheiratet. Ich glaube, sie sind glücklich mit ihnen, und darum werden sie auch nicht zurückkehren.

Sie schnappte nach Luft, wieder der Reflex, den sie nicht beherrschte, doch weil er ihr an dieser Stelle zu dramatisch vorkam, wedelte sie mit der Hand, als wollte sie eine Fliege verscheuchen.

Genau wie bei mir, hakte Manuela ein. Mein Sohn hat sich für England entschieden, meine ältere Tochter vorerst für Kalifornien, und die jüngere, die noch zu Hause wohnt, will unbedingt nach Berlin. Zurück bleiben die Alten.

Quatsch, Manu, widersprach Efia. Da mach dir mal keine Sorgen. Meine fünf sind allesamt Kinder des

Reviers. Sie können sich gar nicht vorstellen, in einer anderen Gegend glücklich zu werden. Vielleicht geht eines nach Bochum, ein anderes nach Gelsenkirchen, und selbst wenn ein drittes nach Dortmund geht, brauch ich mich nur in die S-Bahn zu setzen, um es so schnell wie möglich zu sehen.

Klara lachte, dann sagte sie: Drei Töchter hast du, und nur eine von ihnen müsstest du so manipulieren, dass sie am Ende für Textilien schwärmt, besser gesagt, für Damenunterwäsche. Damit wäre die Zukunft meines Ladens gesichert.

Ich werde tun, was ich kann, my dear.

Ein Radfahrer näherte sich zu Fuß wie einer, der das Tempo wichtig nahm. Er trug einen Schutzhelm, ein Sportdress mit Startnummer und eine Radlerhose, die Füße steckten in Turnschuhen. Den Mund geöffnet, klopfte er sich unaufhörlich auf die Brust, auf die Stelle, wo sein Herz schlug. Schleunig war er wieder weg, ohne dass er die drei Frauen mit einem Blick bedacht hätte. Alle drei fragten sich, wo er sein Fahrrad gelassen hatte.

Es ist nie verkehrt, sich zu bewegen, sagte Klara. Wollen wir auf die Brücke?

Über den Kanal?

Noch nie bin ich über die Brücke gegangen, gestand Efia. Ihre Farben ziehen mich an, aber sie hat etwas Wildes, das mir Angst macht, Schleifen und Windungen. Der Herr sei uns gnädig.

Wie ein Seil, sagt man, locker übers Wasser geworfen.

Herr, erbarme dich.

Als Klara aufstand, zog Manuela mit und, nach kurzem Zögern, auch Efia. Bis zum Aufstieg war es nicht weit, und so folgten sie der gewundenen, stufenlosen Fährte nach oben, dem farblich wechselnden Kunststoffboden, von Blau nach Grün nach Orange nach Braun nach Gelb nach Schwarz nach Lila, jeweils nur ein paar Schritte von einem Ton zum anderen, der Boden federte leicht, was Klara für angenehm befand, so wie der elastische, von gelben Spänen gesprenkelte schwarze Gummi auf dem Spielplatz bei ihrem Laden, auf dem sie sich gerne die Füße vertrat. Die gesamte Brücke war von einer Spirale aus Aluminium umgeben, inspiriert von Spielzeug, der Spiralfeder, die selbständig eine Treppe hinabsteigen konnte. In zehn Metern Höhe überquerten sie den Kanal, nicht nebeneinander, was möglich gewesen wäre, sondern hintereinander, Klara an der Spitze, gefolgt von Manuela, und am Ende Efia, die sich, leicht im Rückstand, bemühte, den Anschluss nicht zu verlieren, wobei sie unentwegt Bibelsprüche murmelte, ohne sicher zu sein, ob es diejenigen waren, die sie retten würden.

Längst hätte ich die dritte Nacht einläuten sollen, aber noch heute befällt mich eine panische Angst, sobald ich nur daran denke. Na ja, vielleicht klingt das Wort panisch zu stark, wenngleich ich einräumen muss, dass es einfach nur Angst auch nicht trifft, denn mich befällt eine Angst von der Art, dass ich aufspringen und wegrennen will, insofern durchaus eine panische Angst, aber ich will mir nicht nachsagen lassen, dass ich unnötig übertreibe. Diese Angst jedenfalls steigt in mir auf, jetzt, da ich mich der dritten Nacht nähere, selbst wenn objektiv kein Grund dafür vorliegt, ich fühle mich sicher, so wie sich einer nur sicher fühlen kann, der, ungefragt und ohne Erwartungen erfüllen zu müssen, seine Geschichte erzählt, allein vor einem summenden Notebook sitzend, an der Zigarette ziehend, an der Bierdose nippend, alles so wie jeden Abend, da ich nichts anderes benötige.

Im Untergeschoss des Duisburger Hauptbahnhofs, wo früher ein Kiosk gewesen war, befand sich ein Pausenraum für Straßenbahnfahrer, der Pausenraum, muss ich sagen, denn einen anderen gab es nicht. Darin standen ein Colaautomat und ein Kaffeeautomat, also nichts, womit man angeben konnte. Immerhin diente dieser fensterlose Pausenraum als einer der letzten Raucherräume, und da fast alle bei uns rauchten, war er trotz seiner Schäbigkeit nicht unbeliebt. Sogar einen Kicker stellten sie dort auf, und anfangs kickerten wir auch bei jeder Gelegenheit, bloß aus dem geplanten Turnier wurde nichts, nachdem der Initiator beim Kickern an einem Herzinfarkt gestorben war. Wie gesagt, dort qualmten wir ordentlich, und im Gegensatz zum Kickern hielt sich das Qualmen, sodass jeder, der eintrat, mit den Armen durch die Schwaden fuhr, ehe er sich selbst eine anzündete. Mit der Zeit stellten wir fest, wie groß die Putzfrau war, weil sie die weißen Stützpfeiler immer nur bis zu einer gewissen Höhe abwischte; alles, was darüber lag, schimmerte bräunlich. Erst später kam die Idee auf, eine Leiter zu benutzen; von da an wirkten die Pfeiler jedes Mal wie neu.

Die Jüngeren am Tisch machten selten den Mund auf, aber sie lachten, wenn alle lachten. Es kam vor, dass einer der Älteren so lange redete, bis keiner mehr zuhörte, und sich, ehe er ging, für das gute Gespräch bedankte; alle grüßten, teils ohne aufzublicken, und klopften Asche von der Zigarette. Gewöhnlich jedoch tauschten wir uns über alles Mögliche aus, mal eher Dienstliches, mal eher nicht, je nachdem, was anlag. Hin und wieder klang an, dass jemand an seinem Job zu verzweifeln drohte, denn so einfach, wie viele dachten, war Straßenbahnfahren nicht, ständiges Stop-and-go, als würdest du mit dem Auto in der Rushhour fahren, und wenn du es zuließest, hattest du Stress mit dem Uhrzeiger, denn du fuhrst ja nach Fahrplan. So stand ein empfindsamer Fahrer schnell unter Druck, gut möglich, dass ihm auch noch die Fahrgäste zusetzten. Für mich spielten diese Zwänge keine Rolle, schon deshalb nicht, weil ich nicht wollte, dass sie eine Rolle spielten.

Unfälle beanspruchten viel Zeit, ich meine, Gesprächszeit während der Pause, und sie beanspruchten auch eine Menge Zigaretten, bis jeder begriff, was passiert war. Ich wunderte mich, warum sie ein ums andere Mal durchgekaut wurden, und hätte es lieber gehabt, wenn nicht. Zunächst saß immer wieder einer am Tisch, der die Geschichte noch nicht gehört hatte, also mussten wir ihn einweihen, aber selbst als alle auf dem Laufenden waren, gaben sie keine Ruhe, besonders der Fahrer, der den Unfall erlitten hatte, ob schuldig oder nicht schuldig, manchmal auch eine Fahrerin, fing immer wieder davon an, als gälte es, das Ereignis zu bewältigen, mangels eines Therapeuten mit Hilfe der Kollegen. Jedes Mal war ich froh, wenn die Sache durch war.

Lange hatte ich nur wenig beizutragen, zum Glück, sagte ich mir, weil ich schwer damit umgehen konnte. Das, was ich von fern oder auch von nah gesehen hatte, genügte, dass ich immer dann, wenn ich auf meiner Linie an dieser Stelle vorbeikam, den Kopf einzog, außerstande, das aufflackernde Schreckbild zu bannen. Lange blieb ich von Unfällen verschont. Selbst das Szenario, dessen Zeuge Anton geworden war, lief vor meinen Augen glimpflich ab, das gleiche Szenario, das bei ihm tödlich endete, löste sich bei mir in Erleichterung auf. Bus hält an, Person springt heraus und rennt, ohne nach links oder rechts zu schauen, über die Straße auf die Straßenbahn zu, Lkw erfasst sie. In meinem Fall war es eine Schülerin, die aus dem Bus stieg und die Straßenbahn an der Haltestelle erblickte. Wie blind rannte sie los, ohne auf den Lkw zu achten, dessen Fahrer zwar schnell reagierte, aber nicht verhindern konnte, dass er mit der Kühlerhaube das Mädchen anstieß, es stürzte hin, rappelte sich wieder auf, lief weiter und stieg zu mir in die Straßenbahn. Fahren Sie, fahren Sie doch, rief sie außer Atem, und ich sagte, nein, so geht das nicht, erst mal müssen wir den Lkw-Fahrer beruhigen, worauf sie mich anherrschte: Mann, ich muss zur Schule.

Nach Düsseldorf, auf der U79, fuhren wir mit zwei aneinandergekoppelten Bahnen, weil wir sonst die Leute nicht untergebracht hätten. Bevor ich losfuhr, blickte ich in den Rückspiegel, aber leider erblickte ich nie alles, darum verließ ich mich auf die Technik. Wenn die Türen nicht zu waren, leuchtete die Anzeige rot auf. Einmal versuchte ein Blinder zwischen den beiden Fahrzeugen einzusteigen und fiel zu Boden, ohne dass ich es bemerkt hatte. Aber wieder hatte ich Glück. Ein Fahrgast bekam es mit und stellte seinen Rucksack in die Tür, die Anzeige warnte mich, sodass ich stehen blieb. Dem Blinden fehlte nicht viel, nur eine Beule am Kopf.

Passiert halt, hieß es unter Kollegen, und mit demselben Passiert halt wurde einem in Umlauf gebrachten Gerücht begegnet, wonach eine Fahrerin eine hagere Person, deren Fuß in der Tür klemmte, hundert Meter mitgeschleift haben soll. In jedem Betrieb gingen solche Geschichten herum, überall wurde wenigstens einem

Fahrer nachgesagt, eine solche Schleifspur gezogen zu haben. Wirklich daran glauben konnte ich nicht.

Wer es nicht wusste, vermutete nicht, dass der Duisburger Hauptbahnhof unten, in seinen Eingeweiden, einen Pausenraum für Straßenbahnfahrer barg, einen Raucherraum noch dazu. Denn von außen deutete nichts darauf hin. Man hätte schon einen von uns beim Öffnen der Tür und Hineingehen beobachten müssen, aber selbst dann wäre niemand darauf gekommen, dass drinnen eine ganze Gruppe versammelt war. Dass dort Straßenbahnfahrer rauchten und einander das Neueste vom Tag erzählten. Dass einer, der das Wort ergriffen hatte, mit lauter Stimme weitersprach, damit nichts von dem, was er sagte, verloren ging, selbst wenn er inzwischen am Kaffeeautomaten stand und eine Münze einwarf, der Automat dunkel brummte und Kaffee in den Becher rieseln ließ. Dass ich lieber von einem Unfall hörte, als dass ich selbst von einem berichtete.

Ich hatte Spätdienst, als das Glück mich verließ.

Die Sonne war bereits untergegangen, als ich einer alten Frau, die auf die Straßenbahn zutrippelte, signalisierte, dass ich die Fahrt fortsetzen wollte. Leicht bremste ich ab, dann ließ ich es klingeln, und sie blieb stehen, ich löste die Bremse, damit die Bahn weiterrollte, doch in diesem Moment machte sie noch einen Schritt nach vorn.

An dieser Stelle waren die Gleise wie bei der Eisenbahn mit Schwellen ausgelegt, die im Bett etwas Platz schufen. Darin lag die alte Frau, was ich aber zunächst nicht wusste, weil ich sie nicht sehen konnte. Die Spitze der Bahn hatte sich über sie geschoben, und ich schickte ein Stoßgebet in den Himmel, dass ich sie nicht überrollt haben möge, denn die Achsen mit den Vorderrädern waren weiter hinten angebracht, etwa nach fünf Metern. Ich stand unter Schock, brachte es aber irgendwie fertig, über Funk einen Notfall zu melden. Erst verstanden sie nicht, worum es ging, weil ich mich unklar ausgedrückt, vielleicht sogar gestammelt hatte, also versuchte ich es erneut und brachte das furchtbare Wort vom Personenschaden über die Lippen. Binnen Minuten trafen Krankenwagen, Notarzt und die Werksfeuerwehr von Thyssen ein, die zufällig in der Nähe war. Und als wäre das alles nicht schon genug, landete kurz darauf ein Hubschrauber mitten auf der Straße. Da wurde es mir mulmig. Wie versteinert saß ich vor den Armaturen und traute mich nicht aus dem Wagen. Ich sah nach vorne hinaus, aber ich sah niemanden mehr, die alte Frau war verschwunden. Ich wusste ja, dass unter der Straßenbahn normalerweise nicht viel Platz war, und alles Übrige konnte ich mir ausmalen.

Von draußen riefen Leute, kommen Sie raus, hier liegt sie, und ich dachte, dass ich die alte Frau unter keinen Umständen sehen wollte, das wäre zu viel für mich. Während ich im Nachhinein, wenn ich an all das zurückdenke, nichts als panische Angst verspüre, also aufspringen und wegrennen will, klebte ich in der Situation selbst auf meinem Sitz fest, unfähig, die geringste Bewegung auszuführen. Von draußen rief jemand, keine Sorge, der Frau geht es gut. Darauf löste ich mich aus der Erstarrung und stieg aus, ich sah sie da unten liegen, zwischen den Schwellen, ohne einen Gedanken fassen zu können. Fahren Sie zurück, forderte mich jemand auf, dann holen wir sie herauf. Aber ich durfte nach einem Unfall die Bahn nicht mehr in Gang setzen. Und ich hätte es auch nicht gekonnt. Wenig später traf auch für mich Hilfe ein, ein Betreuer, beauftragt vom Betriebshof, der mir gut zuredete und mich nach Hause brachte. Mit der Straßenbahn übernahm ein Kollege die Linie, obendrein meine Schicht.

Auf dem Balkon rauchte ich mit dem Betreuer etliche Zigaretten, die Ruhe tat mir gut. Ich schlug einen unbeschwerten Ton an, weil ich nicht wollte, dass er länger blieb als nötig. Er sollte den Eindruck gewinnen, dass ich mich wieder gefangen hatte. Mir wurde allerdings bewusst, dass ich das Unbeschwerte übertrieb, sodass es gekünstelt und wie alkoholisiert klang, dadurch auffiel und erst recht Anlass zur Sorge gab. Darum mäßigte ich mich und versuchte, so alltäglich wie möglich zu wirken, so, wie der Betreuer mich kannte. Er steckte mir seine Visitenkarte zu, mit der Mobilnummer, ich könne ihn jederzeit anrufen. Als er gegangen war, stellte ich fest, dass ich ihm nichts zu trinken angeboten hatte. Ich beschloss, eine Flasche Wein zu kaufen.

Dann ging ich ins Bad und betrachtete im Spiegel mein Gesicht, ich untersuchte es auf Spuren des Schocks, den ich gerade erlitten hatte. Schon der erste Eindruck sagte mir, dass der Schock in meinen Zügen saß, und ich fragte mich, wie der Betreuer einen Menschen mit diesem Gesicht nur hatte alleinlassen können. Seit ich in dem Apartment wohnte, wusste der Spiegel alles über mich, er wusste auch, wie ich aussah, bevor ich mit der Spätschicht anfing. Dieses Gesicht hätte ich jetzt gerne wieder. Aber der Spiegel weigerte sich, es mir zurückzugeben, er zeigte nur diesen seltsam stumpfen Ausdruck, die eingefallenen Wangen, die glanzlosen Augen. Es hätte mich nicht gewundert, wäre mein Haar im Lauf der bangen Minuten weiß geworden wie das Haar der alten Frau unter der Straßenbahn.

Ich zog mich aus und ging ins Bett, und einen Moment lang glaubte ich, dass ich in einen tiefen Schlaf sinken, dass meine Erschöpfung mich schlafen lassen würde, bis ich wieder zu Kräften käme. Aber ich konnte nicht einschlafen, die ganze Nacht schlief ich nicht. Wieder und wieder ging ich in Gedanken das Vorgefallene durch, gleichsam mit allen Sinnen, ich spürte den dumpfen Schlag eines Körpers gegen die Bahn, ich sah, dass die alte Frau weg war, ich hörte das Knattern des Hubschraubers, dazu die Rufe von Menschen, die ich nie zuvor gesehen hatte, sie klopften sogar an die Scheiben, ich hatte den Geschmack von Kaffee und Zigarette auf der Zunge, und ich roch Schweiß und Pisse, als hätte ich mich eingenässt. Ich weiß, dass ich gerne geheult und gepisst hätte, aber das ließ der Schock nicht zu.

Lange nach Mitternacht überkam mich das Verlangen nach Gesellschaft. So knipste ich das Licht an und tastete nach der Karte des Betreuers, musterte sie und legte sie wieder weg. Ich überlegte, ob ich Mirek wecken könnte, er würde es mir nicht verübeln und wäre jetzt genau der Richtige, er würde eine Flasche Pan Tadeusz öffnen, und ich würde zur Ruhe kommen. Aber nein, nein. Oder Zuzanna? Auch nicht. Lass sie schlafen, sagte ich mir. Ich könnte zu Séverine gehen und so lange klingeln, bis sie mich hereinlässt, ihr Körper würde mir guttun, ihr Geruch, ihre Wärme. Sie müsste nicht viel sagen, bloß nah bei mir sein. Aber ich wollte das Apartment nicht verlassen. Zu guter Letzt fiel mir meine Frau ein, denn es gab eine Zeit, unzählige Jahre, um genau zu sein, da sie mit wenigen Worten alles einzurenken verstand, ihre Worte bräuchte ich jetzt. Sie könnte ich anrufen, dachte ich. Doch dann ließ ich es sein.

Danach stellten sie mich ein paar Tage vom Dienst frei, ein paar zusätzliche Tage ließ ich mich krankschreiben.

Ja, da ist er ja wieder, unser Paul, begrüßten mich die Kollegen im Raucherraum. Jetzt erzähl mal, was wirklich passiert ist. Ruhe, Kollegen, Paul hat das Wort, er hat alles mit eigenen Augen gesehen.

Aber ich wollte nicht darüber sprechen.

Ich sagte: Viel Lärm um nichts.

In den Tagen nach dem Unfall hatte ich große Lust, mit Séverine zu schlafen. Es war, als wollte ich dadurch ins Leben zurück. Ihr aber konnte ich nichts vormachen, sie merkte, wie bedrückt ich war.

Unvermittelt sagte sie: Die alte Frau lebt, es geht ihr gut.

Ja, erwiderte ich, sie hat Glück gehabt.

Auch du hast Glück gehabt.

Ja, du hast recht.

Sie sagte: Die alte Frau lebt, es geht ihr gut.

Worauf willst du hinaus?

Sprich mir nach, sagte sie: Die alte Frau lebt, es geht ihr gut.

Ich lachte, weil ich die Ernsthaftigkeit, mit der sie jede Silbe betonte, ulkig fand.

Sprich mir nach.

Widerwillig tat ich ihr den Gefallen: Die alte Frau lebt, es geht ihr gut.

Das ist alles, sagte Séverine. Und jetzt hör auf, dich zu quälen.

Als wir im Auto saßen, schwiegen wir, auf der Fahrt nach Duisburg, dann durch die Stadt, bis zu Florim und seinem Ristorante. Séverine sagte nichts, ich sagte nichts, als ginge es darum, die durch Sex entstandene Nähe mit keinem Wort anzutasten. Sie roch nach mir, ich roch nach ihr, und wenn ich sie ansah, erwiderte sie meinen Blick mit einem Lächeln. Sie lächelt für mich, dachte ich und bildete mir ein, dass alles andere in ihrem Leben gerade keine Bedeutung hatte.

Eine Stunde zuvor hatte sie unter mir gelegen, im Bett meines Apartments, und nach einem für ihre Verhältnisse ekstatisch punktierten Finale, bebende Körper, gebrochene Seufzer, Aufstöhnen, Schrei, gefolgt von unkontrollierten Zuckungen ihrer Schenkel, als verendete ein Tier, schloss sie die Augen, um sie kurz darauf wieder zu öffnen, mit Tränen, wodurch sie umso heller strahlten, und einem rätselhaft funkelnden Schimmer auf ihrer blauen Iris, der mir erst einmal an ihr aufgefallen war, ganz am Anfang, während unserer Begegnung auf der Marktstraße, kurz nachdem ich sie vor dem Schlund des Orkus gerettet hatte, so also funkelte sie mich wieder an, wobei ihr Gesicht nichts als Verwunderung verriet, ganz so, als würde sie mich nicht kennen.

Ich sagte: Jetzt hab ich dich.

Für den Moment, sagte sie.

Es war, wenigstens für meine Begriffe, alles andere als wilder Sex, wenn auch Sex, dessen Intensität ich vorher nie so erlebt hatte. Ich nahm mich zurück, stupste sie eher, als dass ich sie stieß, zeitweise bewegte ich mich kaum, reagierte allenfalls auf ihren Impuls, aber auch dann sachte, immer nur sachte. Ihre Lust war meine Lust. Und als ich spürte, wie sich langsam, aber unaufhaltsam eine Welle unter mir erhob, als ich mit ganzem Körper erfasste, dass diese Welle Séverine mitriss, schwanden mir fast die Sinne, und ich konnte nicht anders, als gefügig in ihr abzuspritzen. Mir war klar, dass auf dieser Höhe nichts Persönliches zählte, dass das weibliche Element schlicht das männliche verschlang, egal, auf welchen Namen es hörte. Insofern regte mich Séverines Äußerung nicht auf, für den Moment gehöre sie mir, denn sie hielt mir ihren Höhenrausch zugute, was ich, nach Lage der Dinge, als großzügig empfand.

Obwohl ich im Auto oft Radio hörte, spielte keine Musik. Denn auch Musik hätte jetzt nur gestört. Ich mochte es, wenn Séverine, noch im Bann ihrer ausgekosteten Lust, mit mir sprach, weil ihre Stimme dann zart und fragil klang, höher als gewohnt. Aber es kam ihr nichts über die Lippen. Zum Essen hatten wir uns mit Jesus verabredet, das erste Mal, dass ich sie einem meiner Freunde vorstellte, denn keiner sonst wusste von ihr, wenngleich einige längst etwas ahnten, allen voran Mirek und Zuzanna, weil sie mich im Hof mit Séverine gesehen hatten oder ihnen aufgefallen war, dass eine junge Frau den Aufgang zum Apartment nahm. Mirek behandelte die Angelegenheit mit Diskretion, vielleicht auch weil er Séverine für meine Tochter hielt, während Zuzanna mit weiblicher Intuition spürte, dass mehr dahintersteckte, und fortan öfter schmunzelte, wenn sie mich sah, nicht spöttisch, aber doch so, dass ich hätte erröten können, was mir aber schon lange nicht mehr passiert war. Kürzlich hatte ich Jesus mit einer unmissverständlichen Andeutung eingeweiht, worauf er sich freute wie ein Kind, in meiner Vorstellung sogar in die Hände klatschte, was er aber nicht tat, und sogleich ein gemeinsames Essen vorschlug, bei Florim in Duisburg, einem Edelitaliener, wie er betonte. Florim sei der Sohn jenes albanischen Pizzabäckers, der ihm früher, während der Spätschicht, gern eine Pizza gebracht hatte, frisch gebacken und noch warm in die Straßenbahn. Der Sohn, sagte Jesus, habe es weit gebracht. In seiner Pizzeria verkehrten Promis und Politiker, aber auch Leute wie du und ich.

Buona sera, grüßte ein Kellner vor der Tür, und kaum, dass ich mit Séverine das Lokal betrat, flogen uns weitere Grüße zu, buona sera, buona sera. Alle Tische waren festlich eingedeckt und größtenteils besetzt. An der Wand hing ein großer Spiegel, der eine souverän lächelnde Séverine zeigte, die sich über die Schulter nach mir umblickte. Den Spiegel umgaben unzählige gerahmte Schwarz-Weiß-Fotos, mit stets demselben Florim, wie er mit Gästen posierte, Hannelore Kraft, ein paar Fußballer, Sami Khedira, Herbert Reul gut gelaunt, sogar Steinmeier, drei unbekannte junge Frauen, Grönemeyer gut gelaunt, ein langhaariger Künstler, dessen Name mir nicht einfiel, und seine Mutter, Florim zwischen den beiden. Aus der Ecke winkte uns Jesus zu sich.

Er stand auf und griff, sich verneigend, nach Séverines schmalen Fingern, um, gegen die Etikette, einen Kuss auf ihre Hand zu schmatzen; sie ließ es geschehen. Ich gab ihr eine Serviette. Dann klopfte er mir auf die Schulter, ohne Séverine aus den Augen zu lassen.

Genau so, sagte Jesus, hab ich dich mir vorgestellt, eine weiße Elfe mit roten Haaren.

Trifft auch umgekehrt zu, behauptete sie. Jesus muss so ausgesehen haben wie du.

Ja, lachte Jesus, wäre er älter geworden, bestimmt. Aber hätten sie ihn in meinem Alter noch ans Kreuz genagelt?

Auch im Rücken von Jesus hingen Schwarz-Weiß-Fotos, in größeren Formaten als die vorherigen und sämtlich ohne Florim, was darauf hindeutete, dass keiner der Stars je in seinem Lokal gewesen war, Gina Lollobrigida, Ronald Reagan, Marilyn Monroe, Penelope Cruz, Madonna, Humphrey Bogart, Brigitte Bardot, Prince, Hildegard Knef, Michael Jackson und eine ganze Reihe von Persönlichkeiten, die mir zwar bekannt vorkamen, aber deren Namen ich im Augenblick nicht parat hatte. Heraus stach ein Porträt von Mutter Teresa.

In italienischen Lokalen ging es, selbst wenn sie der gehobenen Kategorie angehörten, laut und lebhaft zu. Beim Edelitaliener kam keine Andacht auf, auch vor den erlesensten Speisen nicht. Immer wieder riefen die Kellner einander beim Namen, oft quer durchs Lokal, Giorgio, Francesco, Luigi. Und sie bewegten sich gewandt, fast geschmeidig von Tisch zu Tisch, füllten Wein in die Gläser, streuten, eine Mühle in den Händen, Pfeffer über die Gerichte, tänzelten von einem zum anderen, jeder Auftritt ein Gegenentwurf zum Wiener Kaffeehauskellner.

Giorgio, Francesco, Luigi, so heißen sie nicht wirklich, sagte Jesus. Jeder griff nach so einem Namen, um als Italiener durchzugehen. Haben sie euch nicht mit Buona sera begrüßt? Das gehört zum Spiel. Im ganzen Lokal gibt es keinen einzigen Italiener, nicht mal in der Küche, wo typisch italienische Gerichte zubereitet werden. Giorgio, Francesco und Luigi heißen eigentlich Altin, Rifat und Besim.

Und wer steckt hinter Florim?, fragte ich.

Florim ist Florim. Er hat seinen Namen behalten. Warum? Ich weiß es nicht. Er stammt aus Kosovo, wie fast alle, die hier arbeiten, alles Albaner, zwei oder drei sind aus Albanien selbst zugewandert.

Séverine fragte: was heißt Buona sera auf Albanisch?

Mirëmbrema, gab Jesus zur Antwort. Aber mehr kann ich nicht, höchstens noch Gëzuar, das heißt Prost.

Gëzuar!

Mit Weingläsern stießen wir an, es klirrte heller als gewollt. Die Vorspeise war so reichhaltig, dass ich dachte, ich sei satt. Kurz darauf kam der Fisch.

Als Florim an den Tisch trat, legte Jesus das Besteck weg, stand auf und umarmte ihn.

Séverine sagte: Mirëmbrema.

Guten Abend, schöne Frau, schmeichelte er. Schmeckt es gut?

Wir alle nickten schwer und immer wieder, damit Florim uns glaubte.

Wie geht es dem Vater?, wollte Jesus wissen.

Vater geht es gut, entgegnete Florim. Du weißt ja, er ist wieder zu Hause, in Peja, und wieder zu Hause zu sein ist gut. Aber glücklich, sagt er, ist er nicht. Er will, dass wir alle zurückkommen, die ganze Familie, ich, meine Brüder, meine Schwestern. Aber wie soll das gehen? In Kosovo würden wir keine Arbeit finden.

An Séverine gewandt, erzählte Jesus von der Pizza, die ihm der Vater von Florim jedes Mal in die Hand gedrückt hatte, ihm, dem Fahrer der Straßenbahn.

Warum kocht ihr nicht auf Albanisch?, fragte ich. Warum heißt es Bei Matteo, wo es doch Bei Florim heißen müsste?

Viele nennen mich Matteo, sagte Florim, den Neuen Matteo.

Ja, schöner Name, aber Florim klingt auch gut.

Die Deutschen lieben italienische Küche, Pizza und Pasta und alles. Sie würden nicht albanisch essen gehen. Und mit Kosovo würden wir sie nur erschrecken. Was haben sie schon von Kosovo gehört? Nicht viel Gutes, fürchte ich. Was fällt der schönen Frau zu Kosovo ein?

Séverine sagte: Rita Ora.

Bravo.

Mit Wohlgefallen musterte Florim die weiße Elfe. Ungelenk ging ich dazwischen, indem ich mit dem Finger auf ein Foto an der Wand deutete: Ich hab Mutter Teresa entdeckt.

Jesus drehte sich um.

Ja, unsere Heilige, eine Albanerin, lächelte Florim, gleich neben Gina Lollobrigida. Gut, dass sie Ihnen aufgefallen ist. Der Rest ist Komödie.

Damit zog er sich zurück.

Jesus erläuterte, dass Florim mit nichts als seinen Händen in Duisburg angefangen, dass er sich in der Küche eines italienischen Restaurants die gängigen Rezepte, dazu ein paar Geheimnisse angeeignet habe. Nach dem Tod des Wirts habe er alles übernommen; kurz darauf aber sei er, mangels Erfahrung im Geschäft, pleitegegangen. Erst der zweite Anlauf sei ihm geglückt, hier Bei Matteo, dem Neuen Matteo oder, genauer, Nuovo Matteo, wie das Lokal heiße, seitdem die Wirtsfamilie nach Italien zurückgekehrt sei, das Lokal von Florim. Von Anfang an sei es gut, mit der Zeit immer besser gelaufen. Mittlerweile besitze Florim ein zweites italienisches Restaurant in Moers, Albanern im Revier gebe er gute Arbeit.

Mir entging nicht, wie aufmerksam Séverine dieser Schilderung folgte, und ich überlegte, ob ihr der jungenhaft wirkende Florim in seinem gestärkten weißen Hemd gefiel. Ich verwarf den Gedanken, weil es ein Gedanke war, der mich immer wieder und also zu oft belästigte.

Hielt ich sie für ein Flittchen? Eins von der edlen Sorte für den Edelitaliener? Kann schon sein, aber lassen wir das.

Am Nebentisch saß eine Gruppe von Männern, die untereinander Albanisch sprachen, jedenfalls hörte es sich so an, und Italienisch war es nicht. Einer in der Runde führte das Wort, breitbeinig und mit protzendem Gehabe, und sobald sich ein anderer einmischte, griff er diese Gebärden auf, kam bullig aus der Deckung und stützte sich mit den Ellbogen auf den Tisch. Jesus war meinem Blick gefolgt. Mit diesen Leuten, merkte er sachlich an, macht er sein Geld.

Als Florim die Ausweisung drohte, fuhr Jesus mit der Geschichte des Neuen Matteo fort, heiratete er eine deutsche Frau, aus Liebe, wie er sagt. Leider ist die Liebe und damit die Ehe zu Bruch gegangen, nach zwei oder drei Jahren. Aber Florim hatte jetzt einen deutschen Pass und brauchte sich um eine Arbeitserlaubnis nicht zu sorgen.

Glückspilz, sagte ich.

Ja, aber er muss sich sein Glück hart erarbeiten. Fast jeden Tag steht er im Lokal, mal hier, mal in Moers. Und zu Hause wartet das Büro auf ihn.

Niemand sonst?, fragte Séverine.

Klar doch, seine Frau. Florim hat wieder geheiratet und eine Familie gegründet, zwei oder drei Kinder.

Séverine beugte sich herüber, damit ich ihr einen Kuss gab. Noch immer roch sie nach Sex. Sie fragte: Wo genau liegt Kosovo?

Ihr Turteltäubchen, sagte Jesus. Wenn ich euch so sehe, würde ich am liebsten wieder von vorne anfangen, die Zeit zurückdrehen und wieder jung und tatendurstig und ungerecht sein. Einer Elfe nachstellen, warum nicht? Aber das ist alles vorbei.

Du bist nur so alt, wie du dich fühlst, wollte Séverine ihn trösten, aber dieser Satz, schon so oft gehört, brachte keinen Trost, nur Überdruss und Bitterkeit.

Ich bin alt, sagte Jesus wie erwartet. Und ich fühle mich auch so. Ein bisschen, Paul, beneide ich dich um dein unverschämt gutes Aussehen. Séverine hat dich verjüngt. Ich meine, so eine Frau …

In diesem Moment kehrte Florim zurück, mit einem Fotografen im Schlepp, der einen alten Apparat, bestimmt analog und mit einem Schwarz-Weiß-Film versehen, umgehängt hatte. Florim ließ sich mit uns fotografieren, den Straßenbahnfahrern und der rothaarigen Elfe. Danach bat er höflich um ein Extrafoto von sich und der strahlenden Séverine. Sogleich wurde mir klar, dass es nur um dieses Extrafoto ging. Dass das Extrafoto über kurz oder lang die Wand zieren würde, wie schon Steinmeier und Khedira und Meese, genau, so hieß der langhaarige Künstler. Und dass wir Straßenbahnfahrer das Nachsehen haben würden, aber vielleicht täuschte ich mich, plötzlich war ich sicher, dass ich mich täuschte.

Zum Dank gab Florim eine Runde Raki aus, eine Runde oder zwei oder drei Runden, er stellte eine volle Flasche auf den Tisch, selbstgebrannten Raki aus Rahovec, den die Getränkekarte nicht führte, logisch, denn er hätte die Tarnung Italien aufgehoben. Gëzuar!, riefen wir fast gleichzeitig aus und fühlten uns gut dabei.

Als die Rechnung auf dem Tisch lag, taten Jesus und ich, als ob nichts wäre. Doch Séverine hatte bemerkt, dass wir beide erschrocken waren. Wir hatten wie Gott in Kosovo gespeist oder eben wie Gott in Italien. Die Rechnung überstieg die kühnste Befürchtung.

Séverine sagte: Ihr seid meine Gäste, ich bezahle.

Das geht nicht, entfuhr es uns.

Das geht, sagte sie. Macht euch darüber keine Gedanken.

Kurz darauf warf sie ihre Kreditkarte auf den Tisch.

Auf dem Bahnsteig ging Yann auf die nächste Treppe zu und stieg in langsamen Schritten die Stufen hinunter, dann durchquerte er die Passage unter den Gleisen Richtung Innenstadt. Der Platz vor dem Duisburger Hauptbahnhof glänzte vor Nässe, aber der Regen hatte nachgelassen. Es war noch Zeit, darum zündete er eine Zigarette an und schlenderte am Gebäude entlang, bis er fertig geraucht hatte. Erst in dem Augenblick kam ihm der Gedanke, nach den Straßenbahnen zu sehen, die auf diesem Abschnitt unter der Erde fuhren. War noch Zeit? Wieder nahm er Stufen abwärts, stieg auf die Rolltreppe, fuhr hinunter. Er hatte Glück, denn als eine Bahn ausfuhr, fuhr eine andere ein, und auf dem Gleis gegenüber herrschte nicht weniger Verkehr. In aller Ruhe mischte er sich unter die Menschen. Wenn es zu sehr wimmelte, blieb er stehen, selbst wenn er dadurch riskierte, dass sie ihn anrempelten. Näherte sich eine Bahn, grüßte er den Fahrer, ohne dass der Fahrer den Gruß erwiderte, einmal eine Fahrerin, die grüßte zurück. Nachdem sich die Bahn wieder in Bewegung gesetzt hatte, um die Station zu verlassen, blickte er ihr nach, bis sie im Tunnel verschwand, doch selbst dann wandte er sich noch nicht ab, sondern starrte in das schwarze Loch und horchte auf das verklingende Fahrgeräusch, das markante Schleifen von Rädern auf Schienen.

Yann wollte nicht zu spät kommen. Als er feststellte, dass alles reibungslos lief, löste er sich von den Straßenbahnen und kehrte nach oben zurück. Im Stillen rechnete er damit, dass die Verabredung platzte, nachdem er schon in Oberhausen am Misstrauen der Neurechten gescheitert war. Misstrauisch sind sie ja zu Recht, gestand er zu. Doch dann hatte ein Duisburger Politiker derselben Partei dem Interview überraschend zugestimmt, er war Ratsherr, einer von zweien im Stadtparlament. Und weil er nur ein Stündchen übrig hatte, anschließend den Zug nehmen musste, kamen sie überein, einander im Hauptbahnhof zu treffen, in der Passage unter den Gleisen, im Starbucks, wo niemand länger blieb als nötig. Der Politiker hieß Charles Maruyama, ein Name, den Yann schwer mit neurechts und deutschnational in Einklang brachte.

Es war kurz vor zehn am Vormittag, ein grauer Tag, im Augenblick ohne Regen.

Am Rand der Passage stand ein Pärchen, beide mittleren Alters und allenfalls mittelgroß. Yann war schon fast vorüber, als der Mann ihm zurief: Yin und Yann?

Yann nickte und ging auf sie zu, erst gab er der Frau, dann dem Mann die Hand. Die Frau sah asiatisch aus.

Meine Frau stammt aus Thailand, sagte Maruyama. Vor Kurzem haben wir geheiratet. Ich hoffe, es stört Sie nicht, wenn sie uns begleitet.

Yann erwog, ob er gerade listiger neurechter Propaganda aufsaß. Aber er verwarf den Gedanken, denn die Gesichter wirkten offen und wiesen nichts Hinterhältiges auf. Statt zu grübeln, richtete er sich zu voller Größe auf, ein Hüne im Vergleich zu den beiden. Auch Maruyama trug asiatische Züge, wenn auch nicht dominant ausgeprägt.

Bin ja echt froh, lachte er, dass Sie nicht mit ihren Freunden von der Antifa angerückt sind. Die würden uns glatt verprügeln, haha.

Yann begriff, dass Maruyama Auskünfte über ihn eingeholt hatte, er sagte: Es geht um ein Interview.

So ist es.

Im Starbucks bestellten sie Getränke an der Theke und nahmen sie mit an den Tisch. Die Frau des Politikers sprach kein Deutsch, ein paar Floskeln auf Englisch, dann lehnte sie sich zurück und versank in den Anblick ihres Handys. Das Café hatte nur wenige Gäste, am benachbarten Tisch saß ein alter Mann und blätterte in einer Zeitschrift.

Wie sind Sie zu Ihrem Namen gekommen?, fragte Yann.

Ach, der Name, lachte Maruyama. Ganz einfach, mein Vater ist Amerikaner japanischer Abstammung, darum Charles, darum Maruyama. Als Soldat ist er mit der US-Armee nach Deutschland gelangt, hier hat er meine Mutter kennengelernt, und ich bin das Produkt dieses Zusammentreffens.

Offenbar hat Ihre Partei Angst, mit Leuten zu sprechen, die nicht auf ihrer Linie sind.

Ich habe keine Angst.

In Oberhausen wurde mir das Gespräch verweigert, trotz mehrmaliger Anfragen. Das ist, finde ich, bemerkenswert für eine Partei, die mit allen Mitteln hoch hinaus will. Wovor haben Sie Angst?

Wie gesagt, ich habe keine Angst, wiederholte Maruyama. Sonst säßen wir ja nicht hier, haha. In Oberhausen hat die Partei, müssen Sie wissen, übelste Erfahrungen gemacht. Wenn da einige von uns öffentlich auftreten, sind sie in Nullkommanix von zwanzig Leuten umringt, die nicht nur damit drohen, gewalttätig zu werden, sie werden es auch. Hab ich selbst so erlebt. Eines unserer

Mitglieder wohnt dort Haus an Haus mit einem Linksradikalen. Eines Tages kam dieser Nachbar herüber und sagte, pass mal auf, ich bin bei der Antifa, ich tu dir nichts, weil wir uns kennen und ich persönlich nichts gegen dich habe. Dann legte er sein Messer auf den Tisch. Aber für meine Kumpels kann ich nicht garantieren. Die rammen dir ein Messer in den Bauch. Das ist der Umgangston in Oberhausen. Ich weiß, dass auch Sie bei der Antifa sind.

Korrekt, sagte Yann. Weil mir der neurechte, oder besser, rechtsradikale, weil mir der neufaschistische Umgangston in der Gesellschaft nicht passt, uns allen nicht. Weil wir nicht zulassen wollen, dass Menschen, die nicht wie traditionelle Deutsche aussehen, auf der Straße überfallen werden. Oder ein Flüchtlingsheim von Faschos angegriffen wird.

Maruyama sagte: Dafür habe auch ich kein Verständnis, das geht entschieden zu weit.

Aber ich will nicht mit Ihnen diskutieren, stellte Yann klar, zumindest nicht heute. Ich will hören, was Sie zu sagen haben.

Gerade noch hatte er sich bremsen können. Ließe er sich abermals gehen, würde das Interview scheitern. Und er hätte sich vergeblich darum bemüht.

Ja, gut, dass wir miteinander reden, meinte Maruyama. Wo gibt es das noch? Dass einer von der Antifa mit einem von uns spricht. Lieber sprechen die Fäuste, oder? Haha, haha.

Meine Hände liegen auf dem Tisch.

Jaja, schon gut. Dann fuhr er fort: Auch bei uns in Duisburg ist das Wahlkreisbüro mit Steinen und Farbbeuteln beworfen worden, nein, nicht mit Beuteln, ihr nehmt dazu ja so Gurkengläser und füllt sie mit Farbe, ihr schmeißt sie durchs Fenster, damit sie drinnen aufschlagen und zerspringen. Sah wüst aus.

Yann sagte: In Oberhausen ist das Büro nicht mit dem Namen der Partei gekennzeichnet.

Bei uns auch nicht, fuhr Maruyama fort. Und wie Sie sehen, aus gutem Grund. Aber alle wissen, wo wir sind, das weiß man. Und wenn Linksradikale zuschlagen, wird gewöhnlich ein Auge zugedrückt, denn der Anschlag richtet sich ja gegen die Bösen. Ist es nicht so? Plötzlich gilt Gewalt als legitim, überhaupt kein Thema, weil sie gegen Leute wie uns gerichtet ist, völlig in Ordnung, dass wir eins auf die Schnauze kriegen. Und wissen Sie, was? Ich denke da an meine Großeltern, die unterm Nationalsozialismus verfolgt worden sind. Damals dachten die Übeltäter auch, dass sie zu den Guten gehörten. Und dass sie nichts zu befürchten hatten, wenn sie die Bösen jagten.

Dieser Vergleich hinkt, warf Yann ein. Das muss Ihnen klar sein.

So sehr hinkt er nun auch wieder nicht.

Sind Sie einmal persönlich angegriffen worden, ich meine, tätlich?

Ja, zweimal, zwei körperliche Angriffe. Aber ich kann Kampfsport, ich bin gut trainiert. Da soll mal ruhig einer kommen. Ich weiß, was ich kann. Und soll er ruhig zeigen, was er kann. Dann werden wir schon sehen. Aber klar, du musst robust sein, du darfst keine Angst haben. Jedes Mal, wenn wir einen Infostand errichten, wird es brenzlig. Da passiert es, dass sich Leute zusammenrotten und alles kurz und klein schlagen, auch uns persönlich attackieren. Einer von denen boxt mir in den Magen und versucht zu fliehen, aber zwei türkische Mitbürger schnappen ihn und halten ihn fest. Ein Witz, oder? Zwei Türken, haha. Vor

Gericht aber ist dem Angreifer nicht viel geschehen. Ich will es nicht Kuscheljustiz nennen, aber schon ungefähr so. Er ist mit einem blauen Auge davongekommen. Dabei hätte er eingesperrt gehört.

Auf wie viele Leute können Sie zählen?

Wollen Sie mich aushorchen?, fragte Maruyama. Ehrlich gesagt, ich weiß nicht, was ich Ihnen anvertrauen kann. Ich habe ja keine Ahnung, was Sie aus dem Interview machen.

Das hat Ihr Parteifreund in Oberhausen auch gesagt. Sie sind also doch nicht so mutig, wie Sie vorgeben.

Was heißt mutig? Jedenfalls habe ich keine Angst. Ist ja alles kein Geheimnis.

Also?

Wie gesagt, kein Geheimnis.

Fast unbemerkt hatte sich Maruyamas Frau, die Thailänderin, entfernt. Jetzt kam sie an den Tisch zurück und beklagte, dass die Toiletten verschlossen seien. Den Code müssen Sie eingeben, griff der alte Mann vom benachbarten Tisch ein, vierstellig, zwei, sechs, sechs, sechs. Sie drehten sich nach ihm um. Als er das verwirrte Gesicht der Thailänderin erblickte, wiederholte er die Nummern auf Englisch, two, six, six, six. Maruyama führte seine Frau vor die Toilettentür und tippte den Code ein. Yann hörte es surren, dann klacken. Zum Dank nickte er dem Alten zu.

In Duisburg kenne ich mich ganz gut aus, sagte Yann. Auch die Probleme sind mir vertraut. Wie aber sehen Sie die Stadt? Was läuft falsch?

Sofort sticht ins Auge, aber darauf muss ich Sie nicht eigens hinweisen, sagte Maruyama, dass sich von einem Jahr aufs andere plötzlich fünftausend Roma eingenistet haben, aus Rumänien oder Bulgarien, was weiß ich, ganze Straßenzüge haben sie in Beschlag genommen, und jetzt tun sie so, als wären es ihre Straßen. An manchen Ecken stehen dreißig, vierzig Leute herum. Immer wieder passiert dann auch etwas, hässliche Sachen, Straftaten. An einer Haltestelle ist jemand durchs Glas getreten worden, alles voll Blut, er musste mit Schnittwunden ins Krankenhaus gebracht werden. Massenschlägereien, Messerstechereien, Kriminalität ohne Ende. Aber das brauche ich Ihnen nicht zu erzählen. In der Straßenbahn hast du Leute, die alle zwanzig Sekunden auf den Boden spucken, und wenn du etwas dagegen sagst, dann riskierst du, dass sie dich verprügeln. Hab ich selbst so erlebt. Bin gerade noch rechtzeitig raus.

In der Straßenbahn?, bohrte Yann nach, als wäre ihm gerade das ultimative Delikt vor Augen geführt worden. Sie spucken in die Straßenbahn?

Ja, gang und gäbe. Oder einer erzählt stolz während der Fahrt, in so 'nem gebrochenen Deutsch, was er soeben alles geklaut hat in einem Laden, und alle in der Straßenbahn johlen und klatschen. Also, ich weiß nicht, da rollen sich mir die Fingernägel auf. Wie Ihnen bestimmt auch schon aufgefallen ist, berühren sich Arm und Reich in Duisburg kaum. Die Milieus bleiben mehr oder weniger unter sich. Den, der S-Klasse fährt, triffst du nicht in der Straßenbahn. Wer Geld hat, wohnt im Süden oder in den Außenbezirken, aber nicht dort, wo es wehtut, nicht in Marxloh oder Hochfeld. Marxloh hat mehr als fünfzig Prozent Ausländer, wobei unter Ausländern auch diejenigen sind, die die Missstände als Erste zu spüren bekommen. Ich kenne eine Reihe von Türken, die eine schöne Wohnung gekauft und gepflegt haben und jetzt wütend sind über den ganzen Müll. Die neuen Leute bringen ihr Verständnis von Hygiene von zu Hause mit, aus Rumänien, woher immer, ihr Verständnis von Hygiene ist gleich null. Armutszuwanderung ist in der Stadt ein ganz großes Thema. Wir reden nicht über Asyl, sondern über Zuwanderung aus Südosteuropa, in einer Größenordnung von, sagen wir, fünfundzwanzigtausend plus, überwiegend Zigeuner, Leute also, die in ihrer Heimat so gut wie keine Chance haben, weshalb sie sich auf den Weg nach Duisburg machen. Manchmal habe ich den Eindruck, dass diese Wanderungen organisiert sind, Bus um Bus werden sie herbeigeschafft. Natürlich haben wir, meine Leute und ich, diese Auswüchse bloßgestellt und so in den sozialen Brennpunkten die größten Erfolge erzielt. In Hochfeld sind wir besonders stark, im Süden etwas schwächer. Denn solange alles gut ist, gibt es keinen Grund, eine andere Partei zu wählen, dazu fehlt dann der konkrete Anlass. Wenn du aber in der Straßenbahn angepöbelt wirst, und zwar immer wieder, dann durchaus, dann sehnst du dich nach einer politischen Kraft, die Abhilfe schafft. Die Altparteien, die haben jedenfalls nicht nur an der Stelle versagt. Oder wenn du in Marxloh plötzlich die doppelte oder dreifache Müllgebühr bezahlen sollst, weil es ohne dein Verschulden nötig geworden ist, dass die Müllabfuhr jeden zweiten oder dritten Tag durchs Viertel fährt. Klar, das schafft Unmut. Mit den Folgen der Armutszuwanderung haben wir politisch ständig zu kämpfen, jeden Tag. Die Schulen zum Beispiel platzen aus allen Nähten. Es fehlt an Lehrern, weil Lehrer lieber in Düsseldorf unterrichten als hier in den Brennpunkten. Oder schlicht Räume, davon haben wir viel zu wenige, weshalb Schulen mit Containern ausgerüstet worden sind.

In den letzten zwei Jahren standen jeden Monat hundert neue Schüler auf der Matte, jeden Monat vier ganze Klassen. Stellen Sie sich das mal vor. Wie wollen Sie das auffangen? Auch die Zahl der Geburten steigt wieder. Sollte man mitbekommen haben. Hinter der Armutszuwanderung stecken Leute, die ein Geschäft mit dem Elend betreiben, Elend auf allen Ebenen. Das ist meine feste Überzeugung. In einer Wohnung, die auf fünf Personen läuft, leben zwanzig oder gar mehr. Sie müssen Arbeit finden, um Kindergeld abzuschöpfen, nur um ihrerseits abgeschöpft zu werden von einer Mafia, der wir das alles zu verdanken haben, mit Druck, mit Gewalt und allem, was dazugehört, unter Umständen Zwangsprostitution. Also, denen bleibt nicht viel übrig. Daraus ergibt sich ein ganz, ganz hässliches Knäuel. Verstehen Sie, was ich meine?

Und darum laufen Ihnen die Türken jetzt nach?

Haha, lachte Maruyama, nicht nur Türken, die sich in ihrem Viertel nicht mehr wohlfühlen. Ich erwähne das Wort bunt zwar ungern, aber wir sind eine bunte Truppe. Ich habe noch nie so viele verschiedene Leute Hand in Hand arbeiten sehen wie bei uns. Da haben Sie den Gewerkschafter aus der Fabrik, den Lehrer, die Putzfrau, den Professor, den Betriebswirt, Unternehmer, und natürlich einen Gutteil von Menschen, die von Hartz IV leben, Rentner, Fabrikarbeiter, Arbeitslose, alles Hartz. Sie wissen selbst, dass man uns gerne ein paar Dinge nachsagt, von wegen ausländerfeindlich und so weiter. Aber sehen Sie mich an, sehen Sie meine Frau an. Und was die Partei in Duisburg betrifft, so ließe sich sofort eine Untergruppe mit Asiaten bilden oder mit Afrikanern. Bei uns gibt es alles. Zugegeben, ein paar Eigenarten haben wir durchaus, die andere nicht haben. Die pflegen wir wie ein Hobby. Zum Beispiel bestellen wir Zigeunerschnitzel oder Mohrenköpfe, und zwar mit Absicht, wenn auch augenzwinkernd, weil andere in ihrer politischen Korrektheit so verkrampft und lächerlich auf uns wirken. Nach meiner Erfahrung im Rat zeigen die türkischen Kollegen am ehesten Verständnis für unser Anliegen, denn sie wissen, wovon wir reden, sie wissen, wie es in ihrer Straße zugeht. Während die guten Deutschen die Hände über dem Kopf zusammenschlagen und uns beschimpfen, als Ausgrenzer, als Scharfmacher, als Rassisten, was weiß ich.

Yann sagte: Leider trägt Ihre Partei nicht wenig dazu bei, dass diese Vorwürfe erhoben werden, nicht zu Unrecht, wie ich finde. Ihre Ideologie verteufelt Andersdenkende, Andersgläubige und Andersaussehende, sie vergiftet das soziale Klima und ist im Kern menschenfeindlich, sodass jeder, der noch bis drei zählen kann, dagegen aufstehen muss.

Haha, Antifa, lachte Maruyama. Verstehen Sie sich eigentlich eher als Journalist oder als linksradikaler Aktivist?

Ich bin kein Journalist.

Dachte ich mir.

Ich bin Blogger.

Und wie verträgt sich das miteinander? Sollten Sie als Blogger nicht ein Minimum an Objektivität walten lassen?

Ich bin Blogger, und ich habe eine politische Haltung. Wo liegt das Problem?

Das Problem liegt darin, sagte Maruyama, dass Sie mir nicht zuhören. Habe ich auch nur irgendetwas Menschenfeindliches geäußert?

Nicht direkt, gab Yann zu.

Also gut, weiter.

Flüchtig sah Maruyama nach der Uhrzeit, dann wandte er sich seiner Frau zu, die, vertieft in digitale Korrespondenz, nicht reagierte. Einen Augenblick wartete Yann ab und ließ seinen Blick durchs Café schweifen, bis er auf die Augen des Alten am benachbarten Tisch traf. Der Alte vermittelte den Anschein, als lauerte er auf die Fortsetzung des Gesprächs.

Erneut setzte Yann an: Können Sie sich ein friedliches Zusammenleben von Menschen unterschiedlicher Herkunft überhaupt vorstellen?

Ja, warum nicht. Teilweise glaube ich sogar daran. Es ist allerdings alles eine Frage der Mischung oder, wie in der Medizin, der Dosierung. Eine erhöhte Dosis könnte sich als Gift erweisen. Wenn Sie etwa an radikale Salafisten denken, dann wüsste ich nicht, was die hier zu suchen haben, sie passen nicht zu uns. Sollen sie von mir aus in Saudi-Arabien glücklich werden. Aber machen wir uns nichts vor, längst leben wir mit dem Risiko einer größer werdenden Gruppe von Menschen, die, sobald sich die Mehrheitsverhältnisse ändern, eine große Veränderung herbeizuführen hofft, mit hohem Druck und mit Gewalt. Wer auf einen Gottesstaat aus ist, wird eine freiheitliche Gesellschaft nicht tolerieren. Für fatal halte ich jegliche Unterwerfungsgeste von Einheimischen, vorauseilend und ohne Not erbracht, etwa indem sie in Schulkantinen, einigen zumindest, kein Schweinefleisch mehr anbieten. Da haben wir nachgebohrt und erfahren, dass niemand danach verlangte, dass sie es einfach mal so beschlossen hatten. In gewissen Stadtteilen sehen sich immer mehr Frauen dazu genötigt, ein Kopftuch zu tragen. Vor zehn oder fünfzehn Jahren war das noch nicht so. Das heißt, der soziale Druck in diesem Milieu nimmt zu. Das ist es, was mir Sorgen bereitet. Denn es kann nicht angehen, dass sich hier Leute mit Ellbogen breitmachen. Archaische Stammesgesellschaften vertragen sich nun mal nicht mit modernen, freiheitlichen Gesellschaften. Vielleicht lassen sich fünf Prozent tolerieren, aber wenn der Prozentsatz steigt, wenn wir von zwanzig, dreißig, vierzig Prozent ausgehen müssen, dann droht die gesellschaftliche Balance zu kippen. In Duisburg zum Beispiel sind die Grünen von Aleviten übernommen worden, quasi gekapert. Kurz vor der letzten konstituierenden Sitzung des Rats sind zweihundert oder zweihundertfünfzig Aleviten in die Partei eingetreten und haben den alten grünen Ratskollegen zu verstehen gegeben, dass sie überflüssig sind. So, haben die Aleviten gesagt, jetzt wählt mal unsere Leute. Etwas Ähnliches ist der FDP passiert, durch eine türkische Gruppierung. Für mich ist das Ganze ein Sinnbild: Was im Kleinen passieren kann, in einer Stadtgesellschaft, das kann auch im Großen passieren. Und dann? Ha, haha.

Yann fragte: Warum hetzt Ihre Partei gegen Andersgläubige, warum gegen den Islam?

Ich habe nichts gegen diese Leute, antwortete Maruyama. In gewissem Sinne kann ich sie sogar verstehen. Aber wie gesagt, ab nach Saudi-Arabien.

Ich meine Muslime, Menschen, die an den Islam glauben, keine Islamisten.

Nicht den politischen Islam?

Nein, sagte Yann. Wobei ich den Verdacht habe, dass Islamismus mit Nationalismus, der Ideologie Ihrer Partei, auf vertrackte Weise verwandt ist. Dass der konservative Islam die von Ihnen proklamierte Weltanschauung verzerrt widerspiegelt: autoritäre Rollenmuster, Verachtung von Freiheits- und Menschenrechten, Geringschätzung weiblicher Selbstbestimmung. Dazu zählt auch der absurde Anspruch, zu den irgendwie Auserwählten zu gehören. Alles andere wird als nicht ebenbürtig betrachtet. Vielleicht beneiden Sie den Islam sogar in seiner streng konservativen Variante, weil er noch über das verfügt, was Sie als Verlust beklagen.

Also, ich bin nun wirklich kein Islamist.

Das habe ich auch nicht behauptet.

Und ich bin auch kein Nationalist.

Aber Sie sind, stieß Yann nach, in einer Partei mit offen nationalistischer Propaganda.

Haha, nichts als Vorurteile. Darf ich diesen Witz mal kurz für meine Frau übersetzen?

So hörte Yann das, was er gerade gesagt hatte, noch einmal auf Englisch, dazu das Haha von Maruyama, dem sich die Thailänderin mit einem scheuen Lächeln anschloss. Da er das Interview wieder auf eine sachliche Ebene bringen wollte, fragte er: Welche Chancen sehen Sie für Duisburg?

Alles kompliziert, sagte Maruyama. Wirtschaftlich ist die Stadt, wie das Revier an sich, von Großindustrie geprägt, und für die Konzerne wird politisch einiges gedreht und gewendet, dabei sind sie es, die permanent Arbeitskräfte freisetzen. Stattdessen müsste der Mittelstand gefördert werden, aber nein, die Politik setzt auf die Großen, die längst im Niedergang begriffen sind. Dazu kommt, dass das Ruhrgebiet unter einer schweren Bürde leidet. Wir sind Hochsteuerland, bei Grund- und Gewerbesteuer bundesweit an der Spitze. Aber die Gebühren für eine Kindertagesstätte in Duisburg sind doppelt so hoch wie in Düsseldorf. Wie geht das zusammen? Und all das nur, weil wir die sozialen Lasten zu tragen haben. Die Stadt selbst hat, um regulierend einzugreifen, nur wenig in der Hand. Aber zuerst müsste sie sich fragen, für wen sie attraktiv wirkt. Duisburg ist vor allem für Arme und Mittellose attraktiv, und zwar, weil es billigen Wohnraum gibt. Die Behörden schauen gerne weg. Oder lieber nicht so genau hin. Lieber gutwillig sein und naiv. Wird schon passen. Ist schon nicht so schlimm, wie sie uns dauernd weismachen wollen. Und die Systemmedien tun alles, um die Fakten zu vertuschen. Dieses Wegschauen hat dazu geführt, dass die Stadt für die falschen Leute attraktiv geworden ist. Die Bevölkerung hat sich extrem verändert. Viele sind weggezogen, viele andere zugezogen, aber die Zugezogenen sind sozial ganz anders aufgestellt als die Weggezogenen, sie sind mit nichts als ihrer Armut nach Duisburg gekommen. Will die Stadt über kurz oder lang wieder erfolgreich sein, müsste sie die soziale Zusammensetzung korrigieren. Ist sie nur für Leute attraktiv, die arm sind und Probleme haben, dann endet die Entwicklung in einem Desaster. Duisburg braucht Menschen, die eine Gesellschaft stützen und nach vorne bringen, statt dass sie sie belasten. Natürlich kann es nicht das Ziel sein, jeden, der von Hartz IV lebt, rauszuschmeißen. Das will ja keiner. Aber es kann auch nicht sein, dass wir bundesweit oder sogar europaweit als Magnet gelten für alles, was nichts ist und nichts hat.

Wollten Sie …

Sorry, fuhr Maruyama dazwischen, aber langsam müssen wir los. Die Bahn wartet nicht.

Letzte Frage, sagte Yann. Wollten Sie schon immer in die Politik?

Nein, das ergab sich erst später. Ursprünglich wollte ich Pianist werden, alles war darauf angelegt. Noch heute spiele ich ab und zu Klavier, aber wenn du nicht täglich übst, verlierst du deine Fertigkeiten, du weißt zwar, wie es geht, aber du merkst, dass du es nicht mehr hinbekommst, das ist ein bitteres Gefühl. Damals waren meine Eltern schwer da hinterher. Sie schickten mich auf Wettbewerbe, auch zu Jugend musiziert auf Landesebene. Außerdem gab ich vier oder fünf Konzerte im Jahr, auch ein paar größere. Wenn andere Fußball spielten, saß ich am Flügel. Heute hilft mir diese Erfahrung, denn wenn du schon einmal auf der Bühne gestanden hast, hast du keine Hemmungen, vor zweihundert oder dreihundert Leuten zu sprechen. Ein gutes Konzert und eine gute Rede laufen auf ein und dasselbe hinaus: Es muss dir gelingen, das Publikum zu fesseln, es mitzunehmen, Ton für Ton, Wort für Wort. Das ist etwas Tolles. Insofern macht mir auch die Politik großen Spaß, mit dieser bunten Truppe in Duisburg. Da bleibe ich erst mal dran. Kann aber auch gut sein, dass ich mich in ein paar Jahren dazu entschließe, in Thailand zu leben.

Im Gehen, die Frau schon an der Tür, rief er Yann zu: Nächstes Mal stelle ich die Fragen. Wären Sie für ein Interview zu haben? Jedenfalls sollten wir uns das bisschen Meinungsaustausch nicht verbieten lassen, Sie nicht von Ihren Leuten und ich nicht von meinen.

Kurz darauf waren sie weg.

Nachdem Yann das Mikro seines Smartphones ausgeschaltet hatte, fragte er den Alten nach dem Code der Toilettentür.

Two, six, six, six. Immer noch derselbe.

Der Alte heftete sich an Yanns Fersen und stellte sich neben ihn ans Pissoir. Er sagte: Nicht dass Sie denken, dass ich Ihnen gefolgt bin, nein, bloß keine Geschichten, aber ich muss sagen, dass Sie beide da ein sehr interessantes Gespräch hatten. Wohin führt das alles in diesem Land? Geboren bin ich in Nazideutschland, wissen Sie, und es riecht schon wieder so seltsam an manchen Ecken. Heute bin ich alt, sehen Sie ja, längst in Ägypten zu Hause, denn in Ägypten habe ich meine Freiheit. Nur wegen dem Tod bin ich hier, dem Tod.

Yann schüttelte die letzten Tropfen ab und knöpfte den Schlitz zu, dann fragte er: Ich weiß nicht, ob ich Sie richtig verstehe. Wollen Sie in Deutschland sterben?

Ach, nein. Nein, nein. Inzwischen geht es mir schon wieder besser. Und den Tod kann ich überall haben.

Gewöhnlich schrieb Yann einen Beitrag, sobald Material dafür vorlag, um ihn gleich online zu stellen. Erst im Nachhinein nahm er Reaktionen zur Kenntnis, zumeist als eingetragene Kommentare, aber auch als persönlich geäußerte Kritik aus seinem Umfeld. Nach dem Interview mit Charles Maruyama brach er zum ersten Mal mit dieser Praxis, da es ihn undeutlich nach einer Einschätzung verlangte, und zwar vor der Veröffentlichung. So schickte er das Interview an Baran, den er für geeignet hielt, seine Unsicherheit zu zerstreuen, indem er entweder Ja oder Nein sagte. Baran sagte Nein, wenn auch nicht im ersten Moment, als sie einander im Solidarność trafen, auf ein Tyskie mit Goldwasser. Vielmehr druckste er lange herum, als fürchtete er, Yann mit seiner Stellungnahme zu verletzen. Yann wiederum bedrängte ihn nicht, stattdessen suchte er auf seinem Smartphone das Foto einer Facebookfreundin, die, wie sie angab, Yin und Yann mit großer Neugier verfolgte, noch dazu täglich mit der Straßenbahn fuhr.

’ne Perle, was?, schwärmte Baran.

Erst hab ich nur dieses Foto gehabt, sagte Yann. Aber wir schreiben uns täglich, einmal ich, einmal sie. Die würde ich echt mal gerne treffen. Kannste verstehen, oder? Gestern hat sie mir ein Video geschickt.

Ein Video?

Ja, nicht länger als zwölf Sekunden. Darauf siehst du sie tanzen.

Er klickte das Video an und hielt es Baran vor die Augen.

Wow, wie sie lacht. Sie tanzt auf dich zu.

Hammer, oder?

Geile Performance, sagte Baran. Aber was willst du mit einer, die dir so ein Video schickt? Nicht ganz ernst gemeint, wenn du mich fragst. Sieht aus wie Reklame, wahrscheinlich braucht sie Geld.

Pff, spinnst du? Hast du je so eine Braut gesehen?

Yann, du bist schon zu lange allein.

Weiß ich ja, weiß ich.

Ich hab das Interview gelesen, brachte Baran hervor. Geht so nicht. Das kannst du nicht bringen.

Was ist heute nur mit dir los?, fragte Yann. Alles machst du nieder. Die Braut ist ’n Hammer. Und sie schreibt so poetisch, mit ganz vielen Bildern, dass ich nachts davon träume. Bloß Rechtschreibung ist nicht ihr Ding.

Das Interview, Yann, geht so nicht.

Darauf trat Stille ein. Yann leerte das Goldwasser in einem Zug, während Baran nicht wusste, wohin er schauen sollte, er kramte in seiner Tasche, ohne etwas herauszuziehen. Dann nahm er seine Hornbrille ab und rieb sich, was er sonst nie tat, die Nasenwurzel.

Warum nicht?, fragte Yann. Über das, was Maruyama sagt, kann man doch nachdenken. Er war offen und aufrichtig, ohne faule Tricks.

Kann ja sein, räumte Baran ein. Aber du darfst solchen Typen kein Forum geben, nicht auf einer antifaschistischen Website. Das fliegt dir sonst um die Ohren, glaub mir.

Dürfen nur noch solche wie wir zu Wort kommen? Ich hätte nicht gedacht, dass du so drauf bist. Das hieße ja, dass die Gesellschaft wirklich einen Knacks hat.

Hat sie ja auch. Aber im Ernst: Du hättest ihn nicht einfach so reden lassen dürfen, nahezu unwidersprochen, du hättest mit ihm streiten müssen, dann sähe das Interview anders aus.

Aber ich wollte gerade nicht mit ihm streiten, rechtfertigte sich Yann. Streiten kann jeder. Ich wollte zuhören und dadurch erfahren, wie er denkt, was er vorhat. Hätte ich dauernd dazwischengefunkt, wäre nicht viel dabei herausgekommen, und Maruyama hätte sich eingeigelt. Außerdem habe ich sehr wohl dagegengehalten.

Nicht genug, behauptete Baran. Als er berichtet, dass Leute in der Straßenbahn auf den Boden spucken, lässt du dich sogar von ihm einwickeln.

Finde ich nicht in Ordnung, wenn Leute in die Straßenbahn spucken.

Ja klar, gefällt mir auch nicht, aber passiert halt. Ich meine nur, an dieser Stelle entsteht ein ungünstiger Eindruck, du verlierst deine Distanz. Du lässt ihm so gut wie alles durchgehen. Zum Beispiel die Aussage, dass die alevitische Gemeinde im Handstreich die Grünen gekapert hat. Ich bin selber Alevit, wie du weißt, aber dass wir inzwischen die Grünen beherrschen, ist mir neu. Was bildet sich dieser Japaner ein? Er hält uns deutsche Aleviten für nicht politikfähig, er zählt uns nicht dazu, dabei wollen auch wir über das Land mitbestimmen, in dem wir leben und nicht selten geboren sind. Aber dir, Yann, fällt nichts dazu ein, nichts, das ist zu wenig.

Mir fällt allerhand dazu ein. Aber darum geht es hier nicht. Es geht …

Und wie du ihn über die Roma herziehen lässt, legte Baran nach. Die sind jetzt offenbar an allem Schuld, endlich wieder ein Sündenbock. Wenn du mich fragst, aber du fragst mich ja nicht, dann sollten wir gemeinsam etwas für die Roma tun, sie haben ja niemanden, der für sie eintritt, sie sind mittlerweile das Letzte.

Da bin ich dabei, sagte Yann. Das sehe ich genauso. Als Roma hast du nichts zu lachen. Gibt paar finstere Gestalten darunter, aber wo gibt es die nicht? Paul hat mal gesagt, dass für ihn in der Welt nur eine Unterscheidung zählt: Bist du ein Arschloch oder nicht?

Cool, sagte Baran.

Nachdem sie geduscht hatte, ging Séverine, nasse Fußspuren hinterlassend, ans gekippte Fenster in der Dachschräge, das Glas war nur leicht beschlagen, sie zog das Fenster weiter auf und stellte sich auf die Zehen, um einen Blick in den Garten zu werfen, ganz so, als hätte sie etwas von draußen gehört, aber alles war ruhig, der Garten wie immer, geliebter Garten, in dem ihr Vater jede freie Minute verbrachte, alles Übrige besorgte der Gärtner. Paul hatte sie weisgemacht, dass ihre Familie über vier Gärtner verfügte, die tagtäglich alle Hände voll zu tun hätten, so groß sei das Grundstück. Dabei kam der einzige Gärtner nur jeden zweiten oder dritten Tag, manchmal eine Woche lang nicht. Aber sie mochte es, wenn Paul sie anstaunte, da er staunen konnte wie ein kleiner Junge. Bestimmt stellt er sich vor, dachte sie, dass meine Eltern in einem Palast wohnen und ich einen Flügel für mich allein habe. Ein leichter Wind, der über ihren nackten Körper fuhr, ließ sie frösteln, so griff sie nach einem Handtuch und trocknete sich ab.

Séverine hatte lange geschlafen, es war schon nach elf. Um diese Zeit würde sie unten niemanden mehr antreffen, ihr Vater war längst aus dem Haus, ihre Mutter unterwegs nach Hamburg, höchstens Elfi könnte noch da sein. Die gute Elfi, wie alle sie nannten, längst gehörte sie zur Familie, und weil sie mittlerweile die siebzig überschritten hatte, halfen sie auch ihr, so wie sie ihnen jahrzehntelang geholfen hatte. Die Mutter stellte sich selbst in die Küche, und wenn das Essen so weit war, rief sie Elfi mit an den Tisch. Vor Jahren hatten sie ihr im Erdgeschoss ein Zimmer eingerichtet, damit sie nicht jeden Tag den langen Weg durchs Revier nehmen musste, aber anfangs ignorierte sie es, so lange, bis sie nach der Feier eines runden Geburtstags zu erschöpft war, um noch nach Hause zu fahren. Seither übernachtete sie ab und zu in diesem Zimmer, und Séverine hoffte, sie würde eines Tages ganz bei ihnen einziehen.

Elfi war der gute Geist des Hauses, obwohl sie es hasste, wenn ihr jemand damit kam. Elfi durchschaut mich, dachte Séverine, sie kennt mich besser als jeder andere Mensch. Am Vorabend hatte die Mutter wissen wollen, warum der nette junge Mann aus Stuttgart nicht mehr auf Besuch kam, zu uns auf Besuch, meine ich, nicht zu dir nach Oberhausen in diese armselige Butze. Für die Mutter war der Stuttgarter, weil charmant und mit einem Doktortitel ausgestattet, der Schwiegersohn, von dem sie seit Langem träumte. Bei jeder Gelegenheit fing sie wieder von ihm an, während Elfi in Séverines Gesicht las und alles verstand. In ihrem großzügigen Bad unterm Dach fiel Séverine der Stuttgarter fast automatisch ein, da er mit ihr gern in die Dusche stieg, um sie im Stehen zu nehmen. Sie dachte an Dozenten wie ihn, die Studentinnen wie ihr schöne Augen machten, um, noch ehe das Semester herum war, wenigstens eine von ihnen ins Bett zu ziehen. Und sie fragte sich, warum sie darauf hereingefallen war. Weil er nett ist, sagte sie sich, und weil er unkompliziert ist und zugreift, wenn er spürt, dass seine Beute nicht wegläuft. Weil ich Sex im Auto haben wollte. Aber eigentlich … nee, nee.

Unten war Frühstück für sie gedeckt, mit gepresstem Orangensaft, Toastbrot und einem gekochten, in eine Stoffserviette gewickelten Ei. Als sie noch zu Hause wohnte, ließ sich ihre Mutter nie dazu herbei, Frühstück für sie zu richten. Aber jedes Mal, wenn sie fortan über Nacht blieb, durfte sie damit rechnen, obwohl sie ihrer Mutter eingeschärft hatte, dass sie morgens nichts zu sich nahm, nur Tee trank, fürs Erste nur Tee. Die Kanne stand auf einem Stövchen, das Teelicht war ausgegangen.

Sévi, mein Liebes, rief Elfi, als sie in die Küche trat und ihre Hände am Kittel abwischte. Schon ewig trug sie diesen bunten, längst ausgebleichten Tupfenkittel, der ihre hagere Figur mit Druckknöpfen zusammenhielt. Sie setzte sich an den Tisch, Séverine schob ihr den Orangensaft hin, sie trank und stieß einen genussvollen Seufzer aus.

Sie fragte: Was hast du geträumt letzte Nacht?

Immer willst du hören, was ich geträumt habe. Träume sind sehr intim, persönlich, geheimnisvoll. Oft verstehe ich sie selber nicht.

Darum frag ich dich ja.

Na gut. Ich war in meiner Wohnung, mit einem neuen Bekannten, vielleicht für Sex, darauf lief es hinaus. Gerade hatten wir es uns bequem gemacht, als aus dem Zimmer meiner Mitbewohnerin eine männliche Stimme protestierte, laut und ungehalten, weil wir laut Musik hörten. Wer?, fragte der neue Bekannte. Ich sagte: Mein Ex-Freund. Darauf sprang er auf und lief in die Küche, ich hörte das Besteck rasseln und dachte, er nimmt sich ein Messer. Dann telefonierte er kurz mit seinem Handy, immer wieder das Wort Ex-Freund, bis ich begriff, dass er nicht wusste, was es bedeutete, er sprach kaum Deutsch. Kurz darauf kam er, ohne das Messer, ins Zimmer zurück. Er sagte: Was?, warum hier, wenn nicht Freund? Ich konnte es ihm nicht erklären. Er aber gab zu, dass ihn das Wort Ex-Freund erschreckt hatte, für ihn klang es wie Superfreund, ein exzeptioneller Freund. Für jede Konfrontation wollte er gerüstet sein.

Und was sagt dir der Traum? Was lernst du daraus?

Nichts, antwortete Séverine.

Dass du die Männer lieber einen nach dem anderen nimmst, nie gleichzeitig, den einen hier, den anderen dort. Das gibt nur Ärger. Und du bist, willst du den Überblick behalten, schnell überfordert.

Nein, im Traum hab ich alles richtig gemacht, genau so, wie du sagst. Den Neuen hab ich erst mitgebracht, als der Alte schon ex war.

Sie lachten.

Oben packte Séverine ihre Tasche für die Uni. Als sie wieder nach unten ging, sah sie Elfi noch immer in der Küche sitzen, sie aß das Frühstücksei. Bleib sitzen, bleib.

Aber Elfi ließ das Ei stehen und brachte Séverine an die Tür: Pass auf dich auf, Liebes.

In der Garage stand der rote Alfa Romeo, ihr Spider, den sie von den Eltern zum Abitur bekommen hatte, ein Oldtimer. So sehr sie dieses Auto liebte, so selten fuhr sie damit, und wenn, dann mit einem beklommenen Gefühl, weil sie schon dreimal liegen geblieben war, einschließlich der Bekanntschaft mit einem hilfsbereiten Mann jedes Mal, der ihr dann lästig wurde mit seinem Interesse an ihrer Telefonnummer, mit seinen Vorschlägen, Kaffee trinken oder gut bürgerlich essen zu gehen, der dritte wollte mit ihr in die Sauna, doch sie schützte Kreislaufprobleme vor.

Es war ein Spätsommertag. Nachdem sie den Spider aus der Garage gefahren hatte, stieg sie aus und klappte das schwarze Verdeck auf. Langsam bog sie auf die Straße ein, fuhr langsam weiter, während sie nach ihrer Sonnenbrille kramte, erst nach der Kreuzung beschleunigte sie. Das Haar trug sie offen, ließ es im Fahrtwind flattern. Sie wusste, dass sie etwas hermachte und Passanten ihr nachsahen, gerade heute war ihr danach. Aber bis vor die Ruhr-Uni würde sie nicht fahren. Niemand von denen, die sie kannte, sollte sie in der Pose der Angeberin ertappen, sie würde den Spider in einem Parkhaus abstellen.

Séverine stand kurz vor dem Abschluss des Studiums. Seit einiger Zeit schrieb sie an ihrer Masterarbeit, immer ein bisschen abgeplagt, weil sie hohe Ansprüche an sich stellte und alles länger dauerte als erwartet. In die Uni ging sie nur noch sporadisch, aber einmal die Woche in ein Seminar, das sie anzog, Feminist Science Fiction, es zog sie so sehr an, dass sie mit dem Gedanken spielte, ihre Masterarbeit abzubrechen, oder vielmehr das Thema, das Thema also zu wechseln und von vorne anzufangen: Frauen, Sterne, Raumschiffe.

Mit dem Spider fuhr sie sonst nie zur Uni, im Stillen schämte sie sich dafür, trotz des Verstecks im Parkhaus. Dass sie das Auto genommen hatte, lag nicht am Seminar, sondern an Lilith, die danach eine Runde mit dem Spider drehen wollte. Das Seminar war aufregend wie immer, mit einem nur von Frauen bewohnten Planeten, die, ausgehungert und verzankt, dem nächsten Raumschiff entgegenfieberten, einer Ladung gut gebauter Männer, die sie zur Reproduktion benötigten, in der Hoffnung, dass sie ihnen Töchter schenkten, weil Söhne auf ihrem Planeten nicht lange überlebten.

Jedes Mal, wenn sich ihre Blicke trafen, grinste Lilith, und darum grinste auch Séverine.

Im Spider fuhren sie lange durchs Revier, auch darüber hinaus, nach Düsseldorf. Die Sonne stand tief, der Verkehr floss dahin, und wenn es nicht schnell genug vorwärtsging, forderte Lilith Séverine auf, die Hupe zu drücken. Im Stau fanden sie Zeit, den Planeten der Frauen zu analysieren.

Feministisch?, fragte Lilith.

Worauf Séverine antwortete: Faschistisch.

Als Jesus vorschlug, einen Straßenbahnfilm anzuschauen, stimmte ich sofort zu. Es war, wenn ich mich nicht täusche, das erste Mal, dass er eine Schar von Gästen zu sich nach Hause einlud. Ihm schwebte eine Männerrunde vor, als wären Frauen der nötigen Faszination für Straßenbahnen nicht fähig. Zuerst also wollte er uns allen den Film zeigen, die wir, teils selber Fahrer, regelmäßig zusammenkamen, aber sein Angebot stieß auf Ablehnung; in unserer

Runde zogen wir es gewöhnlich vor zu reden, zu trinken und zu essen, höchstens dass mal ein Fußballspiel lief, doch das war etwas anderes. Auf seine Bitte hin verbreitete ich die Einladung unter Kollegen, ich hängte sogar einen Zettel ans schwarze Brett im Raucherraum, ohne Erfolg, weil es niemanden von denen, die jeden Tag eine Straßenbahn fuhren, in der Freizeit nach einem Straßenbahnfilm verlangte. Selbst die Alten, an die sich Jesus wandte, waren dafür nicht zu haben, obwohl sie sonst gern in Erinnerungen schwelgten. Darum fragte ich Séverine, weil ich wusste, dass sie in Jesus' Augen eine ganze Männerrunde aufwiegen würde, aber ausgerechnet an diesem Abend konnte sie nicht, und Jesus sah sich außerstande, den Termin zu verlegen, da er einen Jahrestag markierte, den Tag seiner Einstellung. Warum Séverine nicht konnte, sagte sie mir nicht, eigentlich gab sie, womit ich mich abgefunden hatte, nie einen Grund an, der einer Verabredung entgegenstand, das heißt, entweder konnte sie, oder sie konnte nicht.

So fuhr ich mit Klara nach Duisburg. Die Ampel an der Kreuzung schaltete auf Rot, ich trat auf die Bremse. Während ich ohne Interesse den Verkehr zur Kenntnis nahm, war mir plötzlich, als hätte ich eine Halluzination.

Ein alter Porsche?, fragte Klara.

Nein, ein Spider, sagte ich, Alfa Romeo Spider.

Schau dir die jungen Dinger an, heiß wie ein Brazilian Hipster Slip.

Wie was?

Brazilian Hipster.

Eine davon ist meine Tochter.

Deine … welche denn?

Die auf dem Beifahrersitz.

Der Spider zog vorüber und verschwand hinter einer Biegung.

Ich sagte: Am Steuer sitzt Séverine.

Welche Séverine?

Ich warf ihr einen Blick zu.

Ist nicht wahr, sagte sie.

Als Jesus die Tür öffnete, breitete er seine Arme aus, um uns beide zu umfassen, was ihm nur halbwegs gelang. Nach der Begrüßung schob er erst Klara, dann mich in seine Wohnung und trottete schnaufend hinter uns her. Tatsächlich war außer uns niemand der Einladung gefolgt, wenngleich Jesus mit weiteren Gästen zu rechnen schien. In der Küche standen Platten mit belegtem Schwarzbrot, zur Mitte hin aufgetürmt, bestimmt nicht vom Partyservice. Ich stellte mir vor, wie er stundenlang Brote geschmiert, mit Wurst oder Käse belegt und mit einem Stück Gurke oder einer Scheibe Tomate verziert hatte. Anstelle von Servietten lagen zwei Küchenrollen auf dem Tisch, Blatt für Blatt leicht abzutrennen zum Fingerabwischen. Für uns zog er den Kühlschrank auf, alle Fächer mit Flaschen gefüllt, und nahm zwei Bier heraus. Oder Wein, Klara? Jesus wollte seinen Jahrestag feiern.

Das Wohnzimmer wurde von einem Flachbildschirm beherrscht, daran angeschlossen war ein CD-Player. Ungeachtet der Couchecke hatte Jesus Klappstühle aufgestellt, unterschiedliche Modelle, was darauf hinwies, dass er sie von Nachbarn geborgt hatte. Dadurch konnten wir uns kaum bewegen in dem Zimmer, ohne irgendwo anzustoßen. Auf einem Stuhl ganz vorn entdeckte ich die Hülle einer CD, ich griff danach und las, auf Klara schielend, den Titel des Films vor: Mit der Straßenbahn von

Duisburg bis Dortmund. Was man sieht und was man nicht sieht.

1969, sagte Jesus.

So, als folgten wir einer Anweisung, verteilten wir uns im Zimmer. Klara steuerte die Couchecke an und ließ sich auf einem Sessel nieder, Jesus blieb, um das Gerät zu bedienen, in der Nähe des CD-Players, während ich hinten am Rand einen Klappstuhl wählte. Mit etwas Fantasie wirkte das Zimmer, indem wir es an entlegenen Punkten einnahmen, wie vollbesetzt.

Die Straßenbahn fährt, sie fährt Tag und Nacht, sie fährt von Duisburg nach Dortmund, aber nicht von einer Stadt in die andere, weil die Strecke immer nur stückweise aufscheint und für den Film neu montiert worden ist, überwiegend in Schwarz-Weiß, ab und zu Farbe, gekreuzt mit Szenen aus anderen Revierfilmen. Die Straßenbahn fährt, und die Fahrgäste wirken wie von versteckter Kamera erfasst, dazu Gemurmel oder nicht, Frauen in Mänteln, Männer mit Hüten, eine Frau, die aus dem Fenster schaut, die Kamera folgt ihrem Blick, schaut hinaus, sieht Stahlwerk und Arbeitersiedlung vorüberziehen, spielende Kinder, posierende Kinder, Schlote, Kokerei, ein trübes Industriegrau im November, novembergraue Industrielandschaft, während Reklame an den Fassaden unentwegt Natur verspricht, alles Erdenkliche mit und in der Natur, die Kamera ignoriert den Werbeslogan und zoomt das Wesentliche heran: Natur, die hier nur als Wort existiert, fünf Buchstaben Sehnsucht, Gefühlskitsch.

Ich sah mir die Menschen an, ich sah in ihre Gesichter, keines darunter, das sich auf Anhieb erschloss, das Rätsel der Gesichtsfassaden, und ich fragte mich, wann ich je so tief in das Gesicht eines Fahrgasts geblickt hätte, um es zu ergründen, ehrlich gesagt, nie, weil ich als Fahrer dafür keine Zeit hatte und weil es als zudringlich galt, jemanden bis auf den Grund anzustarren. So hatte ich keine Ahnung, wer jemand war, der eine Zeitlang mit mir fuhr, wer einstieg oder schon wieder ausstieg. Allein das vage Gefühl, dass wir zusammengehörten, einander verbunden in Sympathien und Antipathien, weil das Revier uns, ob wir wollten oder nicht, zusammenführte. So undurchlässig konnte eine Fassade gar nicht sein, als dass sie dieses Einverständnis nicht preisgegeben hätte. Ich spürte es auch beim Anschauen des Straßenbahnfilms, daran, dass die Fahrgäste, obwohl größtenteils einzelne, eine Gemeinschaft bildeten, im Bewusstsein für ein Schicksal, das sie teilten. War das heute noch so? Teils, teils, sagte ich mir, und kurz darauf fiel mir die knisternde Spannung wieder ein, die ich seit einiger Zeit unter Fahrgästen wahrnahm oder die ich mir einbildete, ich weiß es nicht, jedenfalls etwas knisternd Elektrisches, das ich nicht einzuordnen verstand. Solange der Film lief, horchte ich auf Geräusche, aufs Atmen und Räuspern, auf kurze Gespräche, das Fahrgeräusch der Straßenbahn. Und fragte mich, ob ich die Spur eines Knisterns vernahm, so wie bei mir im Wagen jeden Tag, aber ich konnte sie nicht identifizieren. War der Ton zu leise? Hatten sie bei der Aufnahme geschludert und anstelle eines empfindlichen Mikrofons ein weniger empfindliches genommen? Konnte sein, konnte nicht sein. Irgendwann gab ich es auf. Und sah mir den Mann mit dem Hut genauer an. Männer mit Hut sah man heute nicht mehr in der Straßenbahn oder höchst selten. Ich dachte an Mirek.

Die Straßenbahn fährt von Duisburg nach Dortmund, die Fenster sind regennass und stark beschlagen, von außen ist undeutlich eine junge Frau mit langen blonden Haaren zu erkennen, später steigt der Kameramann wieder zu. Zwei Frauen tauschen sich über die Zahlgrenze aus, eine ist nicht sicher, wie weit sie mit ihrem Ticket fahren darf. Ein Mann mit einer Zeitung beugt sich nach hinten zu einem anderen Mann und trichtert ihm etwas über Fußball ein. Hinter einer geschlossenen Schranke fährt ein Güterzug vorüber. Eine Mutter ermahnt ihr Kind: Sitzenbleiben, immer wieder sagt sie: Sitzenbleiben. Zwischendurch nimmt die Kamera die Perspektive des Fahrers ein, sie filmt aus der Kabine, bedächtig bewegt sich der Scheibenwischer hin und her, alle Ruhe der Welt. Im Wagen sagt eine ältere Frau, dass du Mein Kampf wieder kaufen kannst, sie sagt, dass es so ist, wie Adolf Hitler schreibt, über die Arbeiterklasse, ja genau, dass die, wenn sie Geld hat, das Geld nur verprasst, sie sagt: Das ist ja auch so. Schnitt, dann ein Flipperautomat, Schnitt, dann eine Kneipe, Schnitt, dann Gelsenkirchen, das Musiktheater im Revier. Gezeigt wird auch eine Nachtfahrt, nur vereinzelt Fahrgäste, zwei oder drei. In der Decke des Wagens stecken nackte Glühbirnen.

Die wurden gerne geklaut, sagte Jesus. Konntest du leicht herausdrehen.

Praktisch, entgegnete Klara. Du sparst dir den Weg ins Geschäft, es kostet dich nichts, und schon hast du es wieder hell in der Wohnung.

Nein, lachte Jesus. Nein, das funktionierte ja nicht. Weil die Birnen hundert Volt hatten, und wenn du so eine in die Lampe geschraubt hast, also, bei dir zu Hause, dann hat es Peng! gemacht und alles finster.

Klara sagte, sie bewahre eine solche Glühbirne immer noch bei sich auf, denn einst habe sie ihr ein Verehrer mitgebracht, mangels Blumen, weil spät in der Nacht die Geschäfte schon zu gewesen seien. Außerdem, fügte sie hinzu, wollte er draufgängerisch erscheinen, einer, der sich beherzt an öffentlichem Eigentum vergriff, an einer Glühbirne der städtischen Straßenbahn, und zwar nur deshalb, weil er die Vorstellung nicht ertrug, vor seiner Angebeteten mit leeren Händen dazustehen. Ich habe sie daheim nie ausprobiert. Das hätte noch gefehlt. Denn leider erwies sich mein Verehrer nicht als der Draufgänger, der er so gerne gewesen wäre.

Am Ende des Films sahen wir eine seltsame Szene. Zwei oder drei Männer taten so, als stünden sie in einer Straßenbahn, schwankten ein wenig hin und her und hielten sich an einer Stange fest. Dann, als die Kamera ihren Fokus erweiterte und in einer Totalen aufgehen ließ, erkannten wir ein Fernsehstudio, vielleicht auch nur ein Kellerverließ des Südwestfunks Baden-Baden. Die Stange, die in der Großaufnahme von oben nach unten reichte, war nur ein klägliches Rohr von unbekannter Bestimmung, Abflussrohr, sagte ich mir.

War das der junge Martin Walser?, fragte ich.

Welcher Walser?

Der Regisseur des Films, der Schriftsteller Walser.

Kenn ich nicht, sagte Jesus.

Oder der junge Jürgen Lodemann?

Welcher Lodemann?

Der Redakteur des Films, der Schriftsteller Lodemann.

Jesus sagte: Du kennst ja Leute.

Nicht selten gab es ein Problem im Berufskolleg, meistens mit einem Schüler oder einer Schülerin. Manches ließ sich lösen, manch anderes nicht. Manuela versuchte, ruhig zu bleiben. Bei Ahmed aber wusste sie nicht, wie weiter. Ich verliere ihn, sagte sie sich. Auch im Kollegium waren sie ratlos und schüttelten über ihn den Kopf. Niemand verstand, wie sich der aufgeweckte, fleißige Junge in kürzester Zeit ins Gegenteil verwandeln konnte, wie er mürrisch und verschlossen wurde und den Unterricht nur noch über sich ergehen ließ. Schlechte Noten nahm er ohne jede Regung hin, guten Noten von früher trauerte er nicht nach. Wenn er sich äußerte, dann nur, um eine Mitschülerin zu tadeln, die sich weigerte, ein Kopftuch zu tragen, und überhaupt, jedenfalls nach seiner Auffassung, ein liederliches Leben führte. Eines Tages kam seine Mutter in Manuelas Sprechstunde und gestand unter Schluchzen, dass ihr Sohn sie verachte, dass er sie ausschimpfe und nicht zu Wort kommen lasse, sie demütige und alles, was sie unternehme, in den Dreck ziehe. Sie sei ekelerregender Abschaum, weil sie sich kleide wie eine Hure und allein durch die Stadt laufe. Ihr drohe die Hölle, sie sei es nicht wert, seine Mutter zu sein.

In diesem Augenblick dämmerte Manuela, dass Ahmed zum Fanatiker geworden war. Längst hatte sie es geahnt, aber erst die Mutter gab ihr Gewissheit. Damit waren sie alle überfordert, und es half nichts, dass sie von solchen Fällen gehört hatten, dass sie Berichte im Fernsehen gesehen, Artikel in der Zeitung gelesen hatten, darüber, wie leicht sich Jugendliche ködern ließen, zumeist von jungen, zugewandten Menschen im Internet, die auf ihre Fragen Antworten hatten. Stand sie Ahmed gegenüber, versagte ihr pädagogisches Geschick; gegen seine Verstocktheit kam sie nicht an.

So schlug Manuela der Mutter vor, Unterstützung zu suchen. Sie gingen zu Kompass. Als sie das Büro betraten, wurden sie von einer jungen Frau und einem jungen Mann begrüßt, sie ohne Migrationsgeschichte, er mit. Die Mutter lächelte, aber zog, wie eingeschüchtert, die Schultern zusammen. Sie überließ Manuela das Wort und antwortete nur, wenn sie gefragt wurde. Bis in den späten Nachmittag redeten sie über Ahmed, dann über Ahmed hinaus, weil Manuela in Erfahrung bringen wollte, in welches Umfeld ihr Schüler geraten war.

Salafismus, sagte die junge Frau, ist eine der dynamischsten islamistischen Bewegungen. In Oberhausen haben wir zwar keine salafistische Szene, aber die Stadt steht im Dunstkreis von Essen.

Mein Sohn fährt nur selten nach Essen, warf die Mutter ein.

Muss er ja nicht. Internetanschluss genügt.

Die junge Frau fuhr fort: Es ist eine junge Bewegung, attraktiv für junge Männer. Erst dem Islamischen Staat haben sich dann auch Frauen angeschlossen. Neunzehn Prozent sind minderjährig.

Die Mutter sagte: Ahmed ist siebzehn.

Nach der Statistik fiele er in diese neunzehn Prozent.

Was bringt junge Frauen dazu …?, setzte Manuela an.

Es geht um Ahmed, fuhr ihr die Mutter über den Mund.

Natürlich, darum sind wir hier. Aber warum lassen sie sich darauf ein, selbst junge Frauen?

Ahmed, mein Junge …

Frauen werden gezielt angeworben im Netz, antwortete die junge Frau, mit ausgesuchter Propaganda. Der Islamische Staat wird verherrlicht. Und sie machen ihnen weis, dass sie dort ihre Unabhängigkeit erlangen, zuerst vom Elternhaus, aber auch sonst und überhaupt. Fortan, so behaupten sie, können junge Frauen ihre eigenen Entscheidungen treffen, ihren Mann fürs Leben finden und in der Ehe die wahre Liebe erfahren. Sie locken mit Haus und Grundstück, und sie erklären sie für unverzichtbar für die Gemeinschaft, weil sie der Gemeinschaft Kinder schenken, die dann, muss man hinzufügen, als Märtyrer sterben.

Der junge Mann hakte ein: Die Propaganda richtet sich an orientierungslose Jugendliche, keine Kinder mehr, aber auch noch keine Erwachsenen, in jedem Fall sensible Zuhörer, die auf Antworten, die sie erhalten, überschwänglich reagieren. Salafisten wissen, dass Jugendliche Wärme und Anerkennung brauchen, und dieses Wissen beuten sie aus. Attraktiv sind klare Ansagen, unmissverständliche Rollenbilder, das Gefühl, nicht allein zu sein, kurz: Orientierung. Gläubig oder nicht gläubig, erlaubt oder nicht erlaubt, schwarz oder weiß. Bist du bei uns, so kannst du, wenn du willst, nach Herzenslust provozieren, und zwar alle, die nicht so sind wie du und wie wir. Du stehst auf der richtigen Seite.

Viele leiden unter Diskriminierung, schaltete sich die junge Frau wieder ein. Aus diesem Grund gibt sich der Salafismus antirassistisch, er umarmt alle, die sich umarmen lassen wollen, alle eine Gemeinschaft, alle gleichberechtigt, egal, ob Mann oder Frau. Auf allen Kanälen, den sozialen Medien vor allem, können junge Menschen Antworten finden, Anweisungen, genauer gesagt, ohne sich über den Koran den Kopf zu zerbrechen oder die Quellen zu studieren. Eine Frage, eine Antwort. Ja, das ist erlaubt, nein, das ist nicht erlaubt. Gebote und Verbote, darin besteht ihr Regelbaukasten.

Mein armer Junge, sagte die Mutter.

Gut, dass Sie gekommen sind.

Was für ein Dummkopf, brach es aus der Mutter hervor.

In Videospielen, die noch verfügbar sind, sagte der junge Mann, gibt es Anleitungen, die die Spieler in die Welt des Islamischen Staates versetzen. Und es gibt Magazine, die erläutern, wie du eine Bombe baust oder wie du, indem du einen Lkw kaperst, ein Blutbad anrichtest. Und du findest auch Infos, wie du die Sicherheitsbehörden hinters Licht führst. Anfangs hieß es ja immer, geht ins Ausland, zieht in den Krieg und unterstützt eure Brüder. Heute, nachdem der Islamische Staat so gut wie geschlagen ist, heißt es, nein, es genügt, wenn ihr zu Hause etwas unternehmt, in eurem Land einen Anschlag verübt.

Das würde mein Junge nie tun.

Ja, lassen Sie uns auf Ahmed zurückkommen.

Ich habe Ihnen alles, was ich weiß, erzählt, beteuerte die Mutter. Ich mache mir große Sorgen.

Manuela schwieg.

Der junge Mann sagte: Mein Vorschlag wäre, dass ich mich so bald wie möglich mit ihm treffe.

Ihre Kollegin würde er ablehnen, behauptete die Mutter.

Dachte ich mir schon, sagte die junge Frau.

Ich werde mich mit Ahmed an einem Ort verabreden, an dem er sich gerne aufhält und sich auch nicht langweilt, fügte der junge Mann hinzu.

Er liebt Tiere.

Also, im Kaisergarten.

Gute Idee, stimmte die Mutter zu. Aber mit dem Verfassungsschutz will ich nichts zu tun haben.

Nein, ich treffe mich mit Ahmed.

Als Kymani den Afroladen betrat, sah er seine Schwester Dako mit Freundinnen vor den Kunsthaaren sitzen. Dort, im hinteren Teil, hingen auch farbige Kleider, es gab Mützen, Taschen und Kosmetik, während im vorderen Teil Regale mit Lebensmitteln standen, überwiegend für die afrikanische Küche, seit Neuestem auch Kisten mit frischem Obst und Gemüse. Er mochte den Geruch, der ihm sogleich in die Nase stieg, besonders von Gewürzen. Dieser Geruch war ihm vertraut, seit seine Eltern den Laden eröffnet hatten. Nur die Mutter half noch ab und zu aus, immer dann, wenn es seiner Schwester zu viel wurde, aber abgesehen davon führte die Schwester den Laden allein, das heißt, zusammen mit einem jungen Nigerianer, der einen Job brauchte und den sie nachsichtig lächelnd ihren Assistenten nannte. Diesen Assistenten konnte Kymani nirgendwo entdecken, die Kasse war verlassen.

So oft kam es nicht vor, dass er in den Laden ging, lieber traf er seine Schwester zu Hause oder anderswo in der Stadt. Benedetta aber, seine italienische Freundin, kaufte gerne hier ein und überraschte ihn am Wochenende mit einem afrikanischen Gericht. Wenn er ehrlich mit sich war, dann kam er nur her, um seine Schwester zu kontrollieren, nicht, inwieweit sie arbeitete, das war ihm gleichgültig, außerdem arbeitete sie viel und, wenn Lieferung eintraf, zu viel für seinen Geschmack. Nein, er wollte sehen, wer im Laden verkehrte, genauer gesagt, welche Männer, die mit begehrlichen Blicken jede Regung seiner Schwester verfolgten, denn sie war eine Schönheit, viel zu schade, dachte er, für den Afroladen der Eltern, aber sie hatte es sich so ausgesucht. Immer wieder hatte er sie mit einem jungen Mann ertappt, dem sie so heiter zugewandt gewesen war, wie es sich für eine Verkäuferin nicht gehörte. Das Rastaköpfchen hielt still, die Augen glänzten, und dann dehnte sie die Lippen zu einem Lächeln und ließ ihre Zähne aufblitzen. Kymani war sich unangenehm sicher: Er kam her, um zu schnüffeln. Dafür hasste er sich. Es ging ihn nichts an.

Kaum hatte ihn seine Schwester erblickt, sprang sie auf und lief in seine Arme. Er fand es normal, dass sie sich an ihn schmiegte, denn er war ihr großer Bruder, gleichzeitig genoss er es. Er genoss ihren Körper, ihren Atem, ihren Geruch, ununterscheidbar vermengt mit der Gewürzwolke im Laden. Er wusste, dass auch weiße Jungs sie längst ins Auge gefasst hatten, aber aus irgendeinem Grund reagierte sie nicht darauf, obwohl sie ihren Charme spielen ließ, als wäre sie jedem männlichen Wesen ein bisschen Geplänkel schuldig, allerdings ohne Hintergedanken. Hintergedanken befielen sie nur, wenn einer schwarz war und ihr noch dazu gefiel.

Sie machte ihn mit ihren Freundinnen bekannt, auf Englisch, wie üblich unter einer zusammengewürfelten Runde mit afrikanischen Wurzeln. Selbst in Nigeria sprachen sie, wie die Eltern versicherten, Englisch untereinander, weil fünfhundert einheimische Sprachen auch die Gutwilligsten überforderten. Die Eltern hatten Edo mit ins Revier gebracht und ihre Kinder in dieser Sprache erzogen. Kymani verstand alles, doch dass er Edo gesprochen hätte, wäre ihm nicht eingefallen, als Kind durchaus, später nicht mehr. Während er eine Hand nach der anderen schüttelte, all die Hände der Freundinnen, ließ er ein paar Worte auf Deutsch fallen, und die Frauen gingen darauf ein, sie antworteten auf Deutsch, sodass er sich sagte: Geht doch.

Kommst du morgen mit?, fragte Dako, auf die große Kundgebung gegen rechts? Wir alle werden hingehen. Ganz Oberhausen wird da sein.

Wenn es so wäre, dann hätten die Rechten ja niemanden, der mit ihnen marschiert. Die kündigen aber auch eine große Demo an, die größte im Revier, seit die Originalnazis untergegangen sind.

Alle von auswärts, behauptete sie. Denen dürfen wir die Stadt nicht überlassen.

Nein, natürlich nicht.

Also? Kommst du?

Ja, ich bin dabei, sagte Kymani, aber nicht auf der Kundgebung. Yann schwebt etwas anderes vor.

Wollt ihr sie angreifen?

Yann ist mein Freund, und wenn er denkt, er braucht Unterstützung, dann soll er sie haben.

Was habt ihr vor?

Kurz darauf verabschiedete er sich. Ihm war nicht danach, seine Schwester einzuweihen, denn sie würde ihn mit Sicherheit begleiten wollen, und wer wusste schon, was die Aktion auslöste, Gewalt möglicherweise, da war sie auf der Kundgebung besser aufgehoben. Vor Benedetta hatte er den Fehler begangen, sie ins Vertrauen zu ziehen, und jetzt war sie nicht mehr davon abzubringen, sich zu beteiligen. Darüber gerieten sie in Streit, sobald sie sich sahen. Jedes Mal wieder hielt sie ihm vor, sie zu behandeln wie ein Kind, sie zu bevormunden, mit welchem Recht? Irgendwann war Kymani so weit, dass er, wozu er sich noch nie hatte hinreißen lassen, mit der Faust gegen die Tür schlug. Sich die Fingerknöchel reibend, ging ihm auf, dass die Faust für Benedetta bestimmt gewesen war. Zerknirscht zog er sich ins Arbeitszimmer zurück.

Komm nicht im Anzug, riet Yann, der Kymanis Vorliebe für Anzüge kannte, selbst in der Freizeit, elegant und schmal geschnitten. Im Kleiderschrank hing einer neben dem anderen, eine stattliche Sammlung, die Benedettas Spott auf sich zog, weil sie nicht einsah, wozu jemand so viele Anzüge brauchte. Wann bist du mit der Reihe durch?, fragte sie. Dabei gefiel er ihr im Anzug, vor allem in seinen drei Lieblingsmodellen, die er öfter trug als andere, alle drei maßgeschneidert, denn auch sie kleidete sich modisch und legte Wert auf einen stilvollen Auftritt als Paar.

Yann sagte: Am besten, du ziehst etwas Sportliches an.

Hältst du mich für unterentwickelt?, fragte Kymani, für einen, dem du erklären musst, was er aus dem Kleiderschrank nimmt? Jeder Anzug wäre zu schade dafür. Obwohl … einen Vorteil hätte ich dadurch schon. Im Anzug könnte ich, falls nötig, für euch den Unterhändler spielen, ich wäre entsprechend gut angezogen.

Zu verhandeln gibt es nichts.

Gut, aber täusch dich nicht.

Sieht so aus, als würden wir viele werden. Die Antifa hat kräftig getrommelt, im gesamten Pott, dazu in Düsseldorf, Köln, Bonn. Männer, Frauen …

Frauen?

Ja, klar. Denkst du, die sind nicht gegen rechts?

Darauf schwieg Kymani.

Baran bringt seine Leute mit, fuhr Yann fort. Mit der PKK sind wir nicht zu schlagen.

Ihr seid auf Randale aus.

Nein, aber wir werden nicht weichen.

Nachdem bekannt geworden war, dass die nationalistische Rechte, begleitet von undurchsichtigen Splittergruppen, einen Zug auf die Beine stellen wollte, meldeten Bürger aus Oberhausen ohne Verzug eine Gegendemonstration an. Die Polizei bemühte sich, die beiden Routen auf Abstand zu halten und so anzulegen, dass der eine Zug nicht mit dem anderen kollidierte. Dagegen protestierte die Linke, kaum dass sie dem bürgerlichen Bündnis beigetreten war, und verlangte, dass sich die Züge zumindest auf Sichtweite begegneten, denn, so argumentierten sie, welchen Sinn hätte eine Gegendemonstration, wenn die Demonstration, gegen die sie sich richtete, nichts davon mitbekam. Doch die Polizei blieb bei ihrer Haltung, weil sie, ließe sie die Nähe zu, Übergriffe befürchtete; niemand sollte zu Schaden kommen. So beulten sich die Routen, wenn auch beide in der Innenstadt, in entgegengesetzte Richtungen aus, um am Ende in ihre Kundgebungen zu münden; für die Rechten lag das Ziel vor dem Hauptbahnhof, für das Bündnis Oberhausen am Altmarkt. Ursprünglich hatte die Rechte vorgehabt, durch die Marktstraße zu ziehen, aber dafür erhielt sie keine Genehmigung, zu schmal, zu heikel, zu konfliktträchtig. Stattdessen sperrte die Polizei die parallel gelegene Helmholtzstraße für den Verkehr, damit der Zug der Rechten da entlang auf den Sapo gelangte und von dort zum Hauptbahnhof. Die Ecke Helmholtz/Sapo lag der gegnerischen Route am nächsten, dem Platz der Kundgebung auf dem Altmarkt, höchstens fünfhundert Meter entfernt. Nach dem Willen der Antifa sollte die Rechte über die Ecke Helmholtz/Sapo nicht hinauskommen, sie sollte ihre Kundgebung vor dem Hauptbahnhof nicht durchführen können.

Kymanis Firma galt als etabliert, doch da ihr Feld der Verbrechensprognosen begrenzt war, würde sie nicht weiter wachsen wie bisher. Darum überlegte sein Partner, den Radius zu erweitern, um ihre Kompetenzen auch auf anderen Feldern einzubringen. Menschen lieben Prognosen, sagte er, und wir erstellen die Software dazu. Ich bin kein Orakel, gab Kymani zur Antwort, und ich will nicht für fünfzig Angestellte verantwortlich sein. Der Erfolg brachte es mit sich, dass sie in ganz Europa umherreisten, von einer Messe zur anderen, zu Treffen der IT-Branche, zum Händeschütteln mit Polizeipräsidenten. Die Elite der Verbrechensbekämpfung kannten sie mit Namen und Gesicht. Hin und wieder begleitete ihn Benedetta, vor allem wenn sich das Geschäftliche mit dem Feierlichen paarte, wenn also ein Empfang in Aussicht stand. Derartige Empfänge kostete sie über die Maßen aus, in einem leicht dekolletierten Kleid an der Seite von Kymani, und jedes Mal flüsterte sie ihm zu, sie seien das am besten angezogene Paar des Abends, si, davvero, worauf er entweder mit den Schultern zuckte oder zugestand: Kaum Konkurrenz.

Gut, dass es trocken ist, sagte Kymani. Und warm ist es auch. Kann ich so gehen?

Zieh dir was Sportliches an, empfahl Benedetta.

Was habt ihr nur dauernd damit? Sportlich, sportlich. Wollen wir ins Stadion?

Nein, aber vielleicht müssen wir rennen.

Beide Demonstrationszüge hatten sich bereits in Bewegung gesetzt, als die Antifa in Grüppchen auf dem Sapo eintraf. Zu früh, hieß es, sollten sie nicht da sein, um keinen Verdacht zu wecken. Viele trugen schwarze Kapuzenpullover, genauso wie Kymani, der sich seltsam darüber freute. Über WhatsApp standen sie miteinander in Verbindung. Späher an der nationalistischen Route teilten mit, wo sich der Zug gerade befand, und schätzten

Stimmung und Gewaltpotenzial ein. Inzwischen war die Helmholtzstraße gesperrt worden und damit offen für den Aufzug. Noch zögerte die Antifa, weil sie nicht riskieren wollte, dass die Polizei ihre Aktion vereitelte. Erst als die Rechten oben auf die Straße einbogen, erging ein Signal an alle, und alle liefen zusammen, um die Helmholtz an der Ecke Sapo zu blockieren. Zwei Polizisten am Straßenrand wurden nervös, gaben hektisch Meldungen weiter und bewegten ihre Köpfe hin und her, als wüssten sie nicht, wohin sie schauen sollten, damit ihnen nichts entging. Diese Nervosität legte sich auch dann nicht, als sie feststellten, dass sich eine Menge von Menschen dicht an dicht auf der Straße niederließen. In der Ferne ertönten Sirenen. Der Zug der Rechten rückte näher.

Hat geklappt, stieß Yann hervor und umfasste seine Knie mit den Händen. Er saß mit den Kräftigeren an der Front. Einige zogen die Kapuze über den Kopf.

Bis jetzt schon, sagte Baran, der, Brille im Gesicht, hinter Yanns Rücken kauerte. Im nahen Umkreis wusste er seine Kumpels von der PKK, kein Grund zur Sorge, redete er sich ein.

Seitdem Kymani Yann getroffen hatte, wich er nicht mehr von seiner Seite, ebenso wenig wie Benedetta. Darum waren sie ihm auch an die Front gefolgt. Mit Erstaunen schaute sich Kymani um. Mit so vielen Menschen hatte er nicht gerechnet, die bereit waren, eine Straße zu blockieren, fünfzig, sechzig, schätzte er.

Die Aktion ist ein Erfolg, schon jetzt, rief Yann euphorisch. Hundert Leute blockieren die Nazis, und zwar im Sitzen, absolut friedlich.

Baran sagte: Die Perle sollte nach hinten gehen, weiter hinten ist es sicherer.

Meinst du mich?, fuhr ihn Benedetta an.

Er nickte, worauf ihm Kymani und Yann nickend beipflichteten.

Was seid ihr nur für erbärmliche Machos, entrüstete sie sich. Ich bleibe hier sitzen. Ihr werdet noch froh sein, dass ihr mich habt.

Es war nicht böse gemeint, beschwichtigte Kymani.

Aha!

In Windeseile hatte die Polizei zusätzliche Kräfte erhalten. Ein älterer Polizist, der das Kommando führte, verlangte, die Kollegen anbrüllend, nach Absperrgittern, die jedoch auf die Schnelle nicht zu beschaffen waren. So ließ er sie eine Kette, Mann neben Mann, quer über die Straße spannen. Zwei Ketten, schrie er so lange, bis zwei Reihen von Polizisten die Helmholtz abgeriegelt hatten, die erste Reihe Rücken an Rücken mit der zweiten. Damit sollte einer unmittelbaren Konfrontation notdürftig vorgebeugt werden. Inzwischen waren die Rechten mit Parolen zu hören. Durchs Megafon rief eine Stimme zur Besonnenheit auf: Lasst euch nicht provozieren.

Kymani spürte, dass es brenzlig wurde, sein Blick fiel auf Benedetta, und er wünschte, sie wäre nicht hier. Dann wanderten seine Augen an der Reihe der Polizisten entlang, sie wirkten, bar jeden Schutzschilds, angespannt. Er dachte an Polizisten, denen er in letzter Zeit begegnet war, um sie von seinem Programm prognostizierter Straftaten zu überzeugen. Und ihm wurde bewusst, dass die Polizei vor Ort nicht mal im Traum daran gedacht hatte, dass eine Sitzblockade die Lage jäh verschärfen könnte. Weil sie darauf nicht vorbereitet waren, reagierten sie behelfsmäßig mit einer kläglichen Doppelkette, die einem Angriff nicht standhalten würde. Er fragte sich, ganz so, als hätte er nicht längst darüber nachgedacht, ob seine Anwesenheit künftig gegen ihn ausgelegt werden könnte, gegen Geschäfte, die es mit der Führung der Polizei einzufädeln galt. Ob dieser Akt des zivilen Ungehorsams ihn geschäftlich diskreditierte.

Er stellte fest, dass der Zug vor der Polizeikette zum Stehen gekommen war. Und dass die Rechten, aus ihrer Sicht schlüssig, lauthals forderten, den Weg freizugeben. Unter den Blockierern erhob sich Gegenwehr: Sie werden nicht durchkommen, sie werden nicht … Hinter der Doppelkette, ganz vorn und damit auf der anderen Seite der Front, erspähte Kymani ein vertrautes Gesicht, wie aus Holz und in kalter Bereitschaft. Er blickte auf Yann, der zu erkennen gab, dass er seinen Bruder entdeckt hatte.

Kymani sagte: Bleib sitzen.

Aber Yann richtete sich auf, ohne dass er Wolle aus den Augen ließ.

Bleib, Yann.

Was passiert?, fragte Benedetta.

Sein Bruder, antwortete Kymani.

Als Yann drei Schritte auf die Polizisten zutrat, lief ein Ruckeln durch die Kette, jemand in der Reihe sagte: Lassen Sie den Quatsch, das führt zu nichts, setzen Sie sich wieder hin. Doch Yann schien die Anweisung nicht zu hören. Kurz darauf stand auch Baran auf, genauso wie seine Kumpels von der PKK, wenngleich sie an Ort und Stelle verharrten. Yann wagte einen weiteren Schritt, diesmal schräg nach vorn, damit er seinem Bruder gegenüberstand. Über die Schultern von Polizisten starrten sie einander an. Darauf brach ein kurzer, scharfer Wortwechsel aus, von dem Kymani kein Wort verstand, aber er sah die von Wut entstellten Gesichter, Linien des Hasses, die sich beinahe spiegelbildlich einzeichneten, und er vermutete, dass sie die Brüder abgeführt hätten, wären sie nicht so wenige in ihren zwei Ketten und imstande, auf ein paar Glieder zu verzichten, weil alles, was Eskalation hervorrief, nicht im Sinn der Polizei lag. Immer wieder stießen Yann und Wolle ihre Köpfe nach vorn, drohend, dabei so unüberwindlich verstrickt in die geringste Distanz, dass der eine den Speichel des anderen im Gesicht spüren musste, Arschloch, beschimpften sie sich gegenseitig, Arschloch, Arschloch, bis das Schimpfwort in entkerntes Plärren überging.

Ich bin ruhiger geworden, sagte ich mir, ich habe aufgehört, mir mehr Gedanken zu machen als nötig, weil es letztlich nichts bringt und allenfalls dazu führt, dass ich wieder meine Ruhe verliere. In der Ruhe aber fühle ich mich aufgehoben. Alles Nötige, über das ich noch nachdachte, bezog sich auf Séverine, dann auch auf meinen Job, die engsten Freunde und Borussia Dortmund, recht viel mehr ließ ich nicht zu, und ich stellte fest, dass mir diese Einschränkung guttat. Dass ich ruhiger geworden war, wurde mir dadurch bewusst, dass ich die knisternde Spannung nicht mehr wahrnahm, wie ich sie lange Monate unter den Fahrgästen verspürt hatte, in den Städten, wo immer ich langging, erstaunlich, wie ich fand, denn unzählige Leute behaupteten das Gegenteil, nämlich, dass etwas Lautes und Ruppiges in den Alltag eingekehrt war, wie sie es von früher nicht kannten. Die neue Grobheit, schrieb unsere Zeitung und beklagte den Verlust von Toleranz im Revier, gerade so, als wären wir nicht mehr fähig, uns auf andere einzulassen, aber das hielt ich für übertrieben, noch dazu für fahrlässig, weil die Diagnose, wenn auch fadenscheinig, ungewollt dazu anregte, ihr nachzueifern. Behauptet wurde, dass wir im Revier die Neigung entwickelt hätten, uns entweder dem einen oder dem anderen Lager anzuschließen, entweder dem weltoffenen oder dem nationalen, und dass wir dementsprechend unsere Urteile fällten, reflexartig das Gegenüber herunterputzten und mit Verachtung straften, ohne Argumente anzuhören, Argumente würden als gestrig verhöhnt. Dem wollte ich nicht zustimmen, weil es unserer Mentalität widersprach, doch hundertprozentig sicher war ich mir nicht. Schleunigst versuchte ich, diesen Gedanken niederzudrücken, denn ich sah durch ihn meine Ruhe gefährdet, ich wollte mich nicht ohne Not auf Abwege begeben. Aber angenommen, das Laute und Ruppige gäbe es wirklich, das heißt, lauter und ruppiger als je zuvor, dann wäre das von mir registrierte Knistern ein untrügliches Vorzeichen gewesen, weil wir Straßenbahnfahrer tatsächlich manches erspürten, ehe es ins Bewusstsein der übrigen sickerte, nur, wir redeten nicht darüber, jedenfalls nicht öffentlich, und unsere Zeitung fragte nicht danach.

Wie unangenehm es mir in den Ohren geknistert hatte, bemerkte ich erst, als ich nichts mehr davon hörte, ja, ich fühlte mich befreit. Meine Ruhe kehrte zurück. Und so nahm ich mit Gelassenheit einen Tag wie den anderen. Selbst meine Visionen, in denen ich das Revier versinken sah, ließen von mir ab, größtenteils wenigstens, und ich gab mich ihnen höchstens noch hin, wenn Séverine bei mir war, weil ich wusste, dass ich sie damit beeindruckte, darum schmückte ich, was ich mir vorstellte, mit allen Einzelheiten aus: Risse im Pflaster, Rumoren in der Tiefe, Abrutschen des Bodens, klaffender Schlund.

Vielleicht beschwor ich dadurch unsere erste Begegnung herauf, als ich sie vor dem Sturz in den Orkus gerettet hatte, ausgerechnet ich, der ich nicht zum Helden geboren war, und vielleicht war das der Grund, weshalb sie wieder und wieder nach meinen schrecklichen Visionen verlangte. Sie wollte gerettet werden, und ich tat alles, um sie nicht zu enttäuschen. Ich mochte es, wenn sie mich ansah wie einen Verrückten, also zärtlich, ich mochte ihren zärtlichen Blick.

An der Kundgebung zeigte Séverine kein Interesse, dabei wäre ich so gern mit ihr auf den Altmarkt gegangen. Mir fiel nicht ein, wie ich sie hätte umstimmen können. Sie sagte: Ich bin kein politischer Mensch. Macht nichts, antwortete ich, es geht um Oberhausen. Sie erweckte den Eindruck, als wüsste sie nicht, wovon ich sprach, aber das nahm ich ihr nicht ab. Eher schien sie keine Lust darauf zu haben, in einer Menschenmenge zu stehen und Parolen zu skandieren, in einer Menge, die sich mit ihren Parolen selbst feierte, und auch ich konnte sie mir nur schwer darin vorstellen. Komm doch mit, sagte ich trotzdem, mir zuliebe. Dir zuliebe, behauptete sie, würde ich alles tun, ohne der Äußerung etwas hinzufügen. Uns beiden war klar, dass sie gerade gelogen hatte.

Der Altmarkt wirkte wie geflutet von Menschen, und allein dieser Anblick sorgte für Stimmung. Die Menge wiegte sich in der Sicherheit, den Angriffen aufs Revier zu widerstehen. Nichts würde den offenen Geist der Stadt beschädigen können, der von jeher die unterschiedlichsten Menschen zusammenbrachte und miteinander klarkommen ließ. Eine Rednerin auf dem Podium ereiferte sich, und je mehr sie sich ereiferte, desto stärker der Applaus. Sie sprach von der neurechten Heimsuchung, der sich die Stadt zu erwehren habe, von menschenfeindlicher Hetze, die große Teile der Bevölkerung erfasse, sie rief zu einem Parteiverbot auf, zu einem Maulkorb für diesen und jenen, und wenn nichts anderes mehr helfe, zu Verhaftung und Knast.

Was folgte, lag mir dann eher, weil ich für Empörung nichts übrighatte, schon der sich empörenden Stimme wegen, die schrill durch den Hals kratzte und unsere Ohren betäubte. Was folgte, waren sechs oder sieben kurze Reden, die, so dachte ich mir, für die offene Stadt stehen sollten, alles Menschen, die jeder von uns kannte, sofern er in Oberhausen lebte, alles Oberhausener, die, selbst wenn sie anderswo geboren und aufgewachsen waren, ihre Qualitäten eingebracht hatten: eine Türkin, eine Senegalesin, ein Ägypter und so weiter. Sie brauchten nicht schrill zu werden, es genügte, dass sie da waren und fünf Minuten aus ihrem Leben erzählten, sodass wir wieder wussten, wofür wir uns versammelt hatten. Wäre Séverine hier, ich würde ihr klarmachen, dass es das war, was ich meinte, als ich von Oberhausen sprach: Es gehe um unsere Stadt, nicht mehr, nicht weniger, egal, ob du politisch oder unpolitisch bist, und während ich ihr das sagen würde, würde mir bewusst, dass sie meine Aussage anzweifeln könnte, mittels des Grundwiderspruchs, der das Revier sinnlos zerklüftete, hier deine Stadt, dort alles andere. Unsere Stadt?, hörte ich sie in Gedanken fragen. Du bist Duisburger!

Als Zuzanna an die Reihe kam, entfuhr mir ein Jubeln, die Menge skandierte ihren Namen, und ich schloss mich an. Von Mirek wusste ich, dass er sie jedes Mal vorschickte, wenn es eine Ansprache zu halten galt. Sie hatte ihm die Kunst der Rhetorik voraus und ließ ungezwungen ihren

Charme spielen. Auf dem Kopf trug sie einen Hut, und Mirek, ebenfalls mit Hut, stand vor dem Podium und blickte zu ihr auf. Anfangs sprach Zuzanna auf Polnisch, nicht mehr als ein paar Sätze, und als die Menge das Wort Oberhausen identifizierte, klatschte sie Beifall. Ihre fünf Minuten legte sie anekdotisch an, indem sie drei Vorfälle erwähnte, die auf einem Missverständnis beruhten, jeweils zwischen Polen und Deutschen, aber alles löste sich in komischen Pointen auf, sodass sie einander lachend um den Hals fielen. Zuzanna schloss mit den Worten: Missverständnisse verbinden.

Im Hintergrund lag die polnische Gastwirtschaft mit den stolzen Buchstaben Solidarność an der Fassade. Vielleicht, dachte ich, bietet diese Kulisse zu viel des Guten für die Versammlung, während ich sie im selben Atemzug für gerade richtig hielt, als Ansporn für eine bedrängte Stadt.

Am Abend ging ich in die Kneipe, um mit Mirek einen Absacker zu trinken, er kam mit zwei kleinen Gläsern und einer Flasche Pan Tadeusz an den Tisch. Er sagte: Die Rechten haben vorm Hauptbahnhof ihren Erfolg gefeiert.

Kann nicht sein, entgegnete ich. Sie wurden blockiert.

Doch, doch. Der Zug ist umgeleitet worden.

Hat es Ausschreitungen gegeben?

So würde ich es nicht nennen, jedenfalls nach allem, was ich bisher gehört habe. Ein paar Menschen aber sollen verletzt worden sein.

Auf welcher Seite?

Mirek zuckte mit den Schultern.

Mir war schleierhaft, wie ich bei alldem so ruhig bleiben konnte. Log ich mir in die Tasche? Wollte ich nicht sehen, was vor sich ging? Vielleicht hatte sich nur eine trügerische Ruhe in mir eingenistet, aus Erleichterung darüber, dass die Spannung seit Neuestem jedermann elektrisierte. Dadurch fühlte ich mich entlastet. Ich war nicht mehr der Einzige, für den es unheimlich knisterte, ja, seitdem sich die Sinne allgemein geschärft hatten, stumpfte ich ab. Meine Ohren wurden, was das Knistern betraf, taub, ich hörte es nicht mehr, weil nicht mehr erforderlich, dass ich es hörte, ganz so, als hätte sich Verantwortung, die ich als Seismograf vage empfunden hatte, ins diffuse Allgemeine aufgelöst. Sollten andere schauen, wie sie damit zurechtkamen, Berufenere als ich. Trotzdem erzeugte der Tag mit den Kundgebungen, sobald ich ihn mir ins Gedächtnis rief, einige krause Wirbel, die ich am liebsten geglättet hätte, wäre ich nur dazu fähig gewesen.

Tags darauf rief ich meine Frau zu Hause an. Auf dem Altmarkt war sie nicht gewesen.

Aber deine Töchter haben sich ins Getümmel gestürzt, berichtete sie. Jede in einem kurzen Rock, in der Hand ein Schild mit der Aufschrift Rock gegen rechts.

Lilith?, fragte ich.

Beide waren sie dort. Ein bisschen pubertär, oder?

Hm, ich habe sie nicht gesehen, zu viele Menschen.

Warst du allein?

Bis auf die vielen Menschen, ja.

Hättest mich anrufen können.

Nächstes Mal.

Machst du ja eh nicht.

Nein, eher nicht. Du hast recht.

Warum sagst du es dann?

Du hast es mir in den Mund gelegt.

Ich hab was? Ich …

Hör mal, sagte ich sanft und wechselte das Thema, findest du nicht auch, dass irgendetwas im Gange ist, dass sich gerade etwas grundsätzlich verändert?

Für mich hat sich alles verändert, gab sie kühl zurück.

Entschuldige, aber das meine ich nicht.

Solltest du aber. Genau das solltest du meinen, wenn du mich nach Veränderung fragst. Alles, alles, Paul, hat sich für mich verändert.

So kam ich mit meiner Frau nicht weiter, darum beendete ich das Gespräch und stieg auf den Balkon, um eine Zigarette zu rauchen. Im Hof raste Otto von einer Ecke in die andere, so als jagte er ein Tier, dabei drehte er jedes Mal nur um und raste zurück. Erst als ich seinen Namen rief, hielt er inne, hob die Schnauze und bewegte sie nervös hin und her. Der Hund schnüffelte nach meiner Stimme, ich ließ ihn im Ungewissen.

Während ich auf Séverine wartete, fiel mir ein, dass sie gern von sich sagte, sie würde nicht weinen. Dabei hatte ich sie oft weinen sehen, nach jedem Orgasmus, der sie erzittern ließ, doch Sex klammerte sie aus, Sex zähle nicht. Aber auch damals im Theater, als wir den Film Schlagende Wetter sahen, war mir so, als habe sie eine Träne verdrückt. Warum sie so darauf beharrte, eine Frau zu sein, die nicht weinte, blieb mir ein Rätsel, höchstens, dass ich dachte, sie wolle unter allen Umständen die Kontrolle über sich behalten, und das gelang ihr ja auch so gut wie immer, sie gab sich äußerst kontrolliert, weil sie ihre Souveränität nicht aufs Spiel setzen wollte, sie war so souverän, dass es ans Ungesunde grenzte. Niemals würde sich Séverine einem Mann ausliefern, der womöglich Forderungen stellte, die sie nicht zu erfüllen bereit war. Insofern lief zwischen uns alles so, wie es für sie nicht besser hätte laufen können, sporadische Begegnungen in völliger Freiheit.

Länger lässt sich die vierte Nacht nicht aufschieben. Bei mir löst sie dieselbe Beklemmung aus wie die dritte Nacht, nur ohne das Panische. Der vierten Nacht erinnere ich mich mit Grauen. Schon wenn ich daran denke, fröstelt es mich. Ich gestehe, dass ich sie lieber überspränge. Oder allenfalls kurz darauf einginge, nichts als die kalten Fakten, um wenig später fortzufahren und Text anzuhäufen, Text, der die Nacht zurückdrängt, ein zum Puffer anwachsender Text, der sich zwischen mich und das Ereignis legt, Text im Sinne von Zeit, die vergeht und so auch das Schreckliche vergehen lässt.

Es zeigte sich am letzten Oktober-Wochenende. Ganz harmlos begann es damit, dass ich am Freitag mit dem Zug nach Berlin fuhr, weil Borussia auswärts spielte und ich dieses Spiel sehen wollte, obwohl ich nur selten ins Stadion ging, jenseits des Reviers überhaupt nicht. Aber dieses Spiel hatte ich mir in den Kopf gesetzt und ließ mich auch nicht davon abbringen, als Willi und Jesus absprangen, da ihnen die Fahrt zu beschwerlich vorkam, besonders die Rückfahrt während der Nacht, das unbequeme Sitzen, das schlaflose Dämmern. Dass Mirek und Zuzanna dafür in Frage kämen, konnte ich vergessen, denn sie hingen an Schalke und sahen nicht ein, warum sie Borussia in die Hauptstadt folgen sollten. So fielen die Karten an Baran und seine Perle Liyana.

Das Spiel ging verloren, ein schwerer Schlag, mit dem niemand gerechnet hatte. Als wir gegen Mitternacht den Zug bestiegen, lag eine bedrückte Stimmung auf den Gesichtern, wir waren wieder unter uns, Waggon für Waggon in Schwarz-Gelb, mittendrin ein paar Neutrale mit Platzreservierung. Baran war den Tränen nahe, und die stolzen Farben, die er trug, zogen ihn nur umso tiefer hinunter. Mit traurigen Augen sah er mich durch seine Hornbrille an, und einen Augenblick dachte ich, die ganze Ungerechtigkeit der Welt liege in diesem Blick; dem Kuss von Liyana entzog er sich. Ich wickelte meinen BVB-Schal vom Hals und ließ ihn über die Schultern hängen. Einige Fans waren, kaum dass sie saßen, eingenickt; andere tranken Bier aus der Flasche, das sie noch in Berlin besorgt hatten. Jemand kam mit der Nachricht, der Speisewagen sei zu, kein Bier für die Nacht, worauf ein schlaffes Raunen durch die Reihen lief. Als die Schaffnerin den Waggon kontrollierte, wurde sie ein ums andere Mal nach dem Speisewagen gefragt, doch sie bestätigte nur, was längst alle wussten: Nicht geöffnet, weil nicht rentabel um diese Zeit; normalerweise, sagte sie, fahren nur 'n paar müde Menschen mit, nee, das lohnt sich nicht.

Aber der Zug ist voll.

Ja, heute schon.

Sie könnten das Geschäft Ihres Lebens machen.

Nicht mein Geschäft.

Aber Ihr Leben.

Mein Leben schon, aber nicht mein Geschäft.

Die Schaffnerin lächelte und knipste Fahrkarten ab.

Weil Baran wortkarg blieb, zog Liyana ihr Smartphone hervor, und ich schloss die Augen, ohne schläfrig zu sein. Jedes Mal schlug ich sie wieder auf, wenn sich ein Mann in schwarz-gelben Farben, vereinzelt auch eine Frau, durch den Gang tastete. Ununterbrochen ging jemand auf die Toilette oder kehrte von der Toilette zurück. Einmal hieß es, die Toilette sei defekt, jetzt schon die zweite, weshalb sie in den nächsten Waggon müssten. Ich schloss die Augen. Irgendwann beruhigte sich der Verkehr, wie sich überhaupt alles beruhigte, je weiter die Nacht fortschritt. Nun übermannte auch mich der Schlaf, nicht für lange, aber dann immer wieder; kündigte eine Durchsage die nächste Station an, wachte ich auf. Gegenüber saß Liyana mit ihrem Gerät. Hier und da ein Schnarchen, sonst war es still. Die enttäuschten Fans waren zu schwach, um wach zu bleiben, einen nach dem anderen kaperte der Schlaf, und so träumten sie gemeinsam von einer Revanche, welche die Niederlage wettmachte. Öffnete ich die Augen, sah ich Liyana und ihr Smartphone, selbst nach Stunden noch, während Baran verdreht im Sitz kauerte. In Dortmund belebte sich der Waggon, die meisten stiegen aus. In Kürze würden wir in Duisburg sein.

Die Regionalbahn brachte uns nach Oberhausen, langsam wurde Baran munter, ja, es war, als erwachte er aus einem Albtraum. Nur zu gern wollte er das Spiel als Albtraum betrachten, der eine Schlappe nur vorgaukelte und mit dem Erwachen verschwand. Im Quintessenz setzten wir uns auf die Terrasse, das Lokal war noch geschlossen, aber drinnen erkannten wir Kellnerin Lale, die bereits Vorbereitungen traf. Als der Heizstrahler, der unserem Tisch zugedacht war, aufglühte, fühlten wir uns akzeptiert. Kurz darauf wurden wir mit Kaffee versorgt. Ich wärmte meine Hände an der Tasse.

Den Elfer hätte es nicht geben dürfen, sagte Baran.

Nein, eine Fehlentscheidung.

Dieses Tor war ein Unglück.

Na ja, sagte ich, dumm gelaufen.

Weil sie alle den Kopf verloren haben.

Seit Baran wieder sprach, kam Liyana ohne Smartphone aus, sie hatte es nicht einmal auf den Tisch gelegt. Hinten, in der Ecke, ließ sich ein Mann in Schwarz-Gelb nieder, wahrscheinlich war er mit uns im Zug gewesen, unscheinbar unter Fans. Sein Heizstrahler glühte auf, und als er unsere Farben bemerkte, grüßte er herüber und wackelte mit dem Kopf, als hätten wir einen Sieg errungen.

Liyana sagte: Von Berlin haben wir nichts mitgekriegt.

Alles, was zählt, hast du gesehen, gab Baran zur Antwort.

Wir hätten mehr Zeit gebraucht.

Mehr Zeit war nicht nötig.

Liyana sah blass aus, angespannt und übermüdet, bestimmt hatte sie kein Auge zugemacht. Anders als sie hatte ich wenigstens zeitweise geschlafen.

Beim Weggehen legte Baran seinen Arm um ihre Schultern, so zog er sie mit sich. Ich nickte dem Mann in der Ecke zu.

Als ich den Hof des Solidarność erreichte, hatte ich kein Verlangen, Mirek zu begegnen, denn wenn du mit Borussia gelitten hast, gibt dir ein Anhänger von Schalke den Rest. Zwar neigte Mirek nicht zu Häme, aber in diesem Fall wollte ich es nicht darauf ankommen lassen. Unauffällig überquerte ich den Hof und stieg die Stufen zum Apartment hinauf.

Natürlich hätte ich eine Begegnung mit Mirek erfinden können, bloß um die vierte Nacht auf Distanz zu halten. Alles, was ich gerade schreibe, dient letztlich nur dazu, denn mit dem verlorenen Fußballspiel, den niedergedrückten Schwarz-Gelben, hängt die vierte Nacht nicht zusammen, höchstens, dass sie auf dasselbe Wochenende fiel, den letzten Samstag im Oktober, der auf den letzten Freitag folgte. Langsam tastet sich meine Erinnerung voran, sehr langsam, sodass ich im Augenblick ernsthaft überlege, eine Analyse des Spiels einzufügen, lang und detailliert, weil ich bisher wenig darüber gesagt, nichts außer den irrtümlich gepfiffenen Elfmeter erwähnt habe. Aber ich will nicht als der Drückeberger gelten, der ich bin.

Ehrlich gesagt, ich habe von dem schaurigen Ereignis nichts gesehen. Zwar war ich in der Nähe des Tatorts, aber kaum dass ich die Lage erfasste, drehte ich mich um und ergriff die Flucht. Dabei hatte ich gar nicht vorgehabt, noch einmal vor die Tür zu gehen, es war kalt und spät, bestimmt schon nach zehn, und hätte Séverine nicht angerufen, ich wäre im Apartment geblieben und hätte mich ausgeschlafen. Aber sie bestand darauf, dass ich zu ihr käme, und als ich versuchte, sie auf den nächsten Tag zu vertrösten, flehte sie mich an in einem Ton, den ich nicht von ihr kannte. Darauf hätte ich mich nicht einlassen sollen, denn dann wäre ich dem Schlimmsten entgangen, den verschwommenen Eindrücken eines Augenzeugen, den Reflexen eines Feiglings, dem erbärmlichen Anruf eines Verstörten, der sich bei Séverine stammelnd entschuldigte.

Und ich hätte auch so alles erfahren, weil über nichts so viel gesprochen und geschrieben wurde wie über die vierte Nacht, die ja nur nach meiner Zählung so heißt, aber als Lynchnacht von Oberhausen ins allgemeine Bewusstsein eingegangen ist. Obwohl ich so gut wie nichts gesehen habe, habe ich doch ein klares Bild von dem, was geschehen ist, ein Bild, das in heller Klarheit leuchtet, so hell und klar, wie es die eigene Wahrnehmung niemals hervorbringt.

Séverine sagte: Bin zu Hause. Wollte nicht weg. Kannst du kommen?

Drei zu eins, antwortete ich, als wäre damit alles geklärt. Eigentlich sollte ich längst im Bett sein. Im Zug hab ich kaum geschlafen.

Du willst nicht kommen.

Viel zu müde.

Das hast du noch nie gesagt. Ist was?

Alles gut.

Lass mich nicht zu lange warten.

Séverine …

Bitte, bitte, bitte.

Was ist los?

Will nicht allein sein.

In der vierten Nacht feierte die Stadt irgendein Fest, ich könnte nicht sagen, welches, bei all den Feiern das ganze Jahr. Eine Menge Leute waren auf der Straße, jung und alt, teils in Winterkleidung, um es im Freien auszuhalten. Wieder hatten sie Buden errichtet, für Bier, Würstchen, Snacks. Auf dem Altmarkt schenkte eine Frau Glühwein aus, zu früh für diese Jahreszeit, aber etliche griffen zu, weil auch die kalten Tage zu früh eingefallen waren. Am Abend spielten Kapellen in der Stadt, nur ein Streichquartett wurde in den Saal verlegt, aus Sorge, die Instrumente könnten sich verstimmen. Von der Musik bekam ich nichts mit, so auch nichts von Barans Mundmusik, die, so stellte ich mir vor, in einem geschützten Winkel erklang, elegische Gesänge, kurdische Klagegesänge auf die Elf von Borussia. Als ich nach zehn das Apartment verließ, um zu Séverine zu gehen, herrschte übrig gebliebener Trubel in der Innenstadt, Rufe und Gelächter unter Straßenlaternen. Sie hatten schon gut getrunken. An das Geklirr von Flaschen, die auf dem Pflaster zersprangen, gewöhnte ich mich schnell und achtete auf Scherben.

Am unteren Ende der oberen Marktstraße hielt ich die Luft an. Ich sah, wie ein weißer Transporter in eine Shishabar fuhr.

Das Gedächtnis spiegelt mir vor, dass alles so überstürzt geschah, dass nichts als verschwommene Eindrücke blieben, ganz so, als habe der Vorfall nur wenige Sekunden gedauert. Aber ich weiß, dass mein Gedächtnis, indem es den Vorfall in Nebel hüllt, mich schützen will, es sorgt dafür, dass ich die Abfolge der einzelnen Handlungen nicht mehr erkenne, wenngleich ich, solange ich das obere Ende im Blick hatte, jede Einzelheit wahrnahm. Der weiße Transporter raste nicht, er fuhr langsam in die Shishabar hinein, als ließe der Fahrer sein Fahrzeug ausrollen, wenn auch ohne Rücksicht auf die Gäste, die draußen um eine Pfeife saßen. Er fuhr in die Gäste hinein. Der eine oder andere rettete sich durch einen Sprung, aber ich sah auch welche zu Boden stürzen und liegen bleiben. Vor der benachbarten Kneipe ließen drei oder vier Männer ihr Bier stehen und setzten sich in Bewegung, äußerst langsam, wie in Zeitlupe. Niemand war aufgeschnellt, sie folgten ohne Hast einem dunklen Impuls. Einer öffnete die Tür des Transporters und zog den Fahrer heraus, der Fahrer wehrte sich nicht, aber schimpfte auf das Araberpack, auf Kanaken und Schwarzfüße, und bettelte in den Gesichtern der Männer um Zustimmung. Stattdessen traf ihn eine Faust in den Magen, die Männer schlugen den Fahrer nieder und traten mit Stiefeln nach ihm. Als sie ihn an den Füßen packten und, ihn weiter misshandelnd, die obere

Marktstraße hinabschleiften, wozu ein paar Schaulustige mechanisch nickten, kehrte ich um, beschleunigte meinen Schritt, ohne zu rennen, und entfernte mich in die Richtung, aus der ich gekommen war. In der Einkaufsschlucht der Marktstraße, redete ich mir zu, gehst du nicht verloren, du gehst nicht verloren.

Die Männer, hörte ich später, ließen ihn liegen, niemand eilte zu Hilfe. Der Fahrer des weißen Transporters starb auf dem unteren Ende der oberen Marktstraße.

In den Tagen darauf rekonstruierten sie die Nacht bis ins Nebensächliche. So erfuhr ich, dass die Shishabar nicht das erste Ziel des weißen Transporters war. Dass er vorher in eine Gruppe von Menschen fuhr, die auf den Bus wartete. Dass er dabei den Kinderwagen verfehlte. Dass er auf der Friedrich-Karl-Straße eine Fußgängerin jagte. Dass er die junge Türkin so schwer erfasste, dass sie wenig später ihren Verletzungen erlag. All seine Opfer schien der Fahrer bewusst gewählt und angegriffen zu haben, Menschen, die ihm undeutsch erschienen, darum die afrikanische Familie an der Bushaltestelle, das Mädchen mit Kopftuch, die Shishabar. Trotzdem drehte sich die Diskussion um die Frage, ob Amok oder Terror, ob Wahnsinn oder rechtsextreme Gewalt, da der Fahrer, wie herauskam, wiederholt in psychiatrischer Behandlung gewesen war. Für mich aber lag darin kein Widerspruch, ich sah nur den Wahnsinn rechtsextremer Gewalt. Ohnedies hielt sich die Diskussion nicht lange dabei auf, sie verhakte sich im Racheakt der vier Reviermänner, die den Anschlag auf ihre Nachbarschaft, die Shishabar, nicht hinnehmen wollten.

Ja?, fragte Séverine. Warum rufst du mich an? Hast du es dir anders überlegt?

Ich …

Ja?

Ich wollte ja. Aber …

Ja?

Es ist etwas Schreckliches passiert.

Versteh ich nicht.

Darüber kann ich nicht sprechen. Morgen, ja?

Paul …

Ich … ich kann nicht.

Konnte ich etwas Sinnvolles tun? Lange fiel mir nichts ein. Dann ging ich auf die Beerdigung der jungen Türkin. Je mehr Menschen sich auf dem Friedhof versammelten, desto weniger gelang es mir, meine Tränen zu unterdrücken.

Gedämpft war die Stimmung in der Stadt, beinahe so, als wäre Schnee gefallen. Die Menschen schlichen in gebückter Haltung umher und gaben acht, dass sie nicht auffielen. Laut wurde in diesen Tagen niemand, es war, als hätten sie sich auf ein Sprechen mit gesenkter Stimme verständigt, fast ein Flüstern. Wären nicht unentwegt Reporter eingetroffen, um Fragen zu stellen, sie hätten sich dieser Stimmung, in der sie ihre Trauer ausdrückten, so lange wie nötig hingegeben. Sie trauerten um die Opfer, die Getöteten und die Verletzten, und sie trauerten um ihre Stadt, in der vorgefallen war, was sie für unverzeihlich hielten. So mischte sich Scham in ihre Trauer, und so fingen sie an, um sich selbst zu trauern.

Darauf nahmen Reporter keine Rücksicht, sie liefen die Marktstraße auf und ab und sammelten Stimmen, teils mit Mikrofon und Fernsehkamera, teils nur mit einem Notizblock. In diesen Tagen entsandte jedes Medium einen Korrespondenten nach Oberhausen. Der Nachricht auf der Titelseite folgten Reportagen und Kommentare, die Berichterstattung überschlug sich, und die digitalen Netzwerke ergingen sich in ungezügelten Affekten. Immer wieder kam es vor, dass ein O-Ton von der Marktstraße, da geflüstert, unverständlich war, die Aufnahme abgebrochen und erneut in Gang gesetzt werden musste, mit der Bitte, laut und deutlich zu sprechen, aber das Laute bekamen sie nicht, das Laute lag den Leuten zu dieser Zeit nicht.

Spontan trommelte Klara die Alten zusammen, ein paar wenigstens, die sie in der Innenstadt einflussreich fand, jeden auf seine Weise, um im Altenrat, wie sie allen Ernstes sagte, nach Antworten zu suchen. Als sie Mirek anrief, willigte er sogleich ein und bot das Solidarność als Treff an, am Nachmittag, weil sie da unter sich und ungestört seien. Auch Efia, ihre Freundin aus Ghana, schloss sich an, dann auch Jesus und schließlich der türkische Pate. Für einen Altenrat betrachtete Klara fünf Köpfe als angemessen.

Der Pate räusperte sich: Ich habe zu danken, ja, ich danke euch, dass ihr alle dabei wart, als wir unsere Tochter begraben haben. Die Familie wird es euch nie vergessen. Allah behüte euch.

Draußen, vor dem Eingang, standen drei türkische Männer, die Klara für Leibwächter des Paten hielt.

Ich bin ja aus Duisburg, sagte Jesus. Aber Paul hat gemeint, dass ich nicht fehlen darf. Dass der Tod der Tochter uns alle angeht.

Wer ist Paul?

Ein junger Kollege.

Kollege?

Straßenbahn, sagte Jesus.

Straßenbahn ist gut.

Als Klara die Teetasse in ihren Händen drehte und unkontrolliert nach Luft schnappte, fragte der Pate: Ist die Sitzung eröffnet?

Efia sagte: Alle da, also eröffnet.

Unterm Tisch irrte der Wirtshund umher, verwirrt von den vielen Gerüchen. Otto wagte es nicht, sich niederzulassen, er lief unschlüssig, in einem fort schnüffelnd durch die Wirtschaft, um dann stehen zu bleiben und die Runde aus der Distanz zu belauern.

Du siehst müde aus.

Müde?, fragte Mirek. Sehen wir nicht alle müde aus? Das Ganze hat uns mitgenommen. Darum sitzen wir jetzt hier.

Wir sitzen hier, schärfte Klara ihnen ein, damit etwas so Scheußliches nie wieder passiert.

Ja klar, völlig korrekt. Aber was können wir tun?

Nicht viel.

Viel vielleicht nicht, aber etwas schon.

Nein, nicht viel. Die Stadt ist vergiftet.

Ich habe euch gebeten zu kommen, fuhr Klara fort, weil ihr großes Ansehen habt in euren Gemeinschaften und dadurch auf sie einwirken könnt.

Die Alten sind Naturgewalten, spottete Jesus.

So gemeinschaftlich läuft es gar nicht ab unter uns Polen, widersprach Mirek.

Unter uns Türken auch nicht, pflichtete der Pate bei, solange keiner sagt, wo es langgeht.

Eben, darum geht es.

Gott im Himmel, stieß Efia hervor, ich kann nicht die Stimme Afrikas sein.

Ist auch nicht nötig. Es genügt, wenn du die Stimme Oberhausens bist. Wir alle sind diese Stimme.

Die Stadt ist gespalten …

Ist sie nicht!

Wie auch immer, die Atmosphäre ist vergiftet, es ist nicht mehr so wie vor zehn Jahren, sagte Mirek. So viel Hass wurde gesät, und es war nur eine Frage der Zeit, bis diese Saat aufgehen würde.

Und jetzt sind alle geschockt.

Doppelt geschockt, sagte der Pate. Erst die mörderische Fahrt des Transporters, dann die mörderische Rache.

Sind die Jungs da draußen von dir?, fragte Mirek.

Meine Jungs, antwortete der Pate, ohne sich umzudrehen.

Hast du sie nötig?

Wer weiß das schon.

Vor dem Eingang gefallen sie mir nicht, bemängelte Mirek. Das ist ein offenes Haus.

Darauf hob der Pate den Arm und wedelte, ohne einen Blick nach draußen zu werfen, mit der Hand. Offenbar behielt ihn einer der Männer immer im Auge, denn das Zeichen wurde bemerkt, und die drei postierten sich abseits des Eingangs, vor dem großen Fenster.

Über unsere Stadt kannst du lesen, dass hier ein Mensch gelyncht worden ist.

Die Lynchnacht, ja. Die Lynchnacht von Oberhausen.

Und wenn es Notwehr war?

Wieso Notwehr? Ha!

Versündigt haben sie sich, schwer versündigt, sagte Efia. Nur der Herr darf das Böse bestrafen, nur der …

Der Herr hat bestraft.

Diese vier Männer haben nicht im Affekt gehandelt, und sie fühlten sich auch nicht bedroht.

Nicht direkt jedenfalls, sagte Klara. Bedroht aber sahen sie ihre Stadt, das Leben, wie sie es kannten, das gewohnte Zusammenleben. Dass du deinem Nachbarn hilfst, wenn er deine Hilfe braucht. Und dann wurden sie Zeuge, wie Gästen einer Shishabar in unmittelbarer Nachbarschaft Gewalt widerfuhr, brutalste, menschenverachtende Gewalt … Es waren ganz einfache Männer, die ohne ein Wort übereinkamen, Rache zu nehmen. Sie folgten schlicht ihrem Instinkt.

Verteidigst du sie etwa?

Etwas so Scheußliches kann niemand verteidigen.

Von hinten, aus dem Büro, näherte sich Zuzanna und fragte, ob noch jemand Tee wolle oder Kaffee.

Ich mach das schon, sagte Mirek. Also?

Der Pate nickte: Viel Zucker.

Darauf zog sich Zuzanna wieder zurück, und Otto, der das Interesse an der Runde verloren hatte, trottete ihr nach.

Warum hast du mich dazugenommen?, fragte Jesus. Alt genug bin ich zwar, aber ich stamme aus Duisburg und habe mit eurer Stadt und dem Lynchen nichts zu tun.

Weil das Gift nicht an der Stadtgrenze versickert.

Und weil du hier bekannt bist, sagte Klara, fast schon eine Legende, der Jesus.

Es gibt nur einen Jesus, stellte Efia klar.

Jaja, schon gut. Mit deinem Jesus will ich mich nicht messen.

Erneut räusperte sich der Pate, aber er zögerte, das Wort zu ergreifen. Stattdessen zupfte er an den grauen Haaren seines Schnurrbarts. Sein beträchtlich gewölbter

Bauch schabte, wenn er sich bewegte, an der Tischkante. Mirek brachte ihm stark gesüßten Tee.

Dem Paten entfuhr ein heiseres Lachen, eher ein Raspeln. Kurz darauf sagte er: Dieser Rat ist nicht vollständig.

Was meinst du damit?, fragte Klara. Habe ich jemanden übersehen? Alte kannst du viele haben, aber nicht alle eignen sich für den Altenrat.

Es fehlt der andere Pol. Es fehlen Leute, die eine andere Meinung haben als wir. Mit diesen Leuten teilen wir uns die Stadt.

Ist das dein Ernst?, sorgte sich Mirek. Willst du mit Neurechten und Neunazis an einem Tisch sitzen? Die haben uns das Ganze eingebrockt. Sie haben so lange gehetzt, bis ein kranker Mann glaubte, das Richtige zu tun, wenn er in den Transporter steigt und auf ihm fremd erscheinende Menschen zufährt.

Ja, trotzdem. Denn ohne sie werden wir nicht viel ausrichten.

Nein, dann verlasse ich den Rat, sagte Efia. Von solchen Leuten lasse ich mich nicht als Negerin beleidigen.

Das wird nicht passieren.

Jesus sagte: Lasst uns darüber nachdenken. 'n rechter Alter erreicht eine andere Gemeinschaft als wir. Und darum geht es doch, Klara, oder? Dass wir die Gemeinschaften in der Stadt zur Besinnung rufen.

Einen Nazi würde ich im Altenrat nicht haben wollen, sagte sie.

Keinen Nazi, wiegelte der Pate ab. Aber einen rechten Alten, wie Jesus vorschlägt. Die Leute dort sind genauso geschockt wie wir, doppelt geschockt von dem, was geschehen ist. Insofern ist der Moment günstig.

Nein, nein, nein, schüttelte Mirek den Kopf. Ins Solidarność kommen sie mir nicht rein. Das geht nicht. Am besten, du stellst deine Jungs wieder vor den Eingang.

Die Hände des Paten ruhten auf seinem Bauch. Er hob weder die linke noch die rechte, um die Aufpasser anzuweisen.

Klara fragte: Wer wäre so aufgeschlossen, dass er sich mit uns treffen würde?

Lass das mal meine Sorge sein, sagte der Pate.

Sorge, ha!, das trifft es.

Ja, meine Sorge.

Wie willst du es angehen?

Kontakte.

Mirek grinste. Der Pate war ihm ein Rätsel.

Kein Geheimnis, sagte der Pate, dass es Schnittmengen gibt zwischen den Gemeinschaften.

Ausgeschlossen, behauptete Efia, nicht zwischen Schwarzen und Nazis.

Es gibt so manches kurzatmig geschlossene Bündnis, Verirrungen, zum eigenen Schaden.

Unmerklich nickte Jesus, als wäre ihm etwas eingefallen, das er lieber für sich behielt. Mirek sagte nichts.

Habe ich also euer Mandat? Forschend blickte der Pate in die Runde.

Darüber müssen wir abstimmen, sagte Klara.

Der Altenrat, warf Efia ein, sollte Beschlüsse nur einstimmig fassen.

Jesus protestierte: Der Altenrat richtet sich nicht nach dem Ritual afrikanischer Stämme. Als ihn Efias entsetzter Blick traf, entschuldigte er sich.

Die Mehrheit zählt, ordnete Klara an. Andernfalls wäre

der Rat nicht handlungsfähig. Oder nur in den seltensten Fällen.

Also stimmten sie über die Erweiterung des Gremiums ab. Efia und Mirek waren dagegen, der Pate, Jesus und Klara dafür.

Gut, stellte der Pate fest. Ich werde sehen, was sich machen lässt.

Darauf schwiegen sie eine Weile.

Welchen Sinn hat der Altenrat, fing Jesus zögernd wieder an, wenn niemand weiß, dass er existiert? Du solltest dich an die Presse wenden, Klara.

Nein, sagte sie. Je unauffälliger wir vorgehen, desto effektiver werden wir sein, jeder in seinem Umfeld.

Und wenn es missverstanden wird? Wenn sie uns einer Verschwörung verdächtigen? In Mireks Gaststätte?

Hahaha, raspelte das Lachen des Paten.

Irgendwie, finde ich, irgendwie, sagte Efia, sollte die Öffentlichkeit von uns erfahren.

Pressekonferenz?

Nein, nein, das wäre zu feierlich.

Wir könnten, solange es noch hell ist, durch die Marktstraße ziehen, schlug Mirek vor, von ganz unten nach ganz oben. Alle fünf in einer Reihe, einer beim anderen untergehakt. Das wäre ein Zeichen.

Die wilden Alten …

Bunt zusammengewürfelt …

Mirek, du träumst. Wer schert sich darum?

Wie lange läuft man?, wollte Jesus wissen.

Ich bin der Älteste, sagte der Pate, und ich will nicht, dass mir die Puste ausgeht. Darum gebe ich das Tempo vor, Schritt für Schritt, einverstanden? Ihr braucht Geduld.

Dabei haben wir nicht mal ein Transparent, beklagte Efia. Woran sollen sie erkennen, wer wir sind?

Der Pate sagte: Die Leute werden verstehen, die Leute verstehen immer.

Tagelang versuchte ich, nicht an Séverine zu denken. Es lag, glaube ich, daran, dass ich mich schämte für mein Versagen in der Nacht, als sie nach meiner Gesellschaft verlangte. Ich meldete mich nicht mehr bei ihr, und da sie mich umgekehrt genauso behandelte, nahm ich, je mehr Zeit verstrich, an, dass mein Abenteuer zu Ende ging. Es war nicht mehr als eine Empfindung, die mir, weil sie nicht wehtat, seltsam behagte. Diese Empfindung gaukelte mir vor, dass es auf mein Versagen nicht mehr ankam. Ich würde es ihr nicht erklären, und ich würde auch nicht um ihr Verständnis fürchten müssen. Trotzdem erstaunte mich meine Gleichgültigkeit, denn gerade noch war Séverine das Objekt meines Verlangens gewesen, und jedes Mal, wenn ich an sie dachte, was ich, zugegeben, viel zu häufig tat, wurde mir schmerzlich bewusst, dass ich mir ein Leben ohne sie nicht vorstellen konnte. Geübt in Ausreden, lastete ich alles der Lynchnacht an, welche die Menschen schockiert und in ihren Handlungen gelähmt hatte. Wie hätte ausgerechnet ich mich dieser Atmosphäre entziehen sollen?

Séverine hatte, was mir im Nachhinein schmeichelte, weniger Geduld als ich. Nach einer Woche stellte sie den Kontakt wieder her. Nicht auf dem direkten Weg, muss ich sagen, weder rief sie mich an noch schaute sie bei mir vorbei, sondern auf dem indirekten, sodass die Begegnung, obwohl bewusst herbeigeführt, wie zufällig wirkte. Der indirekte Weg erforderte Zeit von ihr, Frust, wieder

Zeit. Wie sie später erzählte, waren anderthalb Tage nötig, bis sie mich antraf. Denn sie hatte es sich in den Kopf gesetzt, mich zu überraschen, und zwar dadurch, dass sie in eine Straßenbahn stieg, die von mir gefahren wurde. Sie kannte jedoch meinen Dienstplan nicht, und sie hatte auch keine Ahnung, welche Linie ich wann übernahm. Zwar wusste sie, dass wir Fahrer im Lauf der Schicht mehrmals die Linie wechselten, aber dieses Wissen machte es nicht einfacher. So stellte sie sich an eine beliebige Haltestelle und spähte nach den Fahrern. Nachdem sie eine Reihe von Bahnen erfolglos erkundet hatte, versuchte sie ihr Glück an einer anderen Haltestelle. Ein ganzer Tag ging so verloren, und ich verstand nur schwer, warum sie danach nicht aufgab, denn der zweite Tag hätte genauso gut verloren gehen können.

Aufgefallen war sie sehr wohl, aber es dauerte, ehe ein Kollege ihre Gestalt erwähnte. Da hatte sie mich längst entdeckt. Während der Pause im Raucherraum redeten sie kreuz und quer und übertrafen einander in Mutmaßungen. Ich selbst hielt mich zurück, nicht ohne die Aufregung auszukosten, denn natürlich war Séverine eine reizvolle Erscheinung. Alle schienen sie bemerkt zu haben. Eine junge Frau wartete, das blasse Gesicht starr auf den Fahrer gerichtet, auf dem Bahnsteig. Sie trug eine Wollmütze auf dem Kopf, unter der rote Locken hervorstrudelten. Von ihrem Blick fühlte sich jeder Fahrer gemeint, sodass er enttäuscht reagierte, als sie nicht zustieg. Zu keinem von ihnen stieg sie in die Bahn. Wer ist diese Frau?, hörte ich sie fragen, ’n steiler Zahn, ’ne süße Puppe, die Schönheitskönigin von Duisburg, ein halb waches Gespenst, bestimmt noch Jungfrau, unschuldig, aber verwirrt, die müsste man mal …, hähä, haha.

Auf dem Lutherplatz, Linie 901 nach Mülheim, sah ich sie stehen und meine Kabine mustern, ich sah ihr schönes, regloses Gesicht, die in die Stirn gezogene Wollmütze, das über die Schultern fallende Haar, und war so verdutzt, dass ich eine Sekunde die Augen zukniff. Dann stieg Séverine ein. Ohne dass sie mich beachtete, ging sie an der Kabine vorbei und setzte sich mit Abstand hin, wenigstens so, dass ich sie im Innenspiegel beobachten konnte. Meistens schaute sie aus dem Fenster, wie verloren an Passanten und Geschäftsfassaden, und wenn sie sich mir zuwandte, dann fremd und wie aus weiter Ferne. Eine Zeit lang verschwand sie hinter Fahrgästen, die gedrängt im Durchgang standen. Als die Sicht wieder frei war, setzte sie das Spielchen fort. Sie schaute aus dem Fenster und dann und wann zu mir, aus unüberwindlicher Distanz. Einmal nahm sie die Wollmütze ab, fuhr sich durchs Haar, setzte sie wieder auf. Wie lange wollte sie so weitermachen? Bis zum Hauptbahnhof in Mülheim? Und was dann? Würde sie an der Endstation aussteigen oder sitzen bleiben? Ich wurde nervös.

Nach kurzer Überlegung schaltete ich das Mikrofon ein: Die junge Frau mit der Wollmütze möge sich beim Fahrer melden, es liege eine Nachricht für sie vor. Seelenruhig ließ Séverine die Durchsage über sich ergehen, sodass ich nicht umhinkonnte, sie zu wiederholen. Erst als sie von der Nachbarin angerempelt wurde, stand sie auf und kam träge auf mich zu.

Meinst du mich?

Ich drehte mich etwas zu ihr hin, streifte ihr Gesicht mit den Augen und wandte mich wieder der Strecke zu. Mülheim Hauptbahnhof, sagte ich, und noch einmal retour. Dann hab ich frei.

Gut, sagte sie.

So spielte sich das ab, und es lag etwas Unheimliches darin, ganz so, als hätten wir uns nie zuvor gesehen. Vielleicht ist alles Vertraute nur Einbildung, dachte ich. Wir geben uns ihr hin, damit wir zurechtkommen und nicht jeden Tag von Neuem nach Orientierung suchen müssen. Aber wenn dich jäh das Fremde trifft, aus der Mitte des Vertrauten, dann weichst du lieber einen Schritt zurück und lächelst freundlich, weil du deine Einbildung wiederhaben willst. Bei der Begegnung in der Straßenbahn schenkte ich ihr nicht mal ein Lächeln, obwohl es so leicht gewesen wäre. Und auch Séverine zeigte ein ernstes Gesicht. Nie fühlte ich mich einem vertrauten Menschen gegenüber so fremd. Nachher gestand sie mir, sie habe ja nicht gewusst, ob ich noch etwas wolle von ihr, meine Stimme am Telefon habe so sonderbar geklungen, dass sie, und zwar mit jedem Tag mehr, an Abschied gedacht habe. Warum bist du in der Nacht nicht zu mir gekommen? Noch dazu schien mein Verhalten in der Fahrerkabine ihren Eindruck zu bestätigen. Ich hätte sie wie Luft behandelt. Und darum hätte ich, feministischer Science Fiction zufolge, den Tod durch ihr Laserschwert verdient.

Séverine sagte: Ich bin das erste Mal mit der Straßenbahn gefahren, und ich wollte, dass du mich fährst.

Diesmal hatte das Fremde zwischen uns keine Chance, es verzog sich, als das Vertraute zurückkehrte. Ihr fiel es schwer, über die Nacht, in der ich ihr nicht beistand, zu sprechen. Es war nichts als eine unheilvolle Ahnung gewesen, die sie veranlasst hatte, mich anzurufen. Ließ sie sich jedoch darauf ein, so schmückte sie ihren Zustand dermaßen aus, dass ich anfing zu zweifeln, aber wer weiß. Aus unbekanntem Anlass war sie unruhig geworden, sie lief in ihrem Zimmer umher, dann in der Wohnung. Kaum hatte sie ein Buch zur Hand genommen, legte sie es wieder weg. Bemerkte, dass ihre Hände zitterten, wenn auch nur leicht. Spürte Hitze aufsteigen und schwitzte. In der Küche griff sie nach einer Tafel Schokolade und stopfte sich Reihe für Reihe in den Mund. Anschließend rief sie mich an, und als sie hörte, dass ich mich auf den Weg machen würde, entspannte sie sich und goss ein Glas Wein ein. Aber je länger sie wartete, desto unruhiger wurde sie wieder. Als ihr Telefon klingelte, lachte sie unbeherrscht auf. Nach dem Wortwechsel mit mir, meiner Absage, der Entschuldigung, kehrte ihre Ruhe zurück. Jetzt nämlich glaubte sie zu wissen, was sie vorher nur dunkel geahnt hatte: Die Geschichte mit mir war zu Ende. Sie nahm einen Schluck Wein.

Vielleicht galt deine Ahnung etwas anderem, grübelte ich.

Nicht dem, was in der Stadt passiert ist.

Vielleicht lag etwas in der Atmosphäre …

Quatsch. Wer sollte das kommen sehen?

Die Tage verloren ihr Licht, und manchmal hatte ich den Eindruck, dass es gar nicht mehr richtig hell wurde. Aber die Kälte ließ nach, ich lief wieder in Turnschuhen. Wann immer wir uns trafen, wollte Séverine Sex haben, sie war so hungrig danach, dass wir uns die Prologe schenkten. Schon möglich, dass die Nacht ihres bangen Vorgefühls und die unverhoffte Erleichterung diese Gier in ihr ausgelöst hatten, gerade so, als wäre ihr klar geworden, wie sehr unser Abenteuer kippelte. Und als habe sie daraus gefolgert, sich zu nehmen, was der Augenblick hergab. Ich weiß es nicht.

Als Séverine die Tür öffnete und mir um den Hals fiel, roch ich einen ungewohnten Duft an ihr. Dass sie Parfüm auftrug, war mir neu. Ich hielt es auch nicht für nötig, weil sie selbst so gut roch. Sie sagte: Ich hab Besuch.

In nur wenigen Sekunden ging mir allerhand durch den Kopf, und ich spürte das Verlangen, auf dem Absatz kehrtzumachen, aber das wäre lächerlich gewesen. Besuch? Ja, wer denn?, fragte ich mich und malte mir einen ihrer Liebhaber aus, gelassen auf dem Sofa oder hastig sich ankleidend, vielleicht auch unter der Dusche, mit einem befriedigten Brummen auf den Lippen, während das Wasser rauschte. Wie würde der Liebhaber reagieren, sobald ich auf ihn träfe? Erschreckt? Verlegen? Selbstbewusst? Arrogant? Würden wir einander mit Händen abklatschen, um Einverständnis zu signalisieren? Er zöge sich zurück, ich pflanzte mich auf? Wie würde sich Séverine dazu verhalten? Würde sie ihn zur Tür begleiten? Oder wäre das gar nicht erforderlich, weil ich ihn längst niedergestreckt hätte? Bin ich fähig, ihm mit der Faust ins Gesicht zu schlagen?

Sie ging voraus, ich folgte ihr. Und traf in der Küche auf meine Tochter Lilith. Wie einstudiert, sprang sie auf und fiel mir, wie eben noch Séverine, um den Hals, sie küsste mich schmatzend auf den Mund. Und als wäre das Treffen zu dritt nicht verstörend genug, bemerkte ich, dass Lilith genauso duftete wie Séverine, ich war mir sicher, nach demselben Parfüm.

Bin gleich weg, rief Lilith überdreht. Will ja nicht stören. Habt bestimmt noch was vor. Kann mir schon denken, was.

Bleib doch, sagte Séverine ruhig, bleib noch ein bisschen.

Ja, warum nicht, stimmte ich zu. Hast dich ja lange nicht mehr bei mir gemeldet.

Du bei mir auch nicht. Bin schon eifersüchtig auf die süße Séverine.

Dafür gibt es keinen Grund.

Liebst du sie nicht?

Die beiden blickten mich an. Ich sagte: Können wir uns nicht normal unterhalten?

Also nicht. Ach, Papa.

Dieses Ach, Papa hätte ich ihr am liebsten um die Ohren gehauen. Warum hatte mich Séverine in diese Lage gebracht? Was führten sie im Schilde?

Mama hat sich den Knöchel verstaucht, sagte Lilith. Hat sie dir davon erzählt?

Nee, antwortete ich. Deine Mutter hält mich nicht auf dem Laufenden.

Weil du dich auch bei ihr nicht meldest.

Hoffentlich ist es nicht zu schmerzhaft.

Frag sie mal.

Lilith …

Ja, Paul?

Können wir das später klären? Wir sind zu Gast bei Séverine.

Zu Gast? Du gehst bei ihr ein und aus. Wenn, dann bin ich hier zu Gast.

Jetzt beruhigt euch mal, sagte Séverine. So habe ich mir das nicht vorgestellt.

Bin gleich weg, rief Lilith.

Nein, schon gut.

Zwei Frauen sind eine zu viel.

Wenn ihr wollt, sagte ich, dann lass ich euch wieder allein. Wir müssen uns nicht auf die Nerven gehen.

Ich bin deine Tochter.

Ja klar. Und?

Wenn du jetzt gehst, dann nimmst du mich mit.

Mit Bedacht sagte Séverine: Paul bleibt heute bei mir.

Darf ich auch noch ein Wörtchen mitreden?, fragte ich.

Die beiden blickten mich an. Ich sagte: Lilith, du weißt, dass ich mit Séverine … Und du sollst auch wissen, dass ich mich freue, wenn ihr euch gut versteht.

In diesem Moment trat eine junge Frau, mit nichts als einer Jogginghose bekleidet, in die Küche und zuckte zurück. Mit mir hatte sie nicht gerechnet. Schnell war sie wieder verschwunden.

Meine Mitbewohnerin, klärte mich Séverine auf.

Diese Mitbewohnerin hatte ich noch nie gesehen. Kurz wunderte ich mich, dass sie halbnackt in der Wohnung herumlief. Bin ich in ein Tollhaus geraten? Aber letztlich wohnte sie hier, nicht ich, und sie konnte herumlaufen, wie sie wollte.

Alles gut. Mein Papa ist an junge Titten gewöhnt.

Lilith …

Paul?

Wir sehen uns morgen, ging Séverine dazwischen.

Wirfst du mich raus? Ich glaub, ich hör nicht recht. Du wirfst mich raus, damit du meinen Papa ficken kannst.

Wenn du willst, entgegnete ich beherrscht, dann können auch wir uns morgen sehen.

Oh, oh, alle wollen mich morgen sehen. Nur heute passt es nicht. Heute werde ich vor die Tür gejagt.

Beschämt drehte sich Séverine weg und blickte in eine Ecke, in der nichts Nennenswertes lag. Ich suchte nach einem versöhnlichen Wort, aber Lilith kam mir zuvor:

Fickt euch! Mit Tränen in den Augen verließ sie die Wohnung. Krachend schlug die Tür ins Schloss.

War wohl keine so gute Idee, sagte Séverine.

Nee, nicht gut.

Yin und Yann wurde in diesen Tagen öfter als gewöhnlich aufgerufen, sodass Yann sich ermahnte, die Website zu pflegen, sie auf den Stand der Dinge zu bringen, damit sie nichts von ihrer Glaubwürdigkeit einbüßte. Seit der Lynchnacht von Oberhausen brütete er einen Blogeintrag aus, der das Ereignis analysieren und als Symptom der Zeit einordnen sollte. Doch über eine grobe Gliederung und erste steife Sätze kam er nicht hinaus. Dabei durfte er gerade jetzt nicht versagen. So schwer lastete der Erwartungsdruck auf ihm, dass er jeden Gedanken erdrückte, ehe er sich entfalten konnte. Noch dazu quoll das Postfach über vor Häme, Beschimpfungen und, wenn auch nur zum geringeren Teil, bedenkenswerten Erwägungen. Es war, als ergössen sich, je länger der Diskurs in ritualisierter Erschütterung stockte, sämtliche Affekte in die Kanalisation des Internets.

Besonders trafen ihn Vorwürfe aus den Reihen linker Aktivisten. Zwar waren sie ihm inzwischen geläufig, aber der Ton hatte sich verschärft. Die Angriffe des fanatischen Verrückten nahmen sie zum Anlass, ihn in seiner Kritik des radikalen Islams der Verirrung zu bezichtigen, und sie standen nicht an, ihn deshalb für schuldig oder wenigstens mitschuldig zu erklären. Er liefere rechtsextrem Verblendeten den Vorwand für tödliche Manöver. Über den Racheakt aber schwiegen sie oder streuten allenfalls eine süffisante Bemerkung ein, die sich anhörte wie ins Fäustchen gelacht.

Yann wurde es zu viel. Von den in ihm aufgewirbelten Gedanken bekam er keinen zu fassen, stattdessen stiegen weitere auf. Er bedauerte, dass er auf Baran gehört und das Interview mit Charles Maruyama nicht veröffentlicht hatte. Er hatte so lange gezögert, bis es zu spät war. Jetzt war die Zeit dafür definitiv vorbei. Er würde einen Neurechten nicht auf einer antifaschistischen Website sprechen lassen können, ohne alle vor den Kopf zu stoßen. Niemand brächte nach der Gewalttat dafür Verständnis auf. Oder täuschte er sich? Würde er dadurch nicht ein unerlässliches Zeichen setzen, jetzt, da sie landauf, landab den Zusammenhalt der Gesellschaft beschworen? Ein Neurechter spricht mit der Antifa, und die Antifa stellt das Gespräch ins Netz. Ich bin nicht die Antifa, korrigierte sich Yann, ich bin einer von vielen. Aber sind es nicht immer Einzelne, die etwas bewegen? Vor dieser Bewegung, gewagt und schwer kalkulierbar, fürchtete er sich.

Zu allem Überfluss fiel ihm kurz darauf ein, dass er noch eine zweite Website hatte und dass auch sie seiner Pflege bedurfte. Erfolglos versuchte er, den Einfall zu verdrängen, wobei ihm bewusst wurde, dass er seinen Gedanken im Augenblick schutzlos ausgeliefert war. Sie kamen, woher sie wollten, und rüttelten an seiner geistigen Balance. Wie konnte er in der Bedrängnis, in die ihn Yin und Yann gebracht hatte, an Straßenbahnen denken? Er wusste schon, warum. Weil er ursprünglich, also vor den Gewaltexzessen, beabsichtigte, einen Beitrag für www.ruhrstrassenbahnen.de zu schreiben, einen neuen seit Langem. Auch dieser Beitrag schien ihm für die Website essenziell, denn er nahm sich nicht weniger vor, als die Modernität des oft als unzeitgemäß belächelten Verkehrsmittels hervorzukehren, ja, er wollte nachweisen, dass die große Zeit der Straßenbahn erst noch bevorstehe, nämlich dann, wenn Autos der Innenstädte verwiesen sein würden und mit ihnen Volumen und Lärm und Auspuff, von Aggressionen ganz zu schweigen. Yann hielt diese Maßnahme für unumgänglich, sollte die Lebenswelt der Städte an Überfüllung und Gestank, noch dazu an den Folgen des Klimawandels nicht zugrunde gehen. Und dann, ja dann, formulierte er in Gedanken, schlage die Stunde der Elektrischen.

Baran fragte: Pennt Yin und Yann?

Ich wäre froh, wenn ich schlafen könnte, erwiderte Yann.

Falsche Antwort.

Hast ja recht. Ich muss reagieren. Aber wie?

Selbst wenn es schwerfällt, mit Besonnenheit. Analytisch, klar strukturiert, ohne Scheuklappen. Und rhetorisch rüstest du ein bisschen ab.

Sagst ausgerechnet du.

Pff, machte Baran. Für die kurdische Sache muss ich kämpferisch auftreten. Das hab ich mit der Muttermilch aufgesogen. Meine Eltern nahmen mich auf jede Demo mit, schon als Kind, für Freiheit und die Rechte des kurdischen Volkes. So wurde ich erzogen, politisch von Anfang an. Und diese Parolen haben sich eingeprägt, undenkbar, das Arsenal abzurüsten. Du kannst ja auch der Sohn eines Tischlers sein, da hast du jeden Tag mit Holz zu tun. Wirst du das Holz später verleugnen? Bestimmt nicht.

Hilft mir nicht weiter.

Klar, gab Baran zu. Aber es geht auch um uns Kurden.

Es geht …

Auf der Straße schauen mich die Leute plötzlich anders an, mit einer Mischung aus Furcht und Mitleid. Als wäre die große Selbstverständlichkeit dahin. Darum rate ich dir zur Besonnenheit. Wir haben viel zu verlieren. Aber echt jetzt, du darfst deinen Auftritt nicht vermasseln.

Du redest zu viel.

Weil du so stumm bist.

Ich habe immer meine Meinung gesagt.

Ja, und du hast sie verständlich unter die Leute gebracht, stellte Baran fest. In meinem Umfeld bist du der erste Deutsche, der kritisch über den Islam spricht, und zwar so wie ein normal denkender Mensch, ohne die rassistischen Untertöne der Nazis. Manche Leute glauben ja, dass ich es bin, der hinter deinem Blog steht.

Das bildest du dir ein.

Nein, beteuerte Baran, wegen deiner religionskritischen Haltung, die ich ja teile.

Gegen Religion habe ich nichts. Aber sie sollte privat bleiben und nicht als Deckmantel herhalten für nationalistischen Größenwahn.

Sehe ich auch so. Mit einer Ausnahme: Fußball. Fußball ist die herrlichste Religion, die du dir vorstellen kannst, vorausgesetzt, du glaubst an Borussia Dortmund.

Pff …

Als Alevit gehöre ich, wie du weißt, zu einer Minderheit im Islam, sagte Baran. Und diese Minderheit ist vom Aussterben bedroht, weil für den Islam zu liberal. Moscheen halten wir für unnötig. Den Gottesdienst feiern Frauen und Männer gemeinsam, wir singen und tanzen, das ist unser Gebet.

Bist du nicht Kommunist?

Ja, genauso wie du.

Wenn Fußball, dann ist auch Kommunismus eine Art von Religion.

Ja, du musst halt dran glauben. Und jede Sünde wiegt schwer. Sie kann dich das Leben kosten.

Ist bekannt, meinte Yann.

Baran sagte: Ich muss los. Und du setzt dich jetzt hin und schreibst.

Wollten wir nicht darüber reden?

Haben wir ja. Irgendwie schon, finde ich. Zuerst, schlage ich vor, schredderst du das Wort von der Oberhausener Lynchnacht. Alle sprechen nur noch davon, als wäre die Tat aus dem Nichts gekommen. So war es aber nicht. Und auch die Terrorfahrt kam nicht aus dem Nichts. Nimm dir Zeit, um die Atmosphäre zu beschreiben, wie sich schleichend alles verändert hat …

Wieder allein, sank Yann erschöpft in die Polster und starrte an die Decke. Er zwang sich, die Augen zu schließen. Nur zu gern würde er schlafen. Aber er stand wieder auf, nahm Feuerzeug und Zigaretten und schlurfte schwerfällig ins Treppenhaus. Das Fenster machte er weit auf, stützte sich in den Rahmen und rauchte ohne Genuss. Heute hatte sein Bruder Geburtstag, und seit dem Morgen überlegte er, ob er ihn anrufen sollte oder nicht. Wenn nicht, dann wäre es das erste Mal, dass er ihm nicht gratulierte. Ihm war nicht nach Glückwünschen, nicht für Wolle. Der konnte ihn am Arsch lecken. Es kam ihm so vor, als trüge er immer noch Wolles Speichel im Gesicht, so wütend hatten sie einander angebrüllt durch die Polizeikette, und er wünschte, Wolle ginge es genauso, auch er sollte noch Speichel im Gesicht tragen, seinen Speichel. Die Gesichter der Brüder sollten von Speichel gesprenkelt sein. Seither hatten sie sich nicht mehr gesehen, nicht einmal zufällig waren sie sich über den Weg gelaufen. Viele Wochen hatten sie auf jeden Kontakt verzichtet, kein Anruf, keine Nachricht. Und heute, nur weil der große Bruder Geburtstag hatte, sollte Yann sich bei ihm melden? Die gespeicherte Nummer anklicken und darauf hoffen, dass er ranging?

Er schloss das Fenster und schlurfte in die Wohnung zurück. Unverändert brummte sein Schädel, was er Barans Redseligkeit anlastete. Er hätte ihn stoppen, selbst das Wort ergreifen und ihm präzise Fragen stellen müssen. Denn tatsächlich beriet er sich gern mit ihm, er achtete Barans Ansichten und ließ sich von ihnen inspirieren. Nach seinem Besuch aber fühlte er sich nicht im Mindesten gestärkt, im Gegenteil, ausgelaugt und geschwächt. Trotzdem rechnete er es ihm hoch an, dass er, gebeutelt von verschiedenen Aushilfsjobs, ohne zu zögern erschienen war. So kannte er ihn. Und so kannte er die Gemeinschaften, in denen er bevorzugt verkehrte. Von Kurden, Türken oder Arabern fühlte er sich von jeher angezogen, weil er unter ihnen menschliche Nähe, soziale Wärme, Mitgefühl und Hilfsbereitschaft kennengelernt hatte, in so gut wie jeder Situation. Sie ließen ihn nicht hängen. Dieses Miteinander vermisste er bei den aufs Ego getrimmten Biodeutschen. Nicht generell, aber doch in beträchtlicher Weise. Darüber würde er gerne schreiben, das Unausgegorene zog ihn an. Über alles Mögliche würde er schreiben, müsste er nicht Tag für Tag zur Arbeit, um Geld zu verdienen. Die Gemeinschaften, denen er sich verbunden fühlte, verfügten über eine Reihe von Regeln, die ihn in hohem Maße überzeugten: Gibste Respekt, haste Respekt. Damit meisterst du dein Leben, sagte er sich, weil ihm schwante, dass ein Großteil aller Probleme vom Mangel an Anerkennung herrührte. Darum begegnete er anderen mit Respekt, so weit wie möglich jedenfalls, woraus gewöhnlich folgte, dass auch sie ihn mit Respekt behandelten.

Setz dich hin und schreib, hatte Baran gesagt. Und so saß Yann vor seinem Computer und brütete, aber da er nichts eintippte, länger als zehn Minuten nichts, zog der Bildschirmschoner auf, mit den leuchtenden Farben einer psychedelischen Grafik, in deren Windungen er sich verlor. Der Wirbel seiner Gedanken hatte sich nicht gelegt, sodass es ihm schwerfiel, die geforderte Besonnenheit aufzubringen. Aber galt das Besonnene als angemessene Reaktion? Sollte er nicht, den rechtsextremen Terror vor Augen, nach scharfen Worten suchen, die ihm, preiswert wie nur irgendetwas, den Beifall der linken Leserschaft eintrugen? Nein, nein, er zügelte sich und pflichtete Barans Empfehlung bei. Doch als ihn ein neuer Gedankenwirbel erfasste, stürmisch wie nie zuvor, ließ er seine Besonnenheit fahren und nahm die Finger von der Tastatur. In diesem Zustand konnte er nichts hervorbringen, schon gar nicht einen Artikel, auf den, wie er mit Schrecken fantasierte, alle Welt wartete. Er dachte an das eine ebenso wie an das andere, ja, er spürte, dass er an alles gleichzeitig dachte und dieses spektakuläre Durcheinander in seinem Gehirn herumtollen ließ, Nazis und Nazijäger, das Zündeln mit Worten und die entflammte Gewalt, der gehasste Bruder und der geliebte, happy birthday to you, Borussia Dortmund und die Wonnen der Religion, sein einsames Herz, das für den Kommunismus schlug, gibste Respekt, haste Respekt, die fragwürdige Einsicht, dass Rache süß sein konnte, der blutsverwandte Speichel in seinem Gesicht, das Holz eines Tischlers und die Parole der Freiheit, wer hatte die Kurden verraten?, Meinungen wie Ramsch im

Schlussverkauf, Klimawandel und Straßenbahn, Zigarette, Terror, singen und tanzen.

Moin, ich bin's, sagte Yann. Alles Gute, hörst du?, alles Gute zu deinem Geburtstag.

Hätte ich nicht erwartet.

Was? Dass ich dir gratuliere?

Dass du anrufst, sagte Wolle.

Nur so. Weil du Geburtstag hast.

Dass du es wagst, mich anzurufen …

Ist so üblich unter Brüdern, oder?

Üblich?, hakte Wolle nach, Brüder? Vielleicht war es mal üblich, kann gut sein. Vielleicht hatte ich mal einen Bruder. Muss lange her sein. Ich erinnere mich nicht mehr an ihn.

Lass das, ey. Oder brauchst du das jetzt?

Ich erinnere mich nicht, wiederholte Wolle.

Yann sagte: Kommst du wieder raus aus der Nummer oder willst du sie weiterspielen?

Du störst mich beim Feiern.

Hört sich nicht so an, nee. Keine Stimmen, keine Musik.

Klugscheißer. Aber … jedenfalls störst du.

Erinnerst du dich nicht an die zwei Babyfäuste, die sich nach oben recken, dazu unsere Namen und der Spruch Blut ist dicker als Politik? Hab ich dir letztes Jahr zum Geburtstag geschenkt, tolle Collage. Du hast fast geheult.

Ich erinnere mich nicht.

Weißt du, was? Du gehst mir auf den Sack. Auch ich hätte mir lieber einen anderen Bruder gewünscht, nicht einen, der mit Nazis marschiert.

Ich bin kein Nazi.

Aber du läufst mit ihnen.

Zecke!

Nazi!

Muss ich mich beleidigen lassen, vom kleinen Bruder an meinem Geburtstag?

Ich bin größer als du.

Immer derselbe Scheiß.

Hast du Bruder gesagt?

Vergiss es. Wir haben uns nichts mehr zu sagen. Lass mich in Ruhe und ruf nie wieder an.

Nie, nie, nie wirst du mich loswerden, schrie Yann, weil du einen Bruder nicht loswerden kannst.

Das ist ja die Scheiße.

War blöd von mir, der Anruf.

Wenigstens siehst du es ein.

Du kapierst gar nichts.

Doch, doch, sagte Wolle. Mir ist klar geworden, dass du dich verrannt hast. Dass du die Welt zurechtbiegst, um dein Weltbild nicht zu gefährden. Was wirklich passiert, davon hast du keine Ahnung. Frag mich, ich kann dir sagen, was läuft. Diese Stadt ist am Arsch.

Weil Leute wie du sie dazu gemacht haben. Und weißt du, warum? Weil ihr Angst habt vor der neuen Zeit und lieber unheilvoll schmollt, statt dass ihr versucht, sie zu verstehen. Ist doch gerade umgekehrt, ich schau mich um, ich treffe Menschen, egal woher, ich weiß, was läuft. Während du dich mit harten Kerlen umgibst, von denen der eine den anderen nur bestätigt, und alle zusammen bewundern sie dich. Darum denkst du auch nicht über dein Leben nach. Du siehst keinen Grund, etwas zu verändern.

Wolle sagte: Du würdest nicht zögern, mir in die Fresse zu schlagen.

Ist nie passiert, gab Yann zurück, und wird auch in Zukunft nicht passieren.

Weil ich vorher in deine Fresse schlagen würde. Anders als du bin ich gut trainiert.

Was wäre geschehen ohne die Bullenkette zwischen uns?

Vor Polizisten hab ich Respekt.

Ja, mehr als ich.

Ein Schaukampf vielleicht. Was weiß ich.

Nee, sicher nicht. Wir hätten uns nicht geprügelt.

So sicher wäre ich mir da nicht, seit ich gehört hab, dass die netten neuen Leute der netten neuen Zeit auf offener Straße einen Menschen lynchen, der ihnen nicht passt.

Dieser Mensch war ein rechtsextremer Terrorist.

Und das rechtfertigt alles?

Quatsch, wieso denn? Er hätte verknackt gehört, und ich hätte es ihm gegönnt, dass er im Knast jeden Tag in den Arsch gefickt worden wäre.

Mein kleiner, humanistisch inspirierter Bruder …

Gut, es reicht. Wir kommen nicht weiter.

Danke für die Glückwünsche.

In der fünften Nacht spielte ich nur die Rolle des Statisten, aber Klara hatte mir dermaßen in den Ohren gelegen, dass ich ihr die Bitte nicht abschlagen konnte. Im Nachhinein will ich diese Nacht nicht missen, denn ich habe ihre Rede an die Brüder gehört, obwohl … das trifft es nicht ganz, denn genau genommen sprach sie mit sich selbst, unaufhörlich, als ordnete sie ihre Gedanken. Sie sprach über sich und ihren Laden und vertraute darauf, dass den Brüdern ein Licht aufging. Ob wir ihr in allen Einzelheiten folgten, war unerheblich. Sie suchte nicht nach Zustimmung in den Gesichtern, nach einem bestätigenden Nicken oder einer Antwort. Es genügte, dass sie uns um sich wusste, was den Eindruck zerstreute, sie führe ein Selbstgespräch. Dass sie unkontrolliert nach Luft schnappte, kam die ganze Zeit nicht vor. Keiner von uns wagte, sie zu unterbrechen, wir hielten den Mund und vermieden es, mit den Augen Kontakt aufzunehmen. Es war eine sonderbare Situation, nach Geschäftsschluss in ihrem Miederladen, stundenlang zusammen ohne Austausch und Gespräch. Nur Klara sprach. Konnte einer sein Bedürfnis nicht bezwingen und ging, eine Entschuldigung murmelnd, auf die Toilette, wartete sie so lange, und jeweils zwei warteten mit ihr, schweigsam wie jetzt auch sie.

Mit einem Trick war es ihr gelungen, die Brüder in ihren Laden zu locken. Am Abend, ehe sie zumachte, sollten sie unabhängig voneinander eintreffen, unter dem Vorwand, einen von der Mutter bestellten, stellenweise neu vernähten Mieder abzuholen. Die Mutter war eine langjährige Kundin, und so willigte sie ein, das Treffen einzufädeln, zumal sie sich nicht weniger sorgte um das Zerwürfnis ihrer Söhne. Kurz nacheinander rief sie erst Wolle, dann Yann an und bat um den Gefallen, ihr das Wäschestück zu bringen. An einem bestimmten Tag zu einer bestimmten Uhrzeit liege es bereit. Komm nicht zu spät, sagte sie, weil sonst der Laden schon zuhat. Tatsächlich stimmten beide zu, ohne zu ahnen, dass sich ihre Wege durch den zweimal vergebenen Auftrag kreuzen würden.

Als Yann die Tür öffnete und Wolle erblickte, schloss er sie gleich wieder, aber Klara setzte ihm nach, packte ihn am Handgelenk und zog ihn in den Laden: Setz dich.

Wolle schüttelte nur den Kopf, er konnte es nicht fassen. Auf die Brüder strahlte Klara eine ungetrübte Autorität aus, als säßen die Kinder von einst ehrfürchtig vor der Miederhändlerin. Die längst erwachsenen Männer achteten das einst etablierte Gefälle wie ein Naturgesetz. Es fehlte nicht viel, und sie hätten mit den Fingern nach Bonbons gegriffen, die, in eine gläserne Schale gestreut, auf der Theke auslagen. Diese Schale ist ihnen von jeher vertraut, sagte ich mir, langte beiläufig hinein und schob mir ein Bonbon in den Mund. Daneben erhob sich ein Weihnachtsbäumchen, das geschmückt war mit kleinen Dessous wie für Puppen, Büstenhalter, String und Tangaslip, rote Strumpfbänder, verstörendes Lametta.

Kein Mieder für eure Mutter, sagte Klara achselzuckend, worauf die Brüder mich anstarrten, als hätte ich den Mieder eingesteckt. Aber ihr seid nicht umsonst gekommen. Darauf schloss sie die Tür von innen zu und zog den Schlüssel ab.

Diesen Laden wollte ich nicht haben, sagte Klara, vielleicht, weil ich als Mädchen, wenn ich aushalf, nie für voll genommen wurde und die Kundinnen nach meiner Mutter verlangten. Kurz nach dem Krieg hatte sie das Geschäft eröffnet, damals fehlte es noch an allem, und sie nähte Hüfthalter aus Matratzendrell. Später nahm sie mich fast jeden Tag mit, oder ich kam nach der Schule vorbei. Praktisch bin ich hier aufgewachsen. Aber ich hatte andere Pläne. Ich wollte Kinderkrankenschwester werden. Noch sehr jung, ging ich im Krankenhaus ein und aus und unterstützte die Schwestern bei der Säuglingspflege, alles freiwillig. Nein, ich war wirklich nicht heiß auf diesen Laden. Aber meine Mutter brachte mich auf die Textilfachschule und besorgte mir eine Lehrstelle. Und danach musste ich mich entscheiden. Entweder, sagte sie, du übernimmst das Geschäft, oder ich gebe es ab.

Da war ich schon durch dunkle Jahre gegangen, meine Lehrzeit, dunkle Jahre …

Mitte der Siebziger bin ich dann eingestiegen, jetzt war ich Chefin, mit meinem Namen groß auf dem Schaufenster, Klaras Miederladen. Eure Mutter zählte von Anfang an zu meinen Kundinnen, und kaum dass ihr auf der Welt wart, brachte sie euch mit, erst dich, Wolle, und dann auch Yann, sie brachte euch beide mit, und ihr stöbertet herum, solange sie anprobierte, was ihr gefiel. Du, Yann, hingst ja mehr an deinem großen Bruder als an deiner Mutter, du klammertest dich an sein Bein, und geduldig ließ er es geschehen, er stieß dich nicht weg. Als Wolle älter wurde, kam er nicht mehr her, während Yann in der Pubertät ein analytisches Interesse für weibliche Dessous entwickelte, nicht im Entferntesten verdruckst. Du ließest dir von mir alles zeigen und erläutern, ohne rot zu werden. Bis dann auch du wegbliebst. Für eine Freundin habt ihr bei mir nie etwas besorgt, dazu seid ihr in die Boutiquen, wenn überhaupt. Wenn ihr überhaupt auf den Gedanken kamt, scharfe Wäsche zu verschenken. Nur wenn euch die Mutter schickte, um eine Bestellung abzuholen, habt ihr den Laden noch betreten, kurz angebunden und gleich wieder weg. So wie heute, nur dass nichts da ist, was ihr mitnehmen könntet. Und dass ihr festsitzt, wie hinter Schloss und Riegel.

Bei Paul war es anders. Dich, Paul, habe ich nie an die Boutiquen verloren. Du hast hier immer etwas gefunden für deine Frau oder jetzt für deine junge Freundin, die geheimnisvolle Unbekannte.

Wäsche, die eine Frau vor dem Date aussucht, ist anders als Wäsche, die sie nach dem Date mitnimmt. Anders, weil nicht mehr so aufregend. Bis in alle Einzelheiten erzählen sie mir, wie es gelaufen ist, weil bei mir alles erzählt werden kann. Mein Kopf steckt voller Geschichten. Manches will ich gar nicht hören, die sexuellen Praktiken zum Beispiel, wo sie hinlangen, damit der Mann endlich kommt. Aber sind sie einmal dabei, breiten sie alles Erdenkliche aus.

Mittlerweile habe ich alles erlebt. In meinen Anfängen wollte ein Mann ein Teil anprobieren. Damals war ich noch unbeleckt, ja, ich hatte Hemmungen, so eine Art Fremdschämen, aber ich ließ ihn in die Umkleide. Irgendwann rief er nach mir, können Sie mal kucken kommen? Und als ich hinging, stand er da in seiner vollen Pracht. Erst mal hab ich Schnappatmung gekriegt. Dann bin ich raus und ins Nachbargeschäft gelaufen. Ich hab da einen nackten Mann bei mir stehen! Abschließen, riefen sie, abschließen. Also schloss die Nachbarin meinen Laden ab, und dann verständigten wir die Polizei. Oder die irischen Wanderarbeiter, die zu sechst in den Laden gestürmt sind, völlig rücksichtslos. Bis in mein Büro sind sie vorgedrungen. Ja, was passiert denn jetzt? Da hatte ich wirklich Schiss. Und wieder sprang mir jemand bei, diesmal der Pate von der türkischen Teestube, er kam gerade vorbei, steckte den Kopf durch die Tür und bellte etwas auf Türkisch, was reichte, um die Wanderarbeiter zu vertreiben. Heute, mit meinem Pommesmann gegenüber, würde das nicht mehr passieren, er würde sofort Alarm schlagen. Angst habe ich ohnehin nicht mehr. Hast du dunkle Jahre überstanden, überstehst du auch alles andere. Wirklich alles. Bei Menschen aus der Psychiatrie aber werde ich vorsichtig und achte darauf, dass kein falsches Wort fällt. Leicht könnte die Stimmung kippen. Ich weiß, dass ich ihnen Raum geben muss, die Freiheit, dass sie jederzeit rauskönnen. Damit die Enge keinen Kurzschluss auslöst. Ich muss sehr behutsam sein. Eine junge Frau geht auf ein Teil zu, betrachtet es und fasst es immer wieder an, während sie ein Thema anschneidet und endlos variiert, das mit dem Teil nichts zu tun hat. In großen Abständen schneien sie immer wieder herein. Wenn da eine ein Messer ziehen und mich bedrohen würde … davor hätte ich Schiss, das schon, aber nicht zu sehr.

Über unsere Stadt hat man lange die Nase gerümpft, alles schwarz und rußig, so wie in Duisburg, und dann die Armut, überall bedürftige Menschen. Erst das Centro hat uns herausgerissen, ein Stück weit wenigstens, weil so ein unverschämtes Einkaufszentrum bei vielen Aufsehen erregt. Nach und nach ist alles sehr grün geworden. Steigst du auf den Gasometer, schaust du in eine Parklandschaft. Trotzdem höre ich immer wieder, ach, Oberhausen, das lohnt sich nicht. Ich fühle mich herausgefordert, dem zu widersprechen und die Vorzüge aufzuzeigen, gegen die weit verbreitete Mutlosigkeit anzugehen. Aber offen gestanden, meine Haltung hat durch die Nacht des Terrors einen tiefen Dämpfer hinnehmen müssen. Das hat uns alle im Innersten getroffen, denn was wir zu bieten haben, ist Vielfalt. Und die wurde böse angegriffen. Schaut sie euch an, die Menschen, wie sie die Marktstraße rauf- und runterlaufen. Ist das nicht sensationell?

Alle finden sich bei mir ein, Russinnen, Kroatinnen, Türkinnen, Araberinnen, Afrikanerinnen, manche anfangs noch misstrauisch, weil sie meine Anteilnahme nicht einschätzen können und hinter allem die Geschäftsfrau wittern, der es nur ums Geld geht. Meint sie es wirklich gut mit uns? Später legen sich die Bedenken, und sie fassen Vertrauen. In der Umkleide nimmt eine Muslima ohne Scheu ihren Niqab ab. Bis heute kommen auch Frauen aus der Flaßhofstraße, wo die Bordelle liegen. Einmal trudelte eine Bordellmutter ein und suchte Nachtwäsche für ihre Töchter. Wie viele Töchter haben Sie denn? – Ja, dreizehn. – Was! Dreizehn Kinder? – Nee, das sind alles meine Mädchen, und wenn sie fleißig Partner finden, bekommen sie schöne Nachthemden; wenn nicht, dann nur billiges Zeug. Eine Hauswirtschafterin aus der Flaßhof fragte vor längerer Zeit, warum ich mir das antue, die ganze Arbeit von früh bis spät, warum ich mich abrackere, immer auf den Beinen. Sie könnten es viel besser haben, sagte sie. Gehen Sie in die Flaßhofstraße, machen Sie die Augen zu, und am Abend haben Sie die Taschen voll Geld. Aber hätte ich dort gearbeitet, wäre ich nicht so alt geworden.

Fast jeden Tag schlendert draußen ein glatzköpfiger Mann vorbei, Bierflasche in der Hand, in sich gekehrt, doch wenn er mich sieht, grüßt er und ruft mir ein Frau Glückseligkeit zu. Er ist Stammkunde, periodisch, immer dann, wenn er eine Freundin hat, und hat er eine feste, also für länger, lässt er keinen Tag aus, um sie mit einem neuen Teil zu erfreuen.

Ja, wir gehören zusammen. Alles andere wäre Haarspalterei. Selbst wenn sich unsere sprichwörtliche Solidarität, wie die Bergleute sie uns gelehrt haben, nicht auf alles und jeden erstreckt. Im Prinzip ja, aber eben nur im Prinzip. Das Aber folgt der solidarischen Haltung auf dem Fuß. Aber sie nehmen uns die Arbeit weg. Aber sie wollen sich nicht anpassen. Was von außen kommt, gilt als verdächtig. Leider, muss ich sagen. Dabei könnte ich nicht ruhig schlafen, wüsste ich, dass es meinen Nachbarn schlecht geht. Viele könnten es nicht. Auf einmal spielt das Aber keine Rolle mehr, so wie es keine Rolle spielt, woher die Nachbarn stammen, denn es sind unsere Nachbarn.

Glauben hilft, ja, ich bin gläubig. Ich habe meine Sünden, aber trotzdem. Ich bemühe mich, einen Weg zu gehen, den ich vor Gott verantworten kann. Der Glauben hilft, um Niederlagen, um das Leben als solches zu bewältigen. Jeder Mensch hat das Recht, geachtet zu werden, egal, welchem Glauben er anhängt. Von daher verstehe ich die Muslimas, im Grunde folgen wir ein und derselben Richtung. Unsere Kirche liegt neben einer Ditib-Gemeinde. Im Bus fuhren wir zusammen nach Köln, um den Dom zu besichtigen, und umgekehrt zeigten sie uns ihre Moschee in Marxloh. Aber der Versuch, zusammen Pfingsten zu feiern, schlug fehl, weil sie forderten, ein eigenes Zelt für Frauen aufzustellen. Danach schlief das Ganze wieder ein.

Dass bei mir jemand den Laden betritt, nur etwas kauft und wieder geht, lasse ich nicht gelten. Ich lasse auch nicht locker. Wenigstens eine kleine Geschichte müssen sie erzählen. Und fangen sie dann an, hören sie gar nicht mehr auf. So ist das bei mir. Was wäre ich erleichtert, würde ich eine Nachfolgerin finden. Ich bin ja nicht mehr die Jüngste. Der Gedanke schmerzt, dass die lange Tradition des Miederladens plötzlich vorbei sein könnte. Zwar gibt es Frauen, die, zumeist in der Midlife-Crisis, ihre Lust auf Dessous entdecken, auf das, was sie schon immer schön an sich fanden, und gern ein Geschäft übernehmen, aber sie halten höchstens zwei, drei Jahre durch, ehe sie scheitern. Davon kenne ich einige. Das machst du ja nicht mit links, dafür musst du vollen Einsatz bringen, ohne auf die Minuten zu achten. Meine Kinder sind hinterm Ladentisch groß geworden, genauso wie ich bei meiner Mutter. Ich hätte es gerne gehabt, dass meine ältere Tochter den Laden weiterführt, vielleicht auch etwas vergrößert. Doch sie sagt, sie könne es nicht, sie könne eine Kundin nicht so intim berühren, erst mit der rechten Hand ins linke Körbchen fassen, dann mit der linken Hand ins rechte. Da schüttele es sie. Vielleicht sind meine Kinder auch dadurch geschädigt, dass sie immer nur die zweite Geige spielen durften, immer riefen die Kundinnen nach mir. Sie standen nur hinterm Ladentisch und kassierten. Zwang auszuüben auf meine Tochter oder beharrlichen Druck, wie meine Mutter damals bei mir, ist mir nie in den Sinn gekommen. Aber ich will nicht klagen, ich bin mit meinen Miedern respektabel gealtert. Und ich habe, dank meiner Kundschaft, unendlich viel über das Leben gelernt, vor allem über das Liebesleben. Mir macht keiner was vor. Unter diesen Umständen alt zu werden ist nicht schlimm, das heißt, schlimm ist es schon, aber nicht zu schlimm.

Auf einmal kannst du hergehen und einen Altenrat ins Leben rufen, damit das Gewachsene nicht auseinanderfliegt, unser großes Plus, die unterschiedlichsten Menschen, ihre unzähligen Gesichter. Daran siehst du dich nicht satt. Der Rat hat beschlossen, einen Neurechten einzuspannen, damit wir nicht in Versuchung geraten, in Illusionen zu schwelgen. Mit Illusionen wäre nichts gewonnen. Doch das war leichter gesagt als getan. Denn in Oberhausen fand sich, trotz beständigen Stocherns des Paten, niemand bereit, an der Runde teilzunehmen. Stattdessen verhöhnten sie uns in sozialen Netzwerken, ein

Adlatus des Paten trug es uns zu. Am Ende brachte Jesus jemanden aus Duisburg mit, was wir nur kurz bemängelten, dann aber zuließen, weil ja schon Jesus aus Duisburg stammt und trotzdem dem Rat angehört. Charles Maruyama heißt das neue Mitglied, und wenn ich etwas bemängele, dann höchstens, dass er nicht in einem Alter ist, um im Altenrat zu sitzen. Aber was hätten wir tun sollen? Kleinlich sein wie starrsinnige Alte? Immerhin ist er Ratsherr und verfügt über unzählige Verbindungen in die neurechte Gemeinschaft, auch in Oberhausen. Ein echter Alter war halt nicht aufzutreiben. Diese Kreise scheuen die Auseinandersetzung. Lieber nörgeln sie an allem herum.

Beim Singen in einem Duisburger Chor hat Jesus den Maruyama kennengelernt. Er soll eine Tenorstimme haben.

So gesehen, ich meine, was das nicht ganz so alte Alter betrifft, hättest auch du, Wolle, dem Altenrat beitreten und für den neurechten Flügel einstehen können. Sag nichts, ich will nichts hören. Ich weiß, dass du dich für unpolitisch hältst, was dich nicht daran hindert, in politischer Gesellschaft aufzutreten. Wer von uns im Rat ist schon politisch? Keiner, außer jetzt der Tenor. Nur, wir wollen uns die Stadt nicht nehmen lassen. Insgeheim träume ich davon, dass dieser Rat ein Dutzend Mal kopiert wird, auf allen Ebenen, für jedes Alter. So würdet auch ihr, die entzweiten Brüder, zusammenkommen, ganz bewusst und nicht versehentlich wie heute, um nach dem Mieder der Mutter zu fragen. Würdet ihr zusammenkommen? Ja, davon bin ich überzeugt.

Mit Maruyama im Rat lief es die ersten Male nicht gut. Ich hatte den Konflikt unterschätzt und fand nicht die richtigen Worte, um zu moderieren. Er stellte sich stur, und Mirek griff ihn in einem fort an, beide wurden laut, bis sie der Pate noch lauter zur Ordnung rief. Aber er, also Maruyama, kam auch das dritte Mal wieder, etwas früher als verabredet, und setzte sich im Solidarność ans Klavier. Ob er ein guter Tenor ist, kann ich nicht beurteilen. Ein guter Klavierspieler ist er auf jeden Fall. Selbst Mirek zog eine Braue hoch und hörte aufmerksam zu. Von da an lief es besser.

Vorhin habe ich dunkle Jahre erwähnt, meine dunklen Jahre, in erster Linie, damit ihr mir weiter zuhört, um mehr darüber zu erfahren, über die schlimme Zeit meiner Lehre. Meine Mutter wollte nicht, dass ich bei ihr lernte. Darum musste ich nach Duisburg, genauer gesagt, nach Ruhrort, wo damals alles dreckig war und heruntergekommen. Dort habe ich Schlimmes durchgemacht. Und später, als Volontärin in einer Miederfabrik bei Stuttgart, noch einmal dasselbe. Es war … Ich war die zehnmillionste Besucherin auf dem Stuttgarter Fernsehturm, was mir einen Triumph 22 Color electronic von Grundig einbrachte, den ersten Farbfernseher, den du damals bekommen konntest … Heute, wo Frauen mit der Parole Me too an die Öffentlichkeit gehen und Missbrauchsfälle schildern, fühle ich mich an diese Jahre erinnert. Ja, auch ich wurde missbraucht. Ich wurde einfach genommen, nie gefragt, ob ich wollte oder nicht. Zuerst vom Lehrherrn, dann vom Fabrikanten. Sie leben nicht mehr, das ist ihr Glück, denn ich könnte alles belegen, anhand von Briefen zum Beispiel. Schwer zu begreifen, wie ich das alles ertragen konnte. Eine Frau, die sehr labil ist, mag daran zerbrechen. Ich selbst habe mich in positives Denken gerettet und bin gefährlichen Situationen so weit wie möglich aus dem Weg gegangen. Ich habe mir Leute gesucht, von denen ich wusste, dass ich bei ihnen sicher war. Notfalls ließ ich mich krankschreiben, wenn die Chefin nicht da war und der Chef mich den ganzen Tag für sich gehabt hätte. Später ließ ich mich nicht mehr bedrängen, ich grenzte mich rechtzeitig ab, ohne über Zudringlichkeiten länger nachzudenken. Damals aber war ich jung, dumm und unschuldig. Ich bin in einem behüteten Haus aufgewachsen, und meine Eltern haben alles ferngehalten, was mir hätte schaden können. Die Lehre war der erste Schritt in die Welt. Wenn meine Mutter das gewusst hätte. Sie hätte mich da sofort rausgeholt. Geahnt hat sie bestimmt nichts, sie sah keinen Anlass zur Sorge, weil der Lehrherr ja von fern zur Familie gehörte. Der Fabrikant dann hat meine Mutter beiläufig angehauen, ob ich nicht als Volontärin zu ihm in die Fabrik kommen wolle, und schon in diesem Moment ist er nur darauf aus gewesen, mich in seine Gewalt zu bringen. Sag bloß nichts deinen Eltern, ich warne dich, sag nichts.

Zum Psychotherapeuten bin ich deshalb noch lange nicht. Denn ich kenne mich selbst gut genug. Aber irgendetwas nagte an meinem Gewissen. Habe ich etwas falsch gemacht, dass es so weit kommen konnte? Habe ich die Männer herausgefordert? Ich war mir keiner Schuld bewusst.

Trotzdem hat es Zeit gebraucht, bis ich mich auf einen Mann wirklich einließ. Früher hatte ich drei oder vier Freunde gleichzeitig. Mir ist schleierhaft, wie ich das damals hinbekam. Ich habe sie genossen, diese kleinen Abenteuer, das angenehme Prickeln, nichts durcheinanderzubringen, ich meine, logistisch. Nicht an der falschen Haltestelle auszusteigen, wo der eine Freund wartete, während ich den anderen ein paar Haltestellen weiter treffen wollte. Auf diese Verwicklungen waren meine jüngeren Schwestern ganz versessen. Wie in einer schlechten Komödie. Oder in einer guten. Es kam vor, dass wir den zweiten Freund im Kleiderschrank verstecken mussten, weil der dritte unangemeldet vor der Tür stand.

Aus den dunklen Jahren bin ich unbeschadet hervorgegangen. Glaube ich zumindest. Ich habe aufgehört, mich zu ängstigen. Was soll mir noch passieren, wo mir schon alles passiert ist? Ich fürchte mich auch nicht vor unserer Stadt, weder vor dir, Wolle, noch vor dir, Yann. Vor niemandem. Nur zerreißen dürft ihr sie nicht. Davon würden wir uns nicht mehr erholen.

Du siehst müde aus, sagte Zuzanna.

Müde?, brummelte Mirek. Warum sagst du das? Warum sagen die Leute so oft, dass ich müde aussehe? Sollten mich lieber fragen, wie sie mir helfen können.

Ich helfe dir, wo ich kann.

Dich meine ich damit nicht.

Ist ja gut.

Ja gut, sagte Mirek und dachte nach, fahrig und etwas zerstreut, ehe ihn ein Geruch aus der Küche anwehte. Denkst du manchmal auch an unser Grundstück in Polen?

An den See, an das Grundstück, ja klar.

Man müsste dort ein Haus hinstellen.

Ein Haus bauen?, fragte Zuzanna überrumpelt. Und das fällt dir jetzt ein? Dafür ist es längst zu spät.

Es ist immer zu spät, weißt du ja. Aber das heißt nicht, dass man es nicht noch versuchen könnte.

Mirek!

Für uns, die Kinder.

Unsere Kinder sind hier heimisch geworden. Die ziehen mit ihren Familien nicht nach Polen, schon gar nicht nach Ostpommern.

Aber ich erinnere mich so gern. Weißt du noch, wie wir am Ufer diesen Steg angelegt haben? Alle zusammen sind wir mit dem Auto hin, von Oberhausen nach Ostpommern. Sie gingen noch zur Schule, und dann pflanzten wir mit ihnen einen kleinen Wald auf dem Grundstück, damit sie starke Gefühle entwickeln, Gefühle für dieses Stück Land. Jeden Baum, der dort steht, haben sie mit uns eingesetzt.

Ja, das haben sie bestimmt nicht vergessen, sagte Zuzanna. Und sie fühlen sich damit auch stark verbunden. Aber dass sie jetzt … Mirek, wie kommst du eigentlich darauf? Seit einiger Zeit steht doch fest, dass wir hierbleiben. Und plötzlich sehnst du dich wieder nach Polen, nach einem Haus am See. Sagtest du nicht, du willst einmal in Oberhausen begraben sein?

Jaja, natürlich. Es ist nur …

Gerade jetzt dürfen wir die Stadt nicht allein lassen.

Hm, ja, du hast recht, Zuzanna. Das dürfen wir nicht. Wir dürfen das Solidarność nicht aufgeben, dieses Haus mit seinen offenen Türen … Von so einem Haus habe ich immer geträumt.

Denk an unsere polnischen Gäste, mahnte Zuzanna. Wohin sollten sie gehen? Als wir die Wirtschaft aufgemacht haben, krochen sie aus allen Winkeln hervor. Partys, Konzerte, Theater, Lesungen. Vorher lebten sie wie im Untergrund, sie waren unsichtbar. Auf der Straße sprachen sie leise, eher flüsternd, damit keiner merkte, woher sie stammten. Das ist seit Langem vorbei. Aber denk nicht nur an sie, denk auch an die vielen anderen.

Mirek sagte: Die nächsten zwanzig Jahre, das garantiere ich dir, werde ich alles dafür geben. Ich werde mich nicht schonen. Erst danach trete ich allmählich kürzer.

Zwanzig Jahre? Bist du übergeschnappt? Dass du dich nach deinem neunzigsten Geburtstag ein bisschen zurückziehen willst, klingt allerdings vernünftig, ha! Hast du mal an mich gedacht? Ob ich so lange durchhalte?

Ich helfe dir, wo ich kann.

Mirek nahm seinen Hut ab und blickte hinein. Er drehte ihn, als wollte er sein Schicksal entziffern. So schlimm wird es nicht kommen. Dann setzte er den Hut wieder auf.

So schlimm nicht, na danke.

Was hast du, Zuzanna? Was soll schon passieren? Hier an die Wand hat uns ein Künstler ein Brett montiert. Es ist stark genug für uns beide.

Zuzanna sagte: Das letzte Rettungsbrett.

Um halb eins in der Nacht fuhr ich mit der Straßenbahn hinaus. Die Lichter des Betriebshofs verloren sich im Rückspiegel. Seit Stunden fiel Schnee, und ich fror in der kalten Bahn. Eine vorgewärmte zu ergattern, war mir nicht vergönnt gewesen; eine vorgewärmte, gerade zurück von der Strecke, wollte jeder haben. Wenigstens hatte ich mich warm angezogen, und in der Thermosflasche war Kaffee. Mit der Zeit würde es angenehmer werden, angenehme Temperatur und angenehme Stille. Es war meine erste Schneewache in diesem Winter.

In den vergangenen Wintern waren Schneewachen weniger nötig geworden, sodass wir diesen Winter schon dachten, ganz darauf verzichten zu können. Nicht mal die Wettervorhersage schüchterte uns ein. Jetzt aber schneite es, und es sah nicht so aus, als würde es gleich wieder aufhören. Wie gewöhnlich hatte ich mich freiwillig gemeldet. Diesen Dienst übernahm ich bevorzugt, generell beruhten Schneewachen auf Freiwilligkeit. Zum Glück hatten sich ausreichend Fahrer gemeldet, denn die Bahnen sollten auf jeder Linie alle halbe Stunde verkehren. Im Grunde ging es nur darum, Schnee aus den Gleisen zu fahren, damit am Morgen die regulären Bahnen ohne Probleme vorankamen. Bis es so weit war, fuhren wir Geisterbahnen durch die Nacht, hell erleuchtet, ohne Fahrgäste.

Mit Tempo dreißig trudelte ich dahin. So kalt war es nun auch wieder nicht. Und die Flocken gingen gemächlich nieder, sodass ich mir keine Sorgen machte. Die dünne feuchte Schneedecke hielt ich für unbedenklich. In früheren Wintern war ich gelegentlich stecken geblieben, ich lief von der vorderen Kabine in die hintere, mehrmals nach hinten und wieder nach vorn, ich fuhr die Bahn vor und zurück, bis ich den Widerstand im Gleis überwand und die Fahrt fortsetzen konnte. Es geschah, dass ich mit einem Kratzer nachhalf, also ausstieg und die Schiene auskratzte, oder dass ich mit Weichenbesen und Weicheneisen eine überforderte Weiche bearbeitete, bis sie wieder funktionierte. Kratzer, dachte ich, Weichenbesen, Weicheneisen. Das Werkzeug lag hinten im Kasten, sommers wie winters. Beim Sicherheitscheck hatte ich es liegen sehen und, weil Schneewache anstand, mit Aufmerksamkeit bedacht. Normalerweise waren die Weichen beheizt, aber wenn die Heizung versagte, musstest du mit dem Weichenbesen kehren und mit dem Weicheneisen durch die Rillen fahren. Falls alles nichts nützte, riefst du nach Experten, die dann ihren Weichenspülwagen mitbrachten, um Wasser und Salz in die Weiche zu spritzen. Nur zu kalt durfte es nicht sein, weil sonst die bespritzte Weiche festfror. Diese Experten waren jeden Tag unterwegs, um die Weichen mit Hochdruckreiniger von Dreck zu befreien, sodass der Winter sie höchstens in Maßen herausforderte.

So lange war es nicht her, oder doch länger als ich dachte, dass sie einen Schneepflug vorne an die Straßenbahn koppelten, damit sie sich selbst ihren Weg bahnte. Indem sie ihr den Pflug wieder nahmen, entmündigten sie die Bahn und ihren Fahrer, der, sobald er nicht mehr weiterkonnte, den Fahrdienstleiter anfunken musste, damit dieser die Stadtwerke verständigte und nach einem Schneepflug verlangte. Keiner von uns Älteren hatte die Nacht vergessen, als die Stadtwerke gegen Schneemassen kämpften und ihre Pflüge auf den Straßen so ungeschickt einsetzten, dass sie unsere Schienen unter Halden begruben. Darauf kam der Verkehr zum Erliegen, zehn Tage lang fuhr keine Straßenbahn, außer zwischen den paar Stationen, die unter der Erde lagen.

All das ging mir durch den Kopf, vielleicht weil ich dieses Jahr das erste Mal Schneewache hielt. Dabei wollte ich einfach nur fahren, Geräusche registrieren und ziehen lassen, die Stunden genießen, weil sie als Stunden verschwanden. Zeit existierte während der Schneewache nicht. Ich sah nicht auf die Uhr, da ich keinem Fahrplan folgte und niemand auf mich wartete. Die gedämpfte Atmosphäre tat gut, nur spärlich Verkehr, und einen Moment bildete ich mir ein, dass ich gerade das wahre Duisburg kennenlernte, erschöpft wie ein schwer atmendes Tier.

Mir ging auch durch den Kopf, dass ein Kollege die Schneewache als Alibi missbraucht hatte. Untereinander erzählten wir uns die Geschichte jedes Jahr wieder, ohne dass jemand die Namen erwähnte. Seiner Frau gegenüber gab der Kollege vor, auf Schneewache zu sein, während er in Wirklichkeit die Nacht mit seiner Geliebten verbrachte. Unvorsichtig geworden, überzog er das Alibi bis ins Frühjahr. Als der Fahrdienstleiter die Ehefrau anrief, weil er einen Ersatzfahrer für die Spätschicht brauchte, flog die Affäre auf.

Es schneite, aber so, dass es beschaulich wirkte und ich mir nicht vorstellen konnte, dass Schnee diese Nacht beeinträchtigte. Ich stellte mir überhaupt nichts vor. Am wenigsten, dass der Boden einbrach und sich ein Krater öffnete, keinen Orkus, der unser Revier verschlang. Was das betraf, war ich geheilt oder der allgemeinen Verdrängung erlegen. Die nicht mehr ganz so dünne Schneedecke lag tröstend auf der Stadt. Sie beruhigte die Nerven und ließ unverträgliche Fantasien nicht zu. Alles würde standhalten, nichts einstürzen. Die Straßenbahn rollte die Schienen entlang.

Haltestellen waren verwaist, ich fuhr, ohne das Tempo zu drosseln, vorüber. Was, wenn ich jemanden stehen sähe? Wenn er winkte, würde ich anhalten und ihn mitnehmen. Jesus wäre nicht so zurückhaltend gewesen. Damals, als er noch fuhr, brachte er es fertig, die Straßenbahn zu stoppen, sobald er jemanden auf der Straße entdeckte. Willst du mit? – Wohin fährst du? – Nach Alaska. Nachdem der Mann oder, wenn auch seltener, die Frau zugestiegen war, seufzte Jesus erleichtert auf, weil er nicht länger allein fahren musste, und begann auf der Stelle ein Gespräch. Er hielt Schneewachen für langweilig, er brauchte Gesellschaft, Publikum, an das er seine Scherze richtete. Jedes Mal, wenn ich in den Rückspiegel blickte, war da nichts als der helle leere Wagen mit seinen Sitzen, Stangen und Schlaufen.

Ich sagte mir: An der nächsten Haltestelle könnte Séverine stehen, eingemummt mit Schal und Mantel, dazu ihre Wollmütze auf dem Kopf. Vorsorglich bremste ich ab, aber nur, um gleich darauf wieder schneller zu werden. Das ganze Jahr war sie bei mir geblieben, nicht nur bei mir, wie ich ihr unterstellte, aber immerhin. In letzter Zeit sahen wir uns häufig, aber ich hätte nicht gesagt, ich sei mit ihr zusammen. Sie umgekehrt genauso wenig. Sie unterdrückte Sortierungen dieser Art. Frag nicht, was es ist, sagte sie einmal zu mir, obwohl ich nicht vorhatte, danach zu fragen. Solche Fragen lagen mir nicht, nicht mehr, besser gesagt. Warum also hätte ich sie aufwerfen sollen? Sie hätten das, was war, nur gestört. Séverine war mit sich, und ich dachte, sie war sich selbst genug. Eigentlich brauchte sie mich nicht. Angebote, ihre Person in Szene zu setzen, schlug sie in aller Regel aus. Nie entdeckte ich eine Geste an ihr, die gekünstelt wirkte, nie schlug sie einen affektierten Ton an. Alles Kokette lag ihr fern. Und auf Make-up oder ausgefallene Kleidung verzichtete sie. Ihr gelang es nicht, sich zu verstellen. Lieber brach sie abrupt ab und schwieg. So sah ich sie, und so wollte ich sie haben, so lange wie möglich. Dabei war klar, dass sie irgendwann genug haben und gehen würde, ohne große Worte, vielleicht ohne ein Wort überhaupt. Dass sie nicht einfach nur gehen, sondern verschwinden würde, jedenfalls für mich, ganz so, als stürzte sie am Ende doch noch in den Orkus.

Langsam näherte ich mich Bruckhausen. Wie immer hielt ich die Straßenbahn an, mitten auf der Strecke, wo sich der eindrucksvollste Ausblick bot auf die rote Nacht von Thyssen. Dieses Rot ließ sich von Schneeflocken nicht besänftigen, es glühte elementar hervor. Ich goss Kaffee ein und stieg mit der Tasse aus. Kurz stellte ich sie ab, zündete eine Zigarette an, nahm sie wieder in die Hand. Am unteren Rand klebte Schnee. Ich rauchte und schlürfte Kaffee, ich schaute ins Rot, als sähe ich es zum ersten Mal, und wäre es so, ich hielte es für magisch. Nein, dafür hielt ich es immer noch, obwohl von Kind auf damit vertraut. Nichts verlieh mir eine solche Selbstgewissheit wie der seit Urzeiten wiederholte Stahlabstich, der den Himmel zum Leuchten brachte. Meine Finger wurden kalt, länger als eine Zigarette würde ich nicht durchhalten. Außerdem wollte ich nicht riskieren, dass mir die folgende Straßenbahn auf die Pelle rückte. Dadurch geriete die Schneewache aus dem Takt.

In dem Augenblick, als ich die Zigarette wegwarf, klingelte mein Smartphone. Ich zog es aus der Jacke, während ich, mit den Stiefeln aufstampfend, wieder in die Bahn stieg. Es war Orhan.

Moin, Paul, ich stecke fest, sagte er ruhig.

Ich dachte: Kratzer, Weichenbesen, Weicheneisen. Und dann dämmerte mir, dass wir den Schnee unterschätzt hatten.

Paul, hörst du mich?

Moin Moin.

Ich stecke fest.

Fahr ein bisschen vor und zurück, das wird schon wieder.

Hab alles versucht. Wird nicht. Hilfe kommt.

Wo steckst du?

Ich stecke fest.

Nein, wo du bist.

Mannesmann Tor 2, also fast. Kurz davor.

Muss ich auch noch hin. Retour dann.

Jaja, lachte Orhan, wenn du es schaffst durch den Schnee.

Schaff ich, schaff ich.

Wo steckst du?

Bruckhausen. Rote Nacht.

Ah, schön. Steckst du fest?

Nee, nee. Alles gut.

Orhan sagte: Morgen spielt Borussia …

Dank

Die Recherchen für diesen Roman wurden durch das Literaturbüro Ruhr in Gladbeck großzügig gefördert. Mit Rat und Tat zur Seite standen Hartmut Kowsky-Kawelke und das Literaturhaus Oberhausen. Mäzenatisch unterstützten mich Dorte Lena Eilers, Peter Schmidt, Rudi Schmidt, Marianne Schattenmann und Walter Meier. Die Substanzen des Romans beruhen auf unzähligen Begegnungen und Gesprächen. Den Menschen, die mir aus ihrem Leben erzählten, gilt mein großer Dank, weil sie mich davor bewahrten, eine bloße Kopfgeburt hervorzubringen. Ihre Namen führe ich nur deshalb nicht an, um übereilten Rückschlüssen vorzubeugen, mit Ausnahme von Peter Segerath, der mir die Welt der Straßenbahnfahrer nahegebracht hat. In Duisburg wurde mein Wunsch, selbst eine Straßenbahn zu fahren, aus verständlichen Gründen nicht erfüllt. Dank der Ruhrbahn aber durfte ich, freundlich und professionell begleitet, in Essen fahren. Was das Verhältnis von Dichtung und Wahrheit betrifft, so behaupte ich auch dieses Mal: Ein Roman ist nicht die Welt; der Roman ist eine Welt für sich.

R.H.